B
READ AND BE BETTER

游荡集

I

伯克利的魔山

许知远 著

GUANGXI NORMAL UNIVERSITY PRESS

广西师范大学出版社

·桂林·

序
断片之诱惑

　　大约二十年前，我第一次前往巴黎。卢浮宫、巴黎圣母院、先贤祠，更不要说埃菲尔铁塔，没激起我太多兴趣。反而在圣米歇尔的一条小巷，我欣喜地发现了一家叫加利福尼亚的英文书店，里面塞满了关于巴黎、欧洲的二手英文书，它们该是一波接一波的美国游客、暂居者们的遗留物。

　　我对于巴黎的印象，很大程度是由美国人塑造的。是的，《流动的圣节》决定了一切，它的色彩、温度与醉人的青春感，巴黎代表着一个年轻作家探寻世界的热望，以及伴随而来的自我发现。在这里，海明威遇到了乔伊斯，重新想象密歇根。在莎士比亚书店，琢磨自己的写作风格。

　　海明威这一代美国人，认定自己是文明的边缘人，只有前往巴黎、伦敦，才能逃离美国的粗俗、贫瘠。对于我这一代中国人，纽约、旧金山变成了更亲切的存在，巴黎、伦敦

i

反显距离。外省人的感觉顽强地从巴尔扎克、海明威传到我身上。我熟悉一个边缘者对于中心的那种渴望，它同时带来焦灼与动力，你对边缘者有着特别兴趣，他们该怎样面对自己的渴望与挣扎。

忘记了是在加州书店，还是莎士比亚书店，我碰到这本《白色城市》，它是一个德语作家对于巴黎的描述。它由一组短文构成，短则 1500 字，长也不过 4000 字，主题有关巴黎，内容随心所欲，他在街头咖啡馆的随想，火车上一个读报者，冬日飘落的梧桐叶，与一个自我放逐者的偶遇，他正陷入付不出房租的沮丧，路过的漂亮女人，又赶走了他的忧虑……它们构成的巴黎形象，比起《流动的圣节》，更有一种动人气氛。作者约瑟夫·罗特（Joseph Roth），来自奥匈帝国边缘的一个犹太家庭，一生在潦倒与逃亡中度过，写过杰出的长篇小说，但这些短文却带来更长久的名声。

如今，我知道这种短文有个专有名词 Feuilleton。该怎么确切地翻译它？小品文、专栏，或者干脆音译为阜利通。它缘于 19 世纪初的法国，勃兴的报业需要短小、尖锐的文章，来填补不断扩充的版面，巴尔扎克的连载小说，或一个二流作家对于酒吧风情的短文，皆可进入此列。它也是对于政治、外交、商业新闻的补充与消解。对于普通读者，它或是更重要的内容，比起那些重大事件，眼前的短暂放松，才是更迫切的需求。1920 年代的德国报业，将 Feuilleton 推到一个更富创造力的阶段，从茨威格、托马斯·曼再到年轻的本雅明，皆是作者。这形式似乎也正与魏玛共和国时代的变动不居、充满新奇的气氛不无吻合，它有关"对大小世界的诗意观察，日常经验的所有魅力，珍爱的漫步，奇妙的邂逅，心情，感怀的闲谈，评点及类似种种"。

是的，比起乔伊斯、托马斯·曼，甚至海明威，我更喜欢这种 Feuilleton 作家。长篇巨制固然惊人、散发着自成一个宇宙的魅力，它们却也充满压迫感，你必须一头扎入主人公的命运，随他的心境起起落落。一本 Feuilleton 结集却不同，你可以从任何一页开始，漫不经心读上两行，啜一口啤酒，发发呆，想起远走的朋友或昔日恋人，再读下去。你不担心错过什么，也不一定要读完。它放纵你的闲散，也在闲散中，新感受力可能意外到来。

我曾想成为这样一个作家。那时，我 27 岁，想去住最古老、豪华的饭店，与最聪明的头脑交流，和最有风情的女人约会，去躲过一次又一次的危险，这些邂逅将汇聚成一卷又一卷的 Feuilleton 集合。二十年过去了，我想问自己，为何这一切没能实现，下一个二十年，它可能实现吗？

《伯克利的魔山》是这个未遂之梦的新注解。它收录了过去几年中，我在世界各地蜻蜓点水式的记忆。除去约瑟夫·罗特，它还受到米沃什的少许影响。我深知自己永企及不了这位波兰人的诗意与洞察，却借鉴了他的某种方法——以字母表组合自己的人生经验。

它也是以"游荡集"为名的系列作品的第一本。我暗暗期待，每两三年，能推出一本新记录。假以时日，它们也将构成一个妙趣横生、带着我的情绪印记的世界万花筒。

许知远

2024 年 6 月 12 日于杭州

目 录

B

北平的味道

一

海棠花落了一地。阴雨、飘雪、冰雹的一周后，春天还是回来了。在花家地社科院的大门口，我等车。电子导航令司机们丧失了基本的方向感，时常需要乘客对着电话吼上两次，他们才能找到一个再明确不过的地点。

我有些恍惚，既因昨夜糟糕的睡眠，也与在读的这本书有关。封面依稀看出一个着马褂的男子，"侠隐"二字大大咧咧地印在他的胸前。连续三天，我沉浸在张北海描述的北平：英俊敏感的李天然如何寻仇，如何卷入中日危机，又如何与几个迷人女子卷入或深或浅的情感。这是1936年的北平，危机四伏，又一切皆可能。

这是一次迟来的阅读。三年前一个深秋之夜，我在后海一个院落见到张北海。他消瘦、修长，颈上绕一条窄巾，戴棒球帽，足蹬白色运动鞋。他鹰爪般的手指钻进冰桶，颤抖却有力地将冰块扔进酒杯。他有种少见的酷，是北平公子哥儿与纽约波希米亚的混合质地。他喜欢白光与詹姆斯·迪恩，以及苏格兰的单一麦芽，牛仔裤后袋里常揣着小酒壶。

他回忆起塑造了人生的三个城市：北平、台北与洛杉矶。从 1936 年到 1949 年，他出生、成长在北平，一个不断被攻占、后被解放的城市；然后是台北，冷战前沿，一切风雨飘摇又压抑不堪；1962 年，他匆忙地逃往美国，对一个年轻人，倘若你不需去越南打仗，那是再好不过的时代，在摇滚乐、性解放中探索自我，加入反战、平权运动追寻社会公正。

他略显羞涩，说这是他第一次公开演讲，为此手里还攥了几张卡片，以防过分信马由缰。可他让人着迷的不正是这信马由缰吗？从炸酱面、牛仔裤到好莱坞、东非景象，他的文章散漫不羁，他的读者也是。多年来，他为一群隐形人写作，他们散布在香港、台湾，以及新加坡、纽约、洛杉矶、伦敦，归属于那个确定存在、又无法确定描述的华人社区。我很少看到一个中国作家像他这样四处飘荡，又安于这飘荡。我尤喜欢他对醉酒的描述："因为酒在体内消失的过程反而使你更烦、更闷（借酒绝对消不了任何愁），于是你就再来一杯，希望能再回到慢慢进入高潮过程中的那种舒畅感觉。但问题是，这个高潮一去不返。你永远无法再回到从前。除非你在真的完全清醒之后从头来过。那多麻烦！于是你就又来一杯……是高潮过后这一杯又一杯，最终送你进入醉乡。长远下去，还使你的肝硬化。"

当晚，他还讲了李小龙的故事。1960 年代他在洛杉矶一家花店打工，曾卖花给这位尚未成名的巨星，后者在付钱后，对一脸懵懂的他说：Catch me on TV. 几年后，他在内罗毕工作，发现非洲乡下孩子都向他这张华人面孔叫喊"Bruce Lee"。这个插曲反映了他的特性，他是个旁观者，着迷于意外。他的弱点也在于此，五花八门的经验常只是欢快的流水账，没有转化成对个人与时代的思考。他的文章总是滋味清淡，缺乏一种充分满足感。

在多年散文写作后，他写了这样一部侠义小说，背景是战争前的北平。我记得他讲过的一个细节：那几年，他如此沉浸于对北平的构建，以至在彻夜写作后，他去买咖啡，在清晨皇后区的街头心生恍惚，感慨"为什么今天的北平有了这么多外国人"。

二

车到来前，我似乎看见了书中的关巧红。一个身穿蓝色紧身裙的姑娘从我身边晃过，她留着齐耳短发，低着头，夹着一个红色笔记本。她经过一家文具店，一家复印店，然后是一个福州老板娘的牛杂店……这些小店都有着红蓝相间的丑陋招牌，北京、上海到每个县城与小镇皆随处可见，倒是与黄色、橙色、蓝色的共享单车相配。而这线条柔和的紧身蓝裙，像是意外的闯入者。是她低头的姿态、摇摆的腰身，还有缺觉带来的恍惚，让我想起了烟袋斜街那个动人的寡妇。关巧红会剪裁长衫，陪你散步，故意塞错一方手帕，融化你所有的紧张与狂乱，倘若你落难，她定挺身而出。她穿白色单褂，是"清清爽爽的瓜子脸，没擦脂粉……亮亮的眼珠儿……浅红的唇，满满的胸"。最终开到眼前的是一辆黑色大众，不是黄包车。我倒希望穿着白衬衣的司机是祥子，能逆行截住等红灯的蓝裙姑娘，问问她是否也姓关。

出于功利，我开始阅读《侠隐》。我要去采访姜文，他的新电影基于这本小说，并改成了一个毫不诗意的名字，《邪不压正》。我着迷于姜文《阳光灿烂的日子》，军队大院视角能捕捉到北平的气味吗？姜文已描述过他心目中的民国，它是黄四郎的鹅城、马走日的上海，它更像《动物凶猛》的延伸，富有诱惑，却不那么恰当。

《侠隐》的语调与行文，令我很快忘掉姜文。"东单、西单、灯市口、王府井，到处都摆着月饼、兔儿爷、菊花、供果。还有卖风筝的，卖蛐蛐儿的"，"饿了就找个小馆儿，叫上几十个羊肉饺子，要不就猪肉包子，韭菜合子。馋了就再找个地儿来碗豆汁儿，牛骨髓油茶"，北平风味顺着纸面自然溢出，溢出的还有那些迷人的北平女人——把李天然的手按上自己胸脯的关巧红，在南下火车上抛出银色打火机的唐凤仪。这本小说唤醒了我一种生理感受，它强烈又淡然，喧闹又静谧，紧张又闲散，古老又年轻，直截了当又暧昧不清。

城中男男女女的仇恨与怀疑最终都被柔情所包裹。

小说主角既是侠客、投机者、抗日英雄，也是北平。这城市有颓废之象，"那象牙小壶，那黑黑褐褐的烟膏，那细细长长的针，那青白色的鸦片灯，那个老古董烟床，那个伺候烟的小丫头"。北平也拥抱全球文化，侠客编译卓别林的《摩登时代》、放弃王位的爱德华八世、胡佛水坝的文章；这也是动荡的北平，助理小苏投奔延安，她眼中的未来；老奶奶感慨"庚子那年，八国联军进来，我都没怕……如今还怕个小日本儿"；马凯大夫则说没赶上甲午与义和团，"可是赶上了辛亥革命，成立民国，赶上了袁世凯称帝，完后的军阀割据混战，赶上了孙中山去世，就在我们'协和'，赶上了北伐，跟打到去年的内战，赶上了沈阳事变……"

它也从帝国权力中心的桎梏中解放出来。南京是南方权力中心，延安代表新兴权力，北平反而变成了前沿，琐碎的日常生活，都因这动荡而散发出独特魅力。

三

这个北平离我太过遥远。在王朔的小说与姜文的影像中，我感受到的是另一个北京。从北平到北京，就像从 Rangoon 到 Yangon，或是从西贡到胡志明市，简单名字变化背后是城市味道、颜色、节奏以及一整套生活方式的变化。如今，就连王朔与姜文的北京都离我远去了，一个崭新的北京正在兴起。这个北京的味道是什么？一位住在望京的朋友开玩笑说，那是泡菜的味道，他所在的社区都是韩国人。

这城市正在发生新蜕变，五颜六色的外卖摩托车取代了黄包车，烟袋斜街已变成丽江的拙劣翻版，广福观犹在，或许关巧红与唐凤仪早已投身于直播。或许，这也是回忆北平的最佳时机。最美好的一刻，总在想象与误读中到来。

2018 年 7 月

灿烂的"野蛮人"

一

等候电梯时，突然想起一则旧广告。四张照片并列，前三张依次是一瓶伏特加、一辆劳斯莱斯、一张海明威头像，照片下分别写着酒、车、作家。我忘记了第四张，应该是广告主，它标榜自己就像前三者一样，在各自领域有着不言自明的号召力，符号价值甚至超越行业本身。这个广告刊登在某一期《生活》（*Life*）杂志上，这份早已停刊的杂志是我视觉意识的开启者。尽管愤愤不平，我却不得不承认，一张照片有时的确抵得上一千个单词。这也是我们时代的特征，形象即实质，可能比实质还重要。

姜文的肖像也同时跳入脑海。倘若设计一幅类似的中文广告，或许可以用茅台替代伏特加，红旗车替代劳斯莱斯，姜文取代海明威，肖像下可以写"演员"或"导演"，不必做多余解释。他们也的确不无相似。姜文咧开嘴的笑容、寸头、那对扇风耳，像胡子拉碴的海明威一样令人难忘。他们都英俊、才华横溢，具有高度个人化的风格；他们还乐于展现自己的雄性特征，是各自时代的男子气概的象征，有一种"野蛮人"的魅力。他们因此获得一种显著的无龄感，即使到了晚年，海明威还在竭力展现自己的活力，四处吹嘘可以让第四任妻子彻夜兴奋；当你说起姜文，很难意识到他已在舞台中央活跃了三十余年，当同代人都被陷于某个具体时代情境时，他却总能激起新的社会情绪。

姜文的工作室就在亮马河旁的一座公寓中，它朴素、线条生硬，保留着往时的夕照。他约我12点见面，吃一顿简单的午餐，再开始正式采访。他那迷人的妻子之前对我说，姜文是个害羞之人，需要一番心理预热。像所有姜文身边的伙伴一样，她称他为"姜老"，尽管私下也同样抱怨他难以控制的孩子气。我不无忐忑，更需要这种预热。这与姜文在我青春期扮演的角色有关，也源于他的种种传闻，他桀骜不驯，一言不合就让对方下不了台，尤其是面对媒体时。

记得1995年夏天，高考结束不久，我与同学骑车穿过北洼路，去看刚上映的《阳光灿烂的日子》。马小军在屋顶上的流窜，背着军挎打架，镇完东单镇王府井的口气，还有米兰的丰满身形，牢牢刻在脑中。这感觉熟悉又陌生。我们都成长于长安街沿线的军队大院中，对那些苏式建筑、领袖雕像、呼啸而来的少年，以及他们无处释放的荷尔蒙，再熟悉不过。它也是陌生的，北京已一头扎入新时代，动物们不再凶猛，暴力、闲散、狂妄都消退了，少年们着迷港台的流行文化，消费主义暗涌。我们都处于青春的躁动与困惑中，经常牛仔裤配褪色绿军装，斜背着父亲留下的旧军挎，里面塞一本王朔的小说。这也是十足的虚张声势，我们压根不敢和隔壁班的性感女生搭讪，倘若碰到街头的小痞子，只会心怦怦乱跳，赶快骑车绕过。因为这部电影，姜文就像王朔、崔健一样，成为我们心中的文化英雄，他们大胆、个性鲜明，玩世不恭又充满真诚。

夏天结束了，我进入大学读书。波普尔、哈耶克、李普曼、加缪、陈寅恪……这一连串知识分子突然进入视野。我对他们的博学、道德坚持大为叹服，认定它比那种懵懂的青春冲动更值得追逐。我甚至开始反感王朔式语言，认同一位上海学者的分析：王朔在摧毁伪崇高时，也破坏了真崇高，他的反叛姿态背后，是对特权的迷恋。这也影响了我对《阳光灿烂的日子》的看法，成长起来的少年坐着凯迪拉克穿过长安街时，它像是对特权的另一次炫耀，他们昔日是北京的中心，如今仍然是。我开始着迷一种知识分子姿态，要批判社会，严肃、深刻、抽象化，而非玩世不恭。我不喜欢他们展露出的反智倾向。

姜文仍偶尔进入我的视野。1998年初夏，他在排演一幕名字很长的话剧时，一位记者朋友带我去探班。舞台上的他，气场依然慑人，他庞大而傲慢，令人同时心生羡慕和排斥。

接下来，我买过《鬼子来了》VCD，在电影院看过《天地英雄》，带着期待买了《太阳照常升起》的票。我对《太阳照常升起》这部电影感受复杂。我没看懂一些段落，对另一些段落无比着迷。陈冲扭动的臀部，黄秋生所唱的梭罗河，都让我再难忘却。久石让的配乐在我脑中盘旋多日，也让我想起《阳光灿烂的日子》中的《乡村骑士》，姜文在无意中塑造了我的音乐趣味，我喜欢古典音乐多半源于他，且是这种抒情、甜美型的曲风。后来才知道在19世纪末的意大利，《乡村骑士》像流行歌曲一样流行。

"他写了一首诗。"我的一个朋友走出影院后说。这是2007年秋天的北京，我对诗没太多兴趣，一心要捕捉时代精神。北京正沉浸于一种亢奋中，1990年代的少许闲散让位于技术、商业驱动的忙碌。对外部世界的谨慎试探变成对全球化的拥抱，即将到来的奥运会是这股潮流的顶峰图腾。让我兴奋不已的是对这历史性变迁的描述，分析一个大国崛起时的规模与力量，崛起背后的牺牲与阴影。姜文表现出的一切，显得过分私人化。《太阳照常升起》既没如《鬼子来了》一样获得国际奖项，也未在中国观众中激起广泛共鸣。我还记得一则报道，姜文怒斥了那些说看不懂的观众，他还不厌其详地罗列影片动用了多少飞禽走兽，空运了多少鲜花，铺设了怎样的轨道，连剧中的婴儿都是他刚出生的儿子等种种细节。他对电影有一种罕见的狂热，对每个细节都有偏执狂式的要求。他似乎做了一桌大菜，客人却不太动筷子，吃相不够尽兴。

三年后上映的《让子弹飞》走向了另一个极端，它激起了公众的情绪浪潮，创造了中国电影史上新的票房纪录。我却感到不安，比起《太阳照常升起》，这部电影中的一切都显得过分恰当，它的戏谑与嘲讽，与兴起的互联网话语系统不谋而合，它对人性与历史之解释，吻合了人们的普遍思维——中国社会、中国人一直如此。它如此聪明、如此消解、如此流畅，让人感受不到人与历史的质感。它把姜文推到一个奇特位置。自 1985 年出演第一部电影以来，他似乎能通过影像俘获每一代中国人的心。在情感复苏、重新理解伤痕的 1980 年代，他是屏幕上的末代皇帝、饱受屈辱的右派知识分子、情欲炽热的西北汉子，在那个电影是主要的娱乐与教育来源的时代，这些形象进入每一个家庭记忆，20 岁出头的他就成为全民偶像。在急剧转变的 1990 年代，他又成为倒卖衣服的小贩、鲁莽的书商、漂泊在纽约的音乐家，尽管此时电影院线衰落了，被录像机、VCD 取代，但姜文仍进入千家万户。更重要的是，他还蜕变成横空出世的年轻导演，穿梭于威尼斯与戛纳。与八九十年代国际视野中的中国叙事不同，姜文逃离了那些熟悉的意象——黄土地、历史创伤、被遗忘的边缘人……他在庆祝青春与力比多，尽管隐去了幕布背后的残酷与荒诞，在处理历史创痛时，用的是一种戏谑、超现实的视角。他已被称作"中国的马龙·白兰度",也有潜质成为中国的赛尔乔·莱昂内或科波拉。

21世纪到来时,他遭遇了短暂挫折,如今却又回到舞台中央。电影再度成为大众文化的中心,与1980年代不同,涌入影院的观众不再来自一个匮乏世界,他们都饱受过剩信息之苦,培养出老练消费者的挑剔。这挑剔并不意味着直线进步,它可能是新的盲从,甚至失去了匮乏时代的朴素。他们以为自己无所不知,把陈词滥调误作聪明。一个沉浸在自己世界的姜文,却把握住了这股新潮流。这是令人惊异的成就,年轻一代的观众很少知晓《芙蓉镇》与《红高粱》,那是父辈记忆,按照时髦的说法,几乎算是古代了,与清朝、明朝没太多区别。姜文说"要站着把钱挣了",他不容分说地把手摁在刘嘉玲胸脯上,他与周润发斗智斗勇,他高速的、无厘头式的对白,快意恩仇后翩然离去的潇洒,都让年轻一代亢奋不已,这就是他们想过的人生,武断又自由。时年47岁的姜文不仅回到中心,还毫不费力再度成为男性荷尔蒙的象征,这象征与二十二年前的西北汉子不同,后者是莽撞、血性、不顾后果,如今则精明过人、全身而退。

也因此,《一步之遥》尚在拍摄时,就引发高浓度期待,一家新闻杂志连片花也没看过就评它为年度电影。姜文是始终蕴含高度矛盾又始终闪耀的存在,在一个迷恋大众与数量的时代,他表现出某种个人英雄主义;在被高度工业化的电影业中，他以彰显个性闻名；在娱乐人士都不同程度取悦媒体时，却总传来他激怒记者的消息；当崔健早已唱过"新的时代到了，再也没人闹了"时，他总是能以一种突兀的方式，引发议论与误解，引来无穷的仰慕。与众人期待的不同，《一步之遥》引起的困惑要多于赞叹。它是一个充斥各种戏仿、隐喻、诠释、夸张、戏谑的后现代叙事，你必须了解足够多的电影史、导演的个人感受与思考，才能更好地进入，否则就像是精美却凌乱的拼贴，你要费力地与自己的分神纠缠。姜文以忠于自我著称，但这一次，这个自我很难让人区分，是华丽还是混乱。

二

人未出现，声已传来，浑厚、富有穿透力，还带着姜文式的不容置疑。我正在看那幅老北平地图，密密麻麻的线条与胡同名，通往另一个时空。这是《邪不压正》的发生地，经由《让子弹飞》中的鹅城、《一步之遥》的上海，姜文将"民国三部曲"的最后一站置于1936年到1937年的北平，一个侠客在暴风到来前夜的复仇与爱情。研究地图也是为了去除不安。这个一推再推的采访，令我心生不满。姜文任性，他总是在一个时间确定之后，又推翻了它，不羁的心情似乎连他自己都无能为力。而他身边的人，也乐于纵容这种任性。作为一个媒体人、一个知识分子，或许还有男性身份，我对他有一种下意识的抵触，一方面想反抗他的优越感与骄傲和那种溢出的权力感，另一方面又对他充满钦佩。在重看他的一些影片时，我为他的才华惊叹，他如此年轻时就可以处理如此复杂多样的感受。你当然可以批评他的某些切片，却不能不惊叹他多年来创造力垒砌的高地。不过年长十三岁，他好像比我多经历了好几个人生，在一个又一个经典形象和动人画面中自如穿越。

随着声音的传来，屋内气氛陡然变化。工作室和宣发公司的人顿时陷入慌乱，他们不清楚姜导将从屏风的左侧还是右侧穿过，场面失序，仿佛一场龙卷风将至。我突然想起曾看到过的一个描述：姜文在片场时像个"暴君"。眼前的姜文不如印象中那么高，仍强壮有力，深蓝色的短袖 T 恤被撑满，少许的胡茬儿和鼻梁上架着的圆框眼镜又给人一种别样的气息。我们握手，寒暄，我的紧张突然消失了，刻意保持的镇定变成了真实的镇定，不知为何，我觉得这必定会是一次不糟糕的采访。

姜文表现出某种老派的周到，听闻我与张北海一起喝过威士忌，特意准备了一瓶 Lagavulin 8 年，它的泥煤味让我着迷。他还邀来我们共同的好友，以使见面更为自然。不过，他主导性的风格与传闻中的一样，从寿司的吃法、伊顿公学、夏威夷的酒店管理到癌症治疗，他无一没有看法。所有人也习惯性地附和，他庞杂（未必准确）的知识、确信无疑的口气，让人不知如何应对，况且，人人也都知道与他争辩的结果。访谈设置在客厅的窗前，我们并排坐在高脚凳上，前臂正好搭在长条案上，眼前是三里屯那些沉闷的高楼，午后的阳光正灿烂。这也是姜文的安排，他希望镜头对着他的后侧面。他把残存的威士忌倒入我的咖啡杯，说镜头中有酒不好，访问就开始了。

我们的谈话从对时间的感觉开始。"你看，那是尼泊尔使馆，有各种塑料盆，养花、种菜。那边是沙特，他们连树也没有一棵。"姜文指着窗外说。这座涉外公寓与这些使馆一样，带着另一个时空的气息。如何处理另一个时空，则是姜文创作中的永恒主题，不管是演戏还是导演，他都在展现一种历史意识。他却说，自己的时空是混乱的。"我没觉得时间重要，"他说，"我有时候在想，是不是拍电影把自己的脑子、把时间给拍乱了。"对他来说，主观的感受比客观的存在重要。《阳光灿烂的日子》拍摄于冬天，他让人用喷火器融化掉地上的冰，然后让演员脱下大衣，穿上夏装，尽管耿乐与夏雨背后的树甚至没有叶子，"你还是觉得很热，这已经扰乱你对时间的认知了"。真实很容易摆布，主观感受反而更为真实。对姜文来说，他的人生是按照参与的电影来编排的，所谓的现实生活倒退隐了。他还说起新电影的创作源起，对老北平的看法，对民国的理解，他的历史意识的形成……总之，历史是一种不真实，是一个借口，你借用它来表达自己的感受。

我熟悉他的语气,它满不在乎,又在不经意间流露出自己智识与经验上的优越感。它是皇城人的自得与新贵们中心感的双重混合,一种下意识的俯视感,一种"这都不叫事儿"的劲头。少年时,我和同学们都曾刻意模仿。我发现自己立刻被这语气裹挟。就像马小军被那些更年长、果断的小混混吸引一样,我也希望自己和姜文来一番对答,充满北京大院子弟式的机锋。这令人愉快却也危险,彼此哈哈一笑后,往往什么也没说。比如说,我问他是否做自我分析,他说做,但比较难,就像揪着自己的头发向上拽,我又问他拽得怎样,他指着自己的光头说,这不是特意把头发剃了嘛。这种机智把问题轻松划过,也回避了真实自我。这也是姜文令人好奇之处,在荧幕上表现出的一以贯之的才华、荷尔蒙与傲慢背后,真实的他到底是何样?他是用骄傲来掩饰不自信,用冲突来消除羞涩,用不断展现男子气概来压抑住自己的男孩气吗?

当说起母亲时,姜文突然温柔起来,他对无法处理好母子关系感到无奈与遗憾。《阳光灿烂的日子》中的小军妈,《太阳照常升起》中的疯妈,她们都强悍有力,令儿子不知所措。这或许也是姜文对现实困境的另一种表达。当他兴冲冲地拿着中戏录取通知书到家时,妈妈只是提醒,他还有一盆衣服没洗;当他想买一套新房给她住时,她拒绝搬出平房。他的所有努力与成就,似乎都赢得不了她的心。有那么一瞬间,我都想拍拍他肩膀,说一声,兄弟没事,都过去了。这个柔软瞬间转瞬即逝,他立刻又变成了满不在乎、一切皆知的姜文。他不关心电影票房,不关心观众的反应,不关心媒体的批评,不关心传统的影响,一切皆是误读,艺术家只能表达自己。

我们在"传统"的问题上产生了争执。姜文以一种充沛的自信著称。他29岁前往美国,见到马丁·斯科塞斯、罗伯特·德尼罗时,没表现出任何不安,在与正当红的迈克尔·道格拉斯的合影上,身穿白色T恤的姜文挺着胸脯,带着自信的微笑。这是1992年,中国仍处于开放的初期,几乎所有中国艺术家与知识分子都处于严重的"西方焦虑"中。这自信令人钦佩,或许也会导致某种封闭。姜文很少承认他人给自己的影响,除去赞扬过于是之的表演,他几乎从未提及传统——不管是中国的电影、戏剧传统,还是欧美的电影传统——对自己的影响。他的角色被谢晋、谢飞、张艺谋塑造,他深受《美国往事》与《教父》的影响,《一步之遥》片头更是对后者的戏仿,但他总致力于传达这样一种印象:他就是他,他孤立于时间之外。只是偶尔,他承认奥逊·威尔斯是天才,因为他25岁就拍出了《公民凯恩》,而自己29岁才开拍《阳光灿烂的日子》。

当我追问传统对他的影响时,他反问说,什么是传统,是裹脚、不洗澡、卖孩子吗?我说于是之、英若诚就是传统,他又反驳说,这在他心目中是"传奇",是打破传统的"传奇"。我理解他的观点,又觉得他陷入了某种蒙昧。这与一代人的成长经验有关，他们的青春是在破坏、一种对传统的藐视中成长的，这给予他们一种特别的生命力，不为固有观念所困，敢于用各种"拿来主义"，尊重自我经验。可是谁也无法回避问题的另一端：他们往往误以为自己的经验就是全部经验，对更大的、可能迷失的世界心怀抵触。再与众不同的自我，最终都将进入一个传统的河流，所有人，不管你多么富有天才，都是在共同写一本世界之书。一个艺术家最成熟的阶段，不是彰显自我，而是消除自我，融入人类文明的河流。

2018 年 7 月

西坝河的黄酒

一

两碗黄酒之后，他谈兴渐浓。他穿中式蓝色对襟褂，向后梳理的头发一丝不苟，其中黑、灰、白夹杂，架在鼻梁上的镜框足以遮住四分之一的脸。他的面色变红，皮肤微微沁出汗来。他回忆起胡适与雷震，李敖和陈映真，吃了一口黄瓜之后，还品评了古龙与金庸。谈起二十多年前的某一夜，古龙将他从溢满冷水的浴缸中强行拽出，他已喝了五瓶烈酒，浑身燥热，倘任性睡去，就可能一别人间。他声音浑厚，叫我把西红柿酱递过去时，大声称我"知远兄"。他还摔倒在从客厅前往卫生间的地板上，爬起来摆摆手，说没事，对已过六十岁的身躯毫不在意。

这是 2007 年的冬天，我们坐在西坝河南路的一间公寓里吃炸酱面。公寓位于二环与三环间，与商业中心尚有距离。窄窄的西坝河安静流淌，小路上的医院令人想起了过去的时代。这安静分外难得，北京变得太快。二十年前，清晨街道里都飘着豆浆与油条的香气，小巷的拐角还堆放着大白菜，如今的浓重雾气中是一座接一座的钢筋混凝土、落地玻璃窗的大楼，亢奋却乏味。沃尔玛超市提供了海水一般充沛的货品，层出不穷的时尚杂志，无穷尽的网络信息，一切都被卷入速度与数量的旋涡中。

大约十年前，我就知道他的大名，那时我还是一名浑浑噩噩的大二学生。高信疆是和一连串名人、报刊、事件共同进入我的视野的——陈映真、白先勇、李昂、台湾《中国时报》、乡土文学、美丽岛事件……我尚搞不清这些人的年龄、成就与关系，仅仅知道在 1980 年代的台湾转型中，他们是不可忽略的知识分子，高是台湾《中国时报》的一位重要编辑。

彼时，爱伦堡的回忆录《人·岁月·生活》也在同学中流传。除去他巴黎的浪荡岁月让我们心醉神迷外，我们也喜欢书封上的解冻两字，觉得它有种模糊的魅力。我们还太年轻，体会不出这回忆公之于众时，引起一代人的内心骚动。直截了当地去揭露真相，是一种反抗方式。重新去探讨生活的意义、展现生活的另一种可能，也是一种方式。

当这本回忆录的节译本在 1970 年代传入中国民间时，它影响了一代知识分子的成长。到了我这一代时，它仍动人，但狂喜已不复存在。1997 年的中国和 1977 年的中国大不一样，解冻仍在心中泛起奇妙的涟漪——听到冰层破裂的清脆，在耀眼阳光下的消融，蕴含着新希望。

高信疆和他所属的一串模糊的名字与事件，是另一种解冻，它比爱伦堡更让我感到亲切。蒋介石在1975年的死亡，暗示着戒严年代的末日。曾经生活在强烈政治阴影下的台湾社会的思想生活开始松动。倘若雷震、殷海光、李敖意味着黑暗之中的一道亮光，是力量悬殊之中的个体的悲壮和勇气，那么到了1970年代末，分散的力量正在被汇集到一处，孤立的个人找到了组织，各种个人、团体的主张与手段或许各不相同，他们是小说家、新闻记者、环保分子、活动家、艺术家，但他们却有着共同的敌人。正是在这种对抗中，他们也展开自身最光辉、最富创造性的时刻。

二

见到高信疆时，我已不再是十年前那个学生，逐渐意识到没有对应的系统变革，理想光芒也终会暗淡。被理想化的台湾转型岁月，已过去近三十年，一个越来越让人不安的事实是，最初高贵的民主理想正堕入庸俗民粹主义的泥淖。我也比从前更清楚地知道了高信疆是谁，他曾主持的《人间》副刊仍像是媒体史上的奇迹，曾如此深入和广泛地影响了整个社会，它设定的议题，为日后变革提供了智力上的准备。

在那个炸酱面的夜晚，我没太多的机会表达自己的仰慕。况且，高信疆早在二十年前就离开了《中国时报》，他曾经短暂地执掌过香港的《明报》——这份报纸在1980年代的香港，就像《中国时报》之于台湾，是各自社会价值标准的制定者。过去七年，他一直生活在北京，尝试过与不同的报纸、杂志合作，希望能将他昔日的经验移植到中国大陆，却都不了了之。对他那一代知识分子来说，一个统一的中文媒体世界恐怕是挥之不去的渴望吧。台湾太小了，香港不仅太小，也过分特殊，只有大陆可能带来那种辽阔的魅力——超过10亿人，他们通过汉语联系到了一起。但是这个拥有庞杂人群的辽阔的大陆，张开怀抱接纳了二流的台湾演员、过气的歌手、不入流的通俗小说，却鲜少接纳真正的思考者和怀疑者。

不过，黄酒、炸酱面却是谈论中国的恰当佐餐。"不能因为百年的失败，就抹杀掉千年的历史。"他说。他还提到了傅斯年的判断，在中国历史上，只要有七十年的稳定时期，它必定重获繁荣，从秦末的天下大乱到文景之治，从隋文帝统一中国到唐太宗的盛世，从宋太祖结束五代十国到范仲淹一代的兴起，不过经历了两三代人……我不清楚傅斯年的论点出自何处，历史知识也不足以对此做出肯定或否定，但不知是黄酒还是别的原因，我内心洋溢起一种难言的兴奋。我这一代人是在对中国文化的彻底怀疑中成长起来的，习惯性将现实的所有问题都归咎于文化的基因。很多时候，我们刻薄、无情，仿佛这才意味着彻底决裂，决裂才意味着新生。这刻薄却经常导致一种意外的结果——我们似乎变得更匮乏了、更单调了，内心更慌乱了。随着年龄日增，对中国文化的兴趣在内心滋生，逐渐意识到，总有些卓绝和美妙的特质让这个民族绵延至今，并曾创造出那样灿烂精致的文化。

那天夜晚，高信疆照例大醉而归。朋友扶他离去时，像是扶着一个踉跄的老侠客。只可惜，他的住所不富任何诗情——亚运村。

三

我计划再去拜访他，听他讲那些风云往事，追问傅斯年那句话的来历。来年年初，他的北京电话打不通了，接着就听说他在台北住院，患的是大肠癌。我听说，陈映真也一直在北京的医院。

一个时代似乎都在谢幕。2008 年 11 月，我第一次到台湾旅行。在九天的行程里，我不间断碰到象征意义的新闻事件——陈云林的访台、王永庆的葬礼、沉寂多年的学生运动复苏，还有《中国时报》的产权转让，以生产米果著称的食品公司旺旺集团成了它的新东家。交易结束一周后，编辑部才进行了姗姗来迟的表态，发表社论《变动时代中不变的媒体理念》，编辑们试图捍卫最后的自信与尊严，举出了《华尔街日报》与《洛杉矶时报》的例证——它们虽也经历所有权更迭，却保持了新闻品格。在这文辞的坚守中，你读到的满是物是人非的感慨。我不知高信疆听到这一消息时作何感慨，他人生最辉煌的岁月与这家报纸息息相关。对几代台湾和华语读者来说，这张报纸从不仅是一张报纸、一桩生意，而是一种精神、品格、价值观。再接着，我听到他去世的消息。他的实际年龄比他看上去的更年轻些，出生于 1944 年，不过 65 岁，40 岁之前，就完成了一生的主要功业。

一连几天，我都在回忆我们唯一一次的见面，或许也在暗暗比较我们这两代人之间的异同。他们那一代要反抗政治禁锢对个人自由、思想和审美带来的伤害，到了我们这一代，敌人已不再如此明确，消费文化与痼疾却塑造了一种新牢笼。解冻时期所蕴含的希望与理想，正在重演帕斯捷尔纳克的感叹："这种事情在历史上已发生过多次。崇高的理想变成了粗俗的物质，因此希腊变成了罗马，因此俄国启蒙运动变成了俄国革命。"

我们丢失掉的不仅是他们那一代的纯真和勇气。我更感到还有那股浓烈的情感，它深藏于一代代最优秀的中国人身上，令他们悲观时仍有行动的勇气，而非现实的俘虏。

2008 年 11 月

两个狂想者

一

G 依旧是谈话的核心。同学的聚会，就如同精确的时光穿梭机，你新增的皱纹与腰身，扩张或萎缩的事业，离异或再婚，都瞬间消失了，自动归位于最初相见的样子。

G 来自湖南，个头不高，口音浓重，却有股不可阻挡的气势。第一天上课，他走到前台，当着两百多位同学，大声自我介绍；在暑假里，他徒步到河北乡村考察，想写出新时代的农民报告；他编辑夭折的报纸，从上面我第一次知道斯托雷平改革——一个单向的经济改革无法拯救俄国，反带来政治上失败；他还四处炫耀他的性欲，带着姑娘与帐篷，在未名湖旁的山坡上过夜……他是一个 1990 年代校园的异端，是外省式反叛、少许粗俗与高度理想主义的结合。毕业多年后，我才知他有过更惊人的尝试，带来无尽的麻烦，中断了其似锦前程。

傍晚，我们约在湖广会馆见面，除去 G，还有 L 与 Y。每年照例的聚会，也是寻找某种自我确认，我们都感到青春时代追逐的理想正迅速衰落。尽管无法言明，我们都深受北大精英意识的影响，它不意味着现实的个人成功，而是与时代、社会、国家的命运紧密相连。使我们激动的似乎是那种志士式的生活，在家国情怀与放荡不羁的个人生活间，找到平衡。

毕业十五年来，我们都没找到那个平衡点。G 受挫尤甚，他用了几年才摆脱困境，然后开始了小创业者的颠沛生活。成功从未到来，甚至丝毫的临近都没有，他却总能从挫败中汲取新的能量，每次见面时，都能对新计划侃侃而谈。只偶尔，他才受感伤所困，最近一次是与 8 岁儿子的关系疏远。不过，说起阿米巴计划，他恢复了一贯的兴奋。我对于这个新名词不甚了了，它激起的感受远不如二十年前的斯托雷平改革。在新计划中，他要利用互联网来联结新的技术、商业精英，他们能够构筑一个逃离制度的新空间，比如在印度洋上造出一个人工岛屿，据此创造出一个新的国家，在这个空间中，个人获得极大的自由……可能因为微醺，或会馆中的空调不足，再或是我骨子里的浪漫精神在迅速减弱，我觉得疲倦而不是兴奋。

饭后，我们走出湖广会馆，去寻南海会馆。117 年前，一个带有狂想气质的广东书生正是在此筹划一场大胆的、最终失败的政治变革。炎热散去，被包入一片楼盘工地中的南海会馆，早已面目全非，成为一个被废弃的大杂院，或被作为文物保留、或被拆迁，其命运未知。我们四个人走在仍有昏黄路灯的米市胡同，像是置身于一个巨大的历史垃圾场。据说，那场持续了 103 天的变革，唯一的遗产就是京师大学堂，它日后更名为北京大学，我们是 1995 级的学生……

二

他只要一杯清水，客套话全无就开始讲述他的惊人计划：一路一带咖啡馆，在中亚诸国的首都开设，聚合投资信息、人脉关系，每家筹集一亿元；洽谈购买 F1 车队，倘若顺利，马上购买 NBA、欧洲足球俱乐部球队；更重要的是人才 IPO，他要把个人从昔日的组织里、从沉睡的价值里拯救出来，他刚刚完成了对自己的估值——5 亿人民币，他将出让 20% 的股份，购买者将分享他终生各种收入的 20%……他说，过去一年来，他见过的人超过一万，经手的项目则有四五千亿之多。"当然，"他会带有某种故作的自谦，"我只是平台的搭建者，每个具体项目都是由相关领域的顶尖高手操盘。"

透过狭长的窗口，我看到天色低沉、雨将至，一种分外的诡异感。有那么一刻，我觉得倘若眼前这个年轻人再假以时日，或许颇能修炼出牟其中、唐万新式的魅力。他们都在各自的时代，用一套大胆的想象与行动，造就流沙上的大厦，在破灭之前，它气势恢宏。或许，这类比对他颇为不公。这个年轻人的路才刚刚开始，在这个时代，神话与骗局的界限经常模糊。

他个头颇高，平头，唇上胡茬儿稀疏，穿横条 T 恤，脚下是黑色面的运动鞋，像是再典型不过的、尚不知如何修饰自己的北大理科生。这外观与他口中的项目与金额流动形成戏剧性的对比。他自称是低我两级的师弟，学习数学与金融。我也记得，这反差也常常是我们在北大刻意追求的。直到1990 年代中期，这个学校仍流行不修边幅的风格，张口则称要学屠龙之技。我记得，一位同姓师兄，长期游手好闲，每次见面都能用一套我无法指出破绽的语汇把我带入云山雾罩之中。毕业前的最后一面，他说终于想通了令爱因斯坦困惑的场论，并有一套简洁的数学证明。

如今，资本、大数据取代了海德格尔与爱因斯坦。我的师兄与这个师弟，自有他们的迷人之处。你知道，你在这个暗淡的工作日的下午，突被拽入一个宏大的、一切皆有可能的世界时，会有一种多么强烈的快感，日常焦虑消失了；你也突然身家上亿，只要进行一次个人 IPO 的估值……我也承认，尽管语带嘲讽，自己不免有片刻的晕眩感。师弟对我的嘲讽毫不为意，他的内在世界已足够强大，抑或封闭。

雨终于下起来，师弟也要离去。突然间，整个空间寂寥起来，那种不断膨胀感消失了。我感到诧异，不知他为何而来，他问了我一两个书店问题，评价说生意的盘子太小，他甚至不知道我还是个作家……是的，他专为布道而来。

2015 年 8 月

两种逃离

一

"你怎么看这部片子？"我指着手中《昆西四季：约翰·伯格的四幅肖像》(*The Seasons in Quincy: Four Portraits of John Berger*)，封面上是白发伯格线条清晰的侧脸与扭过头来的蒂尔达·斯文顿(Tilda Swinton)，那个消瘦、冷傲的模特与演员，也是这部片子的导演。

"实在太难看了，"杰夫·戴尔(Geoff Dyer)脱口而出，"这很做作……让人觉得难堪、尴尬。"我没追问原因，因为我尚未看过全片，但几分钟的片花让我觉得相当迷人。他的回答一定有英式恶作剧的成分，但也透露了部分的真实。约翰·伯格是杰夫·戴尔智识上的英雄，鼓励他踏上写作之路。他人的诠释总会有隔膜，虽然这诠释来自一位与众不同的女模特。做一个并不恰当的类比，这多少像是刘雯拍了一部关于木心的纪录片，你问陈丹青的观感如何。当然，丹青的回应必更开放、富有礼貌。

这个小插曲并没缓解初见面的尴尬，在最初的五分钟，我一直在擦汗。这与头顶的摄影灯有关，也源自紧张，我渴慕他的写作与生活。

四年前的一个夜晚，我读到杰夫·戴尔。我刚拿到一笔数目可观的投资，它给我带来一种意外的快感。除去阅读与写作，我还可以成为一个创业家，没能拥有海明威式的生活，但有机会开一家中国的莎士比亚书店。可惜，这快感过于短暂。它随即转化成无穷无尽的焦虑，一个商业组织的所有细节问题都令我焦头烂额。我终于意识到，就像有人天然对词语或颜色敏感，还有人能敏锐地看到金钱的流动，我显然看不到，还发现之前对词语的敏感也正在丢失。很多时刻，我心中乱作一团，伴随着灼热。

我偶然翻到《懒人瑜伽》(*Yoga for People Who Can't Be Bothered to Do It*)。如今，我几乎忘记了其内容，语调与气氛却萦绕脑中：那股懒散、不经意、性的气息，还有贯穿一切的敏锐。我很是幻想了一下那位穿红色比基尼的瑜伽教练，还有巴黎那没头没脑的一幕。有那么一刻，杰夫·戴尔将我从创业焦躁中拯救出来，但很快，一种新的焦躁涌来。我觉得自己选错了人生方向，我本该过他这样的闲荡生活，却被困在花家地。

从此，杰夫·戴尔成了我生活的一部分。我买来了他各种版本的作品，喜欢它们排列在书架上，散落在卧室、卫生

间里。他不是反复要读的作家，甚至我从未认真读过，他最
负盛名的爵士乐作品《然而，很美》（*But Beautiful*），尽管只
是薄薄的小册子，我也没读完。它们像是对另一种生活可能
性的提醒——这位戴尔先生自牛津毕业以来就没做过一份正
经工作，他有一种天然的"反职业"的倾向，甚至就写作而
言，都无法建立起某种连续性，刚尝试了传记，就跳到了小
说，又是旅行与摄影写作，然后就追忆起第一次世界大战……
这些跳跃中又有着显著的连续性，那迷人的混杂性文体——
描述、评论、思辨、历史、游记、哲学，他想起什么，就把
它拽进来。他执意于这种不可归类，我也着迷于此。连我们
的精神谱系也颇为相似，本雅明、佩索阿、尼采，当然还有
约翰·伯格，他们都是批评眼光与个人抒情之结合，有着永
不停息的自我分析的冲动。

　　杰夫·戴尔将来北京的消息传来时，我的好奇心被激起。
与他坐下喝一杯啤酒，谈谈拉丁区的巴黎姑娘、洛杉矶的落
日，以及如何构思一本新书，该是个不错的选择。我再次购
买了他的作品，一套小开本精装，适合握在手中。但我根本
没时间读它，偶尔翻开时，心中竟生起一股厌倦：原本迷人的
自我分析显得絮絮叨叨，它不能带我逃离，反而增加了烦躁。
这些絮叨更适合出现在《卫报》《伦敦书评》，被控制在一页
纸上，不该被延展成一本书。或许，这源于新的焦灼。四年
过去了，我仍没成为一个职业的闲荡者。我被困在一家公司

里，为下一笔投资发愁。我愤愤不平，觉得自己本该像他一样周游世界，看着自己的书被翻译成不同文字，再随时淡淡地爱上一位陌生人。

我们没喝成啤酒。我们在一个下午见面，而且是一个看似正经的访问。这位文字中散漫异常的戴尔先生，坚持饮酒时间要从傍晚开始。又瘦又高的杰夫·戴尔就坐在面前，还夸赞了我的鞋子。我却不知该说些什么，他所有的内心活动、思想方式都在他的书中展现无遗，我还要再问他如何去写作D. H. 劳伦斯、对塔可夫斯基的视觉语言的评论，或是写作传统的追溯吗？我最想和他谈论女人与酒精，问问他的妻子怎样忍受他脑子里那些想入非非。倘若实践这些想入非非，他会有某种道德顾忌吗？但这不是个好时机，丢掉摄像机与旁观者的嘈杂酒吧才是理想去所。我也下意识地感觉，所有过分明确的问题都不该用在他身上。他代表的是一种感觉，一种气氛，一种不能明确划分的思维与审美状态。我还有一种浅浅的自卑，觉得自己缺乏他的纤细感受力，没有他的文化理解力。我的那套对时代情绪、转折点的提问方式，在这种纤细与模糊面前，显得笨拙、乏味。

最终，一切还是从约翰·伯格开始，这最安全。我记得那个著名的场景，从牛津毕业不久、一心想成为作家的杰夫·戴尔，受命去采访伯格，一位著名、独特，他深深仰慕的作家。采访的部分没有太多的记忆，采访结束后，伯格带这个瘦长、紧张的年轻人去酒吧喝一杯，并询问他诸多问题，一场真正的谈话才算开始。伯格两年前去世时，杰夫在《卫报》上写下了这则短短的回忆，它击中了我的心。在潜意识里，我总是渴望这样一位 mentor 的出现。它是我对一个更辽阔、丰富世界的期待，或许也是我过分脆弱的自信的象征，总等待更强有力灵魂的认可。

接下来的交谈顺理成章，我们都努力配合对方的感受，分享了对布鲁斯·查特文与简·莫里斯的看法。但说到卡普钦斯基的名字时，我们都兴奋起来。

二

我很晚才听说卡普钦斯基。或许是在 2007 年他逝世后，《经济学人》在讣告上称他是 20 世纪最伟大的记者之一。他把新闻作品带入文学高度，为此获得六次诺贝尔文学奖提名。他波兰人的身份与文学才能都让我产生好奇。我习惯了伟大的记者来自英语世界，一个波兰人如何获得这样的影响？我也对于记者被低估的创造力耿耿于怀，人们总把赞誉给予小说、戏剧、诗歌，习惯性地忽略报道、散文、评论。我买过他主要作品的英译版，《皇帝》《足球战争》《帝国》《与希罗多德一起旅行》，被他的广阔性、传奇色彩，还有那致命的孤独所吸引。

从 1956 年第一次前往印度以来，他游遍 100 多个国家，其中拉美、非洲、中东等地尤为特殊，他夸耀自己身经 27 次革命和政变，40 多次被关押，4 次从死刑宣判中逃生……在充满暴力的陌生世界，他常孤身一人，也常陷于饥饿与恐惧。孤独不仅是身体与精神上的，还是一种身份上的。一个波兰人该怎样理解这动荡的世界？他属于社会主义阵营，是社会主义理想的信仰者，又对权力的腐化高度敏感。这些异域戏剧——很多是关于独裁与专制的残酷与倒台——都像是对他的祖国困境的映射。对波兰读者来说，这些报道既充满异域风情，帮助他们逃离现实的烦闷，又是对他们生活的映射。

"他很清楚，悲哀可以转化成思想，也可以转化为失望和沮丧，漠然和麻木。他命令在全国开展各种娱乐游戏活动、盛大喜庆活动和化装舞会。""智者就要干脆忘掉如何思维，而在麻木中苟且偷生。"当 1976 年的波兰人读到这种语句时，他们不会觉得这仅仅是埃塞俄比亚的故事，它也发生在波兰。

卡普钦斯基处于一个暧昧的地带中。他是官方派驻的海外记者，需要与官方维持恰当的关系来保住这个职位。当他在这些陷于冷战格局的地区时，他发现苏联支持的左派力量常是这个地区的解放力量。他的看法常与他的波兰朋友不同，后者感到的是无尽压抑与停滞。

"人克服了恐惧，感到自由。没有这一点，是不会产生革命的。"在信中，卡普钦斯基写道。他描绘的是 1979 年巴列维政权倒台。当团结工会运动在 1980 年兴起时，他作为一名著名的文化人物到场，发现了一种既熟悉又陌生的气氛。这个社会像是突然获得了一种自尊。这再次印证了卡普钦斯基长期以来的观察，突然爆发的反抗运动从来不是关于面包与工资，它是源于受伤的自尊。你被当权者一次次地羞辱，终有一刻这愤怒会转化成巨大力量。卡普钦斯基在海外的勇敢无畏，在自己的祖国却消失了。他寄望于波兰政府自身改革，也担心倘若公然与当局决裂，就会失去海外采访的机会。他在道德选择上暧昧不清。

　　似乎是 2011 年的深秋，我在旧金山的城市之光书店买到《雷沙德·卡普钦斯基：一生》(*Ryszard Kapuscinski: A Life*)。封面上，卡普钦斯基正在抽烟，表情严肃，眼光锐利，像是老电影中的间谍——性感、神秘。我把这本书摆在书架上，每当心情烦闷，就翻上几页。一般是躺在四楼办公室的黑皮沙发上，我感到被日常活动消耗，害怕丢失自己，恐惧精神上的封闭性。只有在陌生的环境中，我才感到人生没有虚度。但我也害怕那种无所附着之感，无限的自由反而变成新的桎梏。先是在剑桥，然后是伯克利，我一再地确认，我成不了那种四海为家的作家，仅仅把归属感建立于文字与思想中。我需要那种紧密的小团体，它提供家庭式的亲密感、行动时的力量感，当这一切具备时，我才能享受疏离、旁观。

　　我还记得一个细节。卡普钦斯基有很多情人，按照他的一位传记作家描述，这些关系都是三个月模式。在这期间，卡普钦斯基浪漫、热情、带着迷人的神秘气息，接着他就消失。他也必须消失，他要回到他正在写的书，要回到他的报道现场——可能是埃塞俄比亚、伊朗，也可能是智利、墨西哥……除去这即兴的情感，他还有位忠诚的、稳固的妻子，她照料他生活的一切。当他在华沙外的公路上爆胎时，他的电话会打给她，而不是道路管理中心。他必须在变化与稳固间找到某种平衡。"他是个复杂的人，生活在一个纠缠的时代，同时处于不同的时期、不同的世界。"卡普钦斯基去世后，他的一位情人评价说。

三

杰夫·戴尔遗憾于卡普钦斯基没得到诺贝尔文学奖。这或许是非虚构作家的某种愤愤不平，只因为他书写的是真实事件，就不如虚构出的故事吗？"他的很多报道细节被证明是失真的，是想象出来的，"杰夫·戴尔戏谑说，"那他就更该得奖了。"

与卡普钦斯基相比，杰夫·戴尔太过轻盈。他躲避危险，"如果可以选择另一种人生，我也愿意成为驻外记者。我感兴趣的可能是和其他记者的聚会，当外面在闹革命时，我们在喝酒"。卡普钦斯基寻找历史现场，杰夫·戴尔则抱有一种反事件姿态，那些无关紧要的细节，或许更能展露人生的本质。他可以自辩说，这是文学的冒险，乔伊斯仅仅坐在书桌前，就可以过上充满冒险的一生。

在这漫无目的的交谈后，我获得了某种释然，似乎一场虚拟的关于冒险的谈话就令人满足。我那么渴望逃离，不过是一种孱弱的渴望。

2016 年 11 月

伯克利的魔山

记不清巴德伯格什么时候死去，两年或是三年前。

陈也是一样。去年还是前年。

我们刚一到达，静静沉思的巴德伯格

就谈起了一开始很难习惯，

因为这里没有春天或夏天，没有冬天或秋天。

"我不停地梦见雪和白桦林。

这里很少改变，注意不到时间怎样过去。

这里，你会看到，是一座魔山。"

卜弼德（Peter A. Boodberg）去世了，陈世骧也离去了。在漫长的时间里，他们在加州伯克利教授中国古典语言与文学，同样博学、冷僻。在写于1975年的诗作《魔山》中，米沃什缅怀他们。这缅怀既模糊又清晰。他记不清他们的死亡时间，卜弼德该是"两年或者三年前"，而陈世骧也一样，"是去年或者前年",却清晰地记住了他们共同分享的边缘感。米沃什没读过他们的著作,他们也读不懂前者的波兰语诗歌,把他们联在一起的是流亡的命运,"谁会在乎他们呢。这里阳光普照"。

在电报街上的莎士比亚书店,我看到了这本米沃什英译诗选,偶然翻到这一页。我对诗句一知半解,更搞不清Boodberg与Chen是谁,却被一种奇怪的氛围吸引,它与我心中的伯克利大为不同。

就像哈维尔是剑桥游学生活的支点,我将米沃什视作在伯克利生活一年的向导。哈维尔与剑桥并无关联,但在克莱尔堂那经常过分清冷、无聊的晚间,哈维尔像风一样给我带来人生第二次热忱,鼓舞起我对现实的介入。米沃什呢,他应该会教给我怎样应对流亡的疏离与失重吧。

这当然不是我的初衷。伯克利最初吸引我的是它所代表的1960年代的美国精神,一种藐视权威、一切皆有可能的青春精神——不修边幅的学生们高呼着,要让庞大的资本主义机器停下来。这也是对自己沉闷的青春经验的逆反,1990年代的北京迅速卷入消费主义与科技浪潮,那种改造社会、发现自我的热忱已然退隐。

是的,2013年的伯克利,那个闹哄哄年代的遗迹还在。街头上那些扎头巾、浑身挂满装饰的流浪汉仍让你想起嬉皮精神;在杜兰旅馆房间墙上《毕业生》的剧照上,本杰明正看着罗宾逊夫人的丝袜长腿，一脸困惑；图书馆旁的言论自由运动咖啡馆挤满了或读书或闲谈的年轻面孔，它是为了纪念1964年的运动而建……但这反抗精神已成为一种博物馆式的存在。新时代精神绽放在了帕洛阿托（Palo Alto），发明手机应用程序，动辄亿万美元的交易，是让今天的年轻人一头扎进去的资本游戏，对抗它才是笑话。

失望的不仅是时代氛围，也有我的边缘感。剑桥的学院尚能提供某种多元的社交生活，晚餐时韩国法学家、爱尔兰戏剧研究者与美国史教授相聚一堂，你要入乡随俗，与对面的、左边与右边的客人轮番谈话。一些人彼此熟悉，陌生者不断涌入，一个智力空间由此形成。

在伯克利，我的办公室是在东亚系的小楼中，中国中心与日本、韩国的院系相邻。我分到了一个水杯和共用的打印机。据说，张爱玲也曾是这个中心的研究员，正是那位 Chen（陈世骧）邀请她前来，以解她客居美国的一时困窘。又据说她每次都贴着墙走进办公室，更不愿理睬同行。我对逼仄空间分外不安，把水杯遗忘在打印机旁，就再未走入这个地方。

我有两位要好朋友，一位是钟爱日本与中国台湾流行音乐的牙买加后裔，另一位则会用希腊语朗诵荷马并手工制作家具，他们都教授中国文学与历史。但剑桥的学院氛围无法再现，大部分傍晚，我在正对着海湾的顶层公寓，一边喝酒、听着BBC3，一边看着太阳逐渐发红、下沉，海湾大桥上的灯光亮起来，据说那是中国人修建的新桥。

米沃什在我的视野中鲜明起来。自 1960 年起，他定居于此，讲述波兰文学史、诗歌翻译，固执地只用波兰语写作。他不喜欢伯克利，也不喜欢那股闹哄哄的六十年代精神。他觉得加州野蛮——那些巨大的杉树是一种自然的野蛮，嬉皮士们则是文化上的野蛮，他们都缺乏一种他追求的历史意识。

我最初阅读米沃什，不是因为诗歌，而是他的一部政治心理分析作品——《被禁锢的头脑》（*The Captive Mind*）。在我看来，再没有一本书比它更典雅、深刻，直截了当地描述了 20 世纪知识分子与极权的复杂关系。米沃什必对此深感不屑，他一直试图摆脱这本书的阴影。作为一名叛逃的波兰外交官，他很容易成为意识形态之争的象征，从一名内涵复杂的诗人被塑造成了一名冷战战士。他一定很难想象，他敏锐、清晰的道德语言，对于一个成长在陷入道德相对主义社会的青年，会产生怎样的震撼。

在伯克利，他在流亡中的挣扎与骄傲，更让我产生共鸣。他在自己的花园里、在心中、在语言上，重构丰富了他的家乡维尔诺（Wilno），让这记忆滋养自身，抵御无根之感。他与卜弼德与陈世骧，都是 20 世纪之子，侥幸生活于意识形态冲突的夹缝，饱受流亡之苦涩。他们逃离了旧的压迫地，却在一个崭新的世界无所依靠，他们所擅长且令他们着迷的东西毫不重要也无人分享，他们只有建立起更坚固的内在秩序，才能面对这无止境的虚空。

语言与学识成了唯一的庇护所，他们锻造了一个属于自己的"魔山"。"在句子中找到我的家，它精简，像是锤炼的金属。不是为了迷醉何人。不是为赢取身后持久的名声。一种对秩序、节奏与形式莫名的需求，用以对抗混乱与虚空。"在诗集的封底，米沃什写道。

这深深打动了我。这与我个人的转变相关，似乎比起之前的任何时刻，我都更渴望建立内在的秩序。多年来，我沉湎于捕捉时代精神、批评社会，在最初的语言快感过后，陷入失语。重复令人厌倦，更重要的是，你发现自己无法创造出独特的理解。这正是我初学写作时埋下的弊端，因为缺乏严格持续的精神训练，我必须把精神附着在一个更大的力量上——时代、历史、杰出人物，这都是对个人追问的回避。我不满自己，也清晰地意识到，自己进入不了那座"魔山"。那个魔山由天才的智识与精神的艰苦训练构成，两者我都不具备。

米沃什也已离去，他回到故乡，并带着荣耀下葬。但他身经的历史力量仍未退去。我对流亡产生了兴趣，断断续续地拜访了一些流放者，他们或是自我放逐，或是出于不可抗拒的时代变迁。这些见面化作了深深的焦虑，他们在历史时刻的选择与日后的坚持，都令人赞叹与敬仰，最终成为彻底的历史边缘人，又令人感伤与恐惧。我意识到，我对于边缘有一种叶公好龙式的迷恋，边缘常让你敏锐、富有判断力，但在更多的情况下，它摧毁这种敏感与判断力，反而让你陷入喃喃自语的偏执。

我从伯克利逃回北京，投入了喧闹，尽管愤懑、焦躁时常伴随，但我的确逃离了那种孤立感。"魔山"离我越来越远，我甚至忘记了它的存在。在一次梦中，我遇到了米沃什，他来访中国，我在一次宴会上恰好坐在他身旁。我们都坐在高脚凳上，椅子腿陷入流沙中。我感到左右晃动，随时会跌落入流沙。他镇定异常，带着"小地方人的谨慎"，耐心地听着我的慌乱呓语。我说，我喜欢你的散文，特意去半山中寻找你的老宅。我在摇摇摆摆中喋喋不休，生怕问题没有问完，就被流沙吞没……

然后，我惊醒了。

2017 年 1 月

海妖服务器

他称它们是海妖服务器（Siren Server）。

华尔街的对冲基金、谷歌、脸书、亚马逊，还有正迅速兴起的 Uber、Airbnb，都隶属这个行列。在荷马史诗中，海妖塞壬用魅惑性的歌声，让旅途中的水手们丧失意志、迷失于归途，这些技术巨头则收集海量数据，创造了一个封闭的、剥削性的循环链。你的免费劳动成为海妖公司的利润，它们把你的付出投入广告，吸引你把更多的时间与精力投入其中。没错，你已深陷这个游戏。

在伯克利山腰的一个庭院里，我见到杰伦·拉尼尔（Jaron Lanier），海妖服务器概念的发明者。他阔大的身形勉强被裹紧于黑色 T 恤中，散乱的非洲式发辫像生长出来的蔓藤，或就如头脑中野草式的思想。若脸再瘦些，他就与摇滚歌手鲍勃·马利（Bob Marley）颇为相似。

在四季如一的阳光下，海湾、金门大桥与市区的高楼皆清晰可见。从这里向南延伸至圣何塞的狭长地带，就是硅谷。

在那些发黄的山丘上、平庸的低矮建筑群里，是此刻世界的革命中心——一场由技术与金钱驱动的革命，它正深刻、全面性地重组我们的生活与世界。出生于1960年的杰伦·拉尼尔是这一切的见证人与参与者。他的装束与个性，象征了与昔日硅谷的联结。彼时的硅谷尚未成为舆论中心，更继承了西部的狂野精神，因远离中心而自由。它是流行音乐、反战游行、东方宗教、文学试验场，科技是先锋力量中的一支，或许还是最不吸引人的一支。1960年代阿帕网发明时，网络技术不仅属于一个狭小的圈子，且是笨重、令人厌恶的军工产业的延伸。这些边缘、前卫力量分享着共同的乌托邦气质——倘若现实世界沉闷、无可改造，那就去创造一个崭新的世界。

1970年代，杰伦·拉尼尔就卷入虚拟现实研究的小圈子，并将这一概念流行化，被誉为"虚拟现实之父"。他曾与科幻作家威廉·吉布森（William Gibson）交流，希望他不把未来世界描述得如此黑暗。他还出任过斯皮尔伯格的《少数派报告》（*Minority Report*）的顾问，让电影里的未来更可信。如今，他是微软研发部门的重要参与者，被普遍视作技术世界的远见者。他还是个音乐家，试图将东西方的音乐混在一起，他有一个巨大的各式乐器的收藏室。他的朋友包括凯文·凯利、史蒂夫·乔布斯——他说在这个圈子里，没人像后者这么有魅力、善于表达……

他的英雄是泰德·纳尔逊（Ted Nelson），后者清晰想象了一个联结世界的诞生，每个人都成为全球网络市场的自由代理商，一种新的合作文化也就此诞生。这个预言似乎实现了，互联网如今把整个世界、所有人都串联起来，谁也未预料到，这乌托邦设想会变成如此惊人的商业成功，沉迷于印度冥想、约翰·列侬的乔布斯会成为超级商业明星。对杰伦·拉尼尔来说，一些连续感仍清晰可辨。苹果店的设计就像是寺庙，乔布斯则把自己塑造成半宗教式的人物，这都是1960年代加州的流行气氛。

代价也随之出现。"技术的发展会降低一切生活成本，人们无须花费分文便能快乐地生活。什么金钱、工作、贫富差距、养老计划，没有人会为此忧心忡忡。这是一幅多么美好的生活画卷啊，我对此却深表怀疑，"他在 2013 年的著作《谁拥有未来？》（*Who Owns the Future?*）中写道，"相反，如果我们按现状自由发展，那么我们很可能会进入一个失业严重的时期，相伴而生的将是政治与社会混乱。"倘若这段话出自一位社会批评家，或许只会被归入路德派的行列，技术变革总是招致它的批评者。这判断来自局内人，一个现代技术世界的缔造人，一个来自中心的反叛者。自 2010 年出版《你不是个玩意儿》（*You Are Not a Gadget*）以来，杰伦·拉尼尔就变成了科技界的严厉批评者。在这本书中，他批评谷歌、脸书、维基百科导致交流的肤浅化，高度联结的网络世界泯灭了个人主义，带来了数字乌合之众的兴起……而在《谁拥有未来？》中，他将批评数字资本主义的哲学与运转，将导致灾难。

"数字网络的崛起并非如我们想象的那样创造价值，促进经济的整体增长，相反的，从中获取财富的只是少数，且后者的成功是建立在大多数人无偿劳动的基础上。"他相信不合理的统计方式让普通人的贡献贬值。你的个人付出——上传照片、分享音乐、回答问题、闲聊——为公司创造了巨额利润，你却没有分享到任何东西。它造就了一个假象：似乎是机器完成了这些，而非具体的个人。他举例说，作为上一轮照相技术的制定者，柯达公司在鼎盛时期市值280亿美元，雇员超过14万，但是当 Instagram 在 2012 年以 10 亿美元出售给脸书时，它只有 13 个雇员，这种"普通人分享信息，精英人士却通过它们创造巨额财富"的模式下，中产阶级将被摧毁，也因此整个经济体难以维系。

杰伦·拉尼尔本人声调柔软，内容却锐利，有些时候听起来不像是来自硅谷的预言家，而像是 19 世纪中叶的马克思。马克思面对工业资本主义兴起时的各种弊端，相信必须创建一个崭新的意识形态与政治制度，来消除这种弊端。杰伦·拉尼尔更喜欢另一个类比，此刻的硅谷与 19 世纪末的"镀金时代"颇有类似，当时的钢铁、石油、铁路等巨头垄断了大量的金钱与资源，唯有一场遍及政治、社会领域的"进步主义运动"才打破这一切。

Berkeley

把谷歌、脸书充满朝气的领导人与19世纪的"强盗资本家"作比，似乎仍显牵强。这些海妖服务器兴起的速度、涉及的范围惊人，它们在面临新竞争者、新技术的压力时，其垄断地位仍可能被随时颠覆。但是杰伦·拉尼尔刺耳的声音仍至关重要，它提醒我们硅谷神话的另一面：技术革新并不总带来我们希望的个人解放与社会进步，一些时候也有摧毁性的后果，需要有更多其他力量来制衡它。在这场巨大的转变中，对于个人权益的保护至关重要，个人不应沦为巨大历史浪潮、技术变革的牺牲品。

谁是中国的海妖服务器？阿里巴巴、百度、腾讯，或许还有后加入的小米与京东……整整二十年，我们欢呼互联网带来的启蒙、个人解放、权力分散，如今开始经历技术革命的另一面。

2014年9月

焦虑的联盟

一

在生命的最后几年，盖尔森·布莱希罗德（Gerson Bleichröder）再度被这桩丑闻困扰。

一切源于一桩从未被正式确认的偷情。1868年，一个柏林女人声称，因为布莱希罗德，她与丈夫离婚了。尽管出身犹太家庭，44岁的布莱希罗德是普鲁士最富有、知名的商人之一，因作为俾斯麦的私人银行家，还有着一般商人难以企及的特权。这桩丑闻很快被压制下去。警察介入其中，在布莱希罗德付出了一笔赔偿后，这个女人离开德国。这短暂的插曲后，布莱希罗德的财富、声名、权势即将因俾斯麦，迎来戏剧性的提升。

然而，这个女人并未消失。几年后，她重回柏林，持续不断地骚扰布莱希罗德，威胁公开丑闻，不停索要金钱。这一次，柏林的警察系统似也没有特别办法。更糟的是，一名人品低劣的前警察施魏林加入进来，与她联手敲诈这位银行家。他们的无耻与大胆背后，是一股越来越强烈的反犹风潮。在欧洲，对犹太人的歧视由来已久，即使在19世纪中叶出现了一个"解放"潮流，但犹太人从未被真正平等对待。1873年的经济危机爆发后，富有的犹太人再度成为标靶，似乎是他们的贪婪、投机造就了萧条。再接下来，这个女人沉默了，施魏林继续指控，并迎来了新的同盟，一名反犹太领袖。这桩私人丑闻有了更为明确的时代意义，在1891年出版的一本小册子里，布莱希罗德的形象被描绘成不仅榨干了德国经济，还代表着"纵欲、作伪证、腐败的故事"。两年后，他们又在另一个小册子中写道："德国人已经如此接受一个腐化千年的外来种族，他们以钱袋为上帝，以欺诈为信仰。德国人，团结起来，为德国的法律体系而战，否则你们将再无出头之日。"

这种赤裸裸的攻击也与俾斯麦在1890年的下台相关。即使在位时，宰相都未必愿意为他的犹太朋友提供保护，更何况失去了权力。布莱希罗德最终在这一片中伤、声讨声中离世。在逝世前的相当长一段时间，他饱受私人生活之痛楚。除去这起如影随形的丑闻，自1870年代末，他已完全失明，需要挽着助手的手匆匆赴约。他的财富与荣耀每增加一分，公众的愤怒与反感就多一分。更何况，他努力效忠的对象，不管是俾斯麦还是皇室、权贵，从未对他表现出真心的尊重。他们需要他的金钱，借重他对商业变迁的判断，甚至给予他勋章、赞扬，却从未真的把他视作自己人。他在一片诅咒中死去。死前，他仍扮演着他的公众角色，继续与贵族、内阁部长会面，商讨德国经济，以及他们的个人财务。

对我来说，再没有比这个庸常的通奸插曲更能表现这个犹太银行家的个人困境与它背后的时代氛围了。他一定是个倍感孤独、压抑之人，才会因某次突然的冲动而与一个莫名其妙的女人发生了关系。据说，这个女人"完全不具备美貌、魅力和地位"，显然颇有精神问题。可以想象，布莱希罗德一定对此羞愧又懊恼。接着，他的犹太身份，他的金钱，更重要的时代情绪，使这个偶然的错误演变成摧残他终生的伤口。

那是个焦虑的德国，迅速扩张的工业与金融力量，既象征了这个国家的力量，也催生了不满，那些被发展抛弃的普通人心生怨言；那也是一个新闻业爆发的德国，各种报纸、小册子需要各种能引诱公众想象力的题材，犹太银行家的阴谋最符合它；那还是一个时刻处于性焦虑的时代，弗洛伊德之前的人们尚不知如何正视自己的欲望，这种压抑滋生丑闻，更滋生人们对丑闻的热爱……

这一切也与布莱希罗德的保护人俾斯麦有关。这个19世纪最令人赞叹的政治强人既造就了一个统一的、咄咄逼人的德国，也给新生的德国人带来一段不快乐的时光。他对自由有着天然的不信任，更没有兴趣建立一个能保护基本个人权利的制度。他对权力的绝对崇拜、他那强硬的个人作风，都让整个社会陷入持续性的紧张感。长期积郁的紧张增加了偏狭与愤怒，而布莱希罗德将成为这种种复杂的、纠缠在一起的力量的某种替罪羊。

二

在我的书架上，这本《金与铁》已经放了七年。忘记了是在查令十字街上的哪家二手书店，我无意中发现了它。那时，我迷恋大书，就是那种动辄上千页，体积与内容都令人望而生畏的著作，这一本无疑如此。它肃穆地插在历史区，封面已丢失，但黑色硬皮的包装、书脊上烫金的 Gold and Iron 发出特别的诱惑。我把它端在手中，既感到重量，也看到它的副标题 Bismarck, Bleichröder and the Building of the German Empire（俾斯麦、布莱希罗德与德意志帝国的建立）。尽管甚至念不出布莱希罗德的发音，更不知道他是谁，但我笃信这一定是本气势恢宏的著作。我也喜欢"金与铁"这个漂亮的标题。"当前的重大问题不是靠演说和多数派决议所能决定的，而是靠铁与血"，我记得俾斯麦斩钉截铁式的判断。把"铁与血"替换成"金与铁"又有何种意味？

这位叫布莱希罗德的犹太银行家与他的庇护人俾斯麦的交织关系，构成了这本双重传记，在他们背后，是德意志帝国的轰然崛起。七年来，我常鼓起勇气翻开它，但随即又放了回去。我对于犹太人话题缺乏兴趣。它或许在欧洲历史中占据着中心性的位置，我却缺乏这种与宗教、文化相关的敏感性。我对俾斯麦与德意志的兴起充满兴趣，却又常被当时复杂的政治关系困扰：普鲁士与其他公国之间的关系，统一后的德国与欧洲列国的纷争，一个俾斯麦的"铁与血"的神话无法涵盖这种复杂。

不过，它的作者弗里茨·斯特恩（Fritz Stern）却从此进入我的视野。出生于1926年的斯特恩，是20世纪最重要的历史学家之一，或许也是我最钟情的一种类型。他用典雅、雄辩的语调写作，同时穿梭于历史研究与现实政治之中。他还有一个或许过分多姿多彩的人生。他出生于一个杰出的德国犹太家庭，侥幸逃脱了希特勒的统治。在美国，爱因斯坦曾劝他学习物理学，他却选择了历史。他赶上了哥伦比亚大学的黄金时代，他的年轻导师中有文学批评家特里林（Lionel Trilling），告诉他欧洲知识分子的悲观意识；他的论文指导者则是文艺复兴式的人文学者巴赞（André Bazin）；在宿舍里，与他进行过争辩的同龄人有艾伦·金斯堡（Allen Ginsberg）；他留校任教后，又与天才历史学家理查德·霍夫斯塔德（Richard Hofstadter）成了同事，后者对于政治、社会心理的洞察深刻影响了他的历史观。他在英语世界奠定声誉后，又重回德国。他与施密特总理纵论20世纪，又成为柏林墙倒塌后的美国驻柏林大使的顾问，参与重建德国的商讨。在20世纪的最后一年，他成了声誉卓著的德国和平书业奖得主。尽管一些人批评他的虚荣、他对于名利世界的迷恋，但没人否认，他对于人们重新理解德国做出了巨大贡献。

我读了他的一本专著《文化绝望的政治学》（*The Politics of Cultural Despair*）、一本文集《爱因斯坦的德国世界》（*Einstein's German World*），很是被他理解历史的新颖角度吸引。他曾说，因为希特勒在 20 世纪历史与他个人经历中的绝对性主宰，他把一生精力都用于理解第三帝国如何兴起、它的历史根源何在。他也试图在 19 世纪的政治、社会心理中寻找这场灾难的源头。他相信，希特勒的第三帝国与俾斯麦的德国间，存在强烈的连续性。德国的政治文化、大众心理，为理解德国问题提供了有力的分析。我也知道，在他的著作序列中，出版于 1977 年的《金与铁》是最重要、规模最惊人，或许也是最能表现他的历史哲学的一部。在它的中文版即将出版前，我知道自己终于要阅读这本书了。

三

1858 年，布莱希罗德结识了俾斯麦。他们来自两个截然不同的世界。一个是古老的容克家族，以贵族头衔、占有土地为荣；另一个则是犹太银行家，他们被歧视的身份已持续了几百年，但他们又因为专门打理金钱而富有。罗斯柴尔德家族促成了这次会面。当俾斯麦需要一位值得信赖的私人银行家时，36 岁的布莱希罗德获得了这个机会，他刚执掌父亲创办的私人银行不久，这家银行也一直以无比恭敬的态度追随着罗斯柴尔德家族。43岁的俾斯麦是普鲁士官僚系统中的新兴一员，他即将出使圣彼得堡。像当时很多类似的案例一样，他们最初的关系再简单不过：俾斯麦需要有人打理他的金钱，布莱希罗德需要这样的客户以提高自己的社会地位。

历史潮流很快将他们推向了一个崭新的阶段，他们的合作随即演化为一个更复杂的故事。先是1866年，长期政治失意的俾斯麦陡然间成为新帝国的缔造者，普鲁士统一了四分五裂的德意志。接着在1871年，它击败了法国，跃升为欧洲大陆绝对的新强权。作为帝国第一任首相的俾斯麦，则成了神话式的人物。他的铁腕、精明、威慑力，在欧洲政治舞台上占据了中心性角色，更以强烈的个人风格重塑了国内政治。

布莱希罗德的地位随着俾斯麦迅速提升。在这两次并无把握的战争中，他都是俾斯麦最热烈、忠诚的支持者，主动为此筹措资金。他也获得了对应的回报，不仅与俾斯麦更为密切，还觐见了新皇帝与皇储，参与了诸多决策。他在49岁时成了德国最知名的私人银行家、唯一受颁铁十字勋章的犹太人，接着又获得了贵族册封，名字中可以加入"冯"，这是他梦寐以求的承认。他还受惠于铁路、钢铁、海外贸易造就的新一轮经济增长，在其中获得了巨额财富，这些又给他增加了新的虚荣与影响力。他甚至跨入了欧洲最显赫人物的行列，被称作"柏林的罗斯柴尔德"。英国首相迪斯雷利（Benjamin Disraeli）把他描述成"俾斯麦的密友"，唯一敢向俾斯麦说真话的人。外交团体都讨好他，他最终还出任了英国驻柏林总领事这样的荣誉职位，为此他还推掉了成为奥匈帝国总领事的机会。他的家则成为德国社交生活的中心，一位社交名媛回忆："几乎柏林的所有贵族和政府要员都会前往……整张宴会桌上摆满精品中的精品。人们使用银质餐具，面前摆放着最奢华的东西。然后［小提琴家帕布罗·德］萨拉萨特（Pablo de Sarasate）和［宫廷钢琴家］埃西波夫（Essipoff）开始表演，随后是舞会。"

他不仅追求这表面的虚荣，还参与新帝国之冒险。像同代中最杰出的欧洲银行家一样，他把目光投向海外，不管是滞后的俄国、陷于衰落的奥斯曼帝国，还是保加利亚、塞尔维亚等新国家，甚至非洲，它们因为缺乏完善的金融体系而需要这些外国资本。布莱希罗德借债给土耳其政府，试图修建连接土耳其与奥匈帝国的铁路，并投资墨西哥债券。他还试图进入中国，在一群德国银行家中建立"中国研究组"。但他们总体上是保守的，放弃了这项投资，因为"激烈的外国竞争（特别是美国）"，也因为"中国业务总体上不够安全和可靠"。

这迅速拓展的新世界、获得的新经验，也增加了他的个人影响力。俾斯麦给他庇护，他也拓展了俾斯麦对于这个时代的理解。俾斯麦经常依赖他的情报，银行家的外交消息反而常比大使更快，"早八天"；而且，俾斯麦也学会了通过银行家的眼光来理解世界，一个金钱、技术、贸易构成的新世界，一个不同于容克的世界。俾斯麦对金钱的迷恋，他的精明与锱铢必较，甚至让布莱希罗德吃惊。

他们的内在冲突也一直存在，这是旧精英与新富豪之间矛盾的象征。他们从来是不平等的关系，即使在最受宠的时候，布莱希罗德也只是从俾斯麦家后门进入。权贵们在金钱上求助于他，却从不会真正尊重他。他举办的著名宴会，俾斯麦从不出席，即使名流云集，也很少出现德国军官的身影——他们才是"精英中的精英"。那位盛赞过他的宴会的名媛不忘记录说，宴会奢华却"有欠素养"，参与者都"事后表示后悔"。

这种不平等既显示了犹太群体强烈的身份焦虑，也显示了容克掌权者们对一个正在兴起的由金钱、工业、高度流动性构成的世界的焦虑。俾斯麦也知道，自己的权力既非神赐，更非来自民众的支持，全赖皇帝的给予，倘若皇帝变了心情，他立刻失去一切。布莱希罗德更深知自己对于俾斯麦的依附性。还好，他们都有独特的性格特征来弥合这种紧张。俾斯麦用他的傲慢、权力控制欲来维持这种自我中心，布莱希罗德则是借助迟钝，"对许多轻视不敏感，满心以为他的财富、地位和智慧足以抵挡来自下层的攻击"。在某种意义上，他们是两个焦虑者的同盟。

同盟终有终结一日。1890 年是他们的转折之年。在一个咄咄逼人的年轻皇帝面前，俾斯麦轻易地丢掉了权力，陷入一种可怕的孤立。他退隐到自己的家乡。而布莱希罗德庞大的金钱更为脆弱，他无力面对时代的敌意。死亡更是使这场同盟脆弱、凉薄。当布莱希罗德去世时，他在短期内激起了一片哀悼与赞扬，葬礼的盛大程度堪称国葬。一贯刻薄的新闻界也有这样的措辞："德国最慷慨的人之一，最崇高的慈善家……［德国金融界］失去了最杰出的代表。"但随即，他被迅速遗忘。这遗忘与金钱相关。与罗斯柴尔德甚至瓦伦堡家族不同，布莱希罗德家族的金钱未能持续太久。这遗忘更与德国政治与社会上的迅速变迁有关。犹太人从俾斯麦时代进入了希特勒时代，从一个身份焦虑时代进入一个被清除的时代。这种刻意遗忘更与俾斯麦相关。在他生前出版的气势恢宏、事无巨细的两卷个人回忆录中，他甚至没有提到布莱希罗德的名字，而死后出版的最后一卷中，只提及了一次——尽管后者长期为他打理个人财务，为他的外交政策、战争寻找财政支持。布莱希罗德不仅与俾斯麦，还与他的家人，以及当时欧洲的主要权贵都有大量的书信往来。俾斯麦的刻意忽略，也影响了日后的历史学家。

当弗里茨·斯特恩在1960年代发现了关于布莱希罗德的海量的个人通信与档案时，这个犹太银行家已基本被遗忘。与之相对的是，至少有7000本关于俾斯麦的传记、研究作品被出版。这些档案不仅记录了布莱希罗德与俾斯麦的关系，也记录了他与俾斯麦家人，与德国皇帝、英国外交官、巴黎的罗斯柴尔德家族的关系，几乎构成了当时欧洲最显赫的关系网络。利用这些信件，斯特恩试图用一个视角来重新理解19世纪的德国历史。在对于19世纪德国的主流叙述中，占据一切的是俾斯麦的个人风格、皇帝的选择、强大的官僚与军事系统，一部纯粹的政治、外交史。尽管身为那个时代最重要的银行家，深刻卷入了俾斯麦的个人世界与德国公共生活的布莱希罗德却很少被提及。他的犹太人身份，他代表的金钱力量，不仅是理解第二帝国的重要维度，还为理解希特勒的第三帝国的兴起提供了新视角。

在斯特恩笔下，德国人对于布莱希罗德的刻意忽略与沉默，或许正暗示了历史的趋势。即使身为那个时代最有权势的犹太人，布莱希罗德也从未摆脱传统和德国社会非理性思潮的压力。犹太人所取得的任何成功，都没有得到任何制度意义上的保护，必须依赖掌权者与社会情绪的状况。巨大的金钱只是暂时遮蔽了他的身份困境，却从未解决这种困境。但历史证明，傲慢的权力本身也是脆弱的。俾斯麦被威廉二世羞辱，嚣张一时的威廉二世也最终因为战争失败，沦入流放生涯，只能在回忆录中继续诋毁俾斯麦。在某种意义上，他们都是一种非自由文化的受害者。这种非自由文化，不会尊重个体价值，难以理解自由之意义，它崇拜权力、渴望强人，最终所有人都沦为牺牲品。

Berlin

    这是一次大开眼界也疲倦不堪的阅读。除去这位天赋异禀人物的故事，这本书所展现的时代画卷——斯特恩对于柏林的兴起、时代氛围、帝国的殖民经验的种种描述，都让你感到畅快。它印证了我七年前对它的盲目敬畏，它的确是一本 big book.

山间的弗莱明

在朋友散乱的书桌上，我看到一册《文学评论》（*Literary Review*）。封面是丰腴的玛丽亚·特蕾莎（Maria Theresa），18世纪奥匈帝国传奇的统治者。杂志是2022年3月号，已过期五个月，仍令我欣喜。

第一次读到这份杂志，应该是2009年冬天，那时我在剑桥，做一个并无确切课题研究的访问学者。那是个期盼已久又不无迷惘的时刻。多年来，游学生活一直吸引着我——在一群才情卓绝之士间，做一个游手好闲者，东听一句，西扯五分钟。我所属的克莱尔堂（Clare Hall）是一个过分年轻的学院，晚餐也遵循民主之风，不用着长袍（gown），甚至没有高桌、低桌之分，但你仍可以发现身旁坐的人是《剑桥中国史·秦汉卷》的主编，试着给你解释董仲舒的《春秋繁露》，或者在寂寞的酒吧里遭遇一位波兰史家，纵情谈论东欧漫长的纠结……我最好的朋友安德鲁，一位研究贝克特的权威，面颊消瘦、白发苍苍，用带着匈牙利口音的英语，第一次让我了解到 1956 年布达佩斯革命的本末。他说起儿时如何与全家来到伦敦，父亲为自由欧洲电台工作，自己如何喜欢上戏剧。我们常在图书馆的茶室一起喝咖啡、吃司康，分享一种局外人的亲密。大部分时刻，我觉得孤单，后悔到来的时机不够恰当。倘若我早十多年到来，以学生之身份流连于老鹰酒吧、讲座、剧院与图书馆，与世界不同地区的同龄男女纵情欢乐该多好；或是再晚些到来，带着成就与认可，与学院多姿多彩或沉闷无聊的讲师（don）交往。

阅读总带来慰藉。一个新朋友老尤给了我一张阅读卡，他属于隔壁的沃尔夫森学院（Wolfson College），最爱青岛啤酒与海鲜排档，却习惯穿三件套，练就一口剑桥腔，发音有一种退隐式的收敛感，并声称自己是研究工业革命 1880—1885 年间女工状况的世界首席权威。的确，这个课题全球只有他一人研究。他的天分不容置疑，考取过著名的盖茨奖学金，可以出入一个只属于这个奖学金获得群体的自习室，它有宽阔明亮、可俯瞰剑河的玻璃窗，可以续杯的咖啡，以及大量报纸、杂志。从《卫报》《每日电讯报》到《泰晤士报》，从《前景》《旁观者》到《立场》，很多个早晨，我都是用浏览这些报刊来打发时光。记得奥威尔曾说，英国的知识阶层，读这本书的人与写书评的人是同一批人。在阅读这些报刊时，我发现这股传统式微却犹在，报刊评论者、学院中人、职业作家、政治人物，这些看似不同的身份在不同的情境中都可以通用和交错。这是精英教育的延续，他们都上相似的公学、大学，在同样的俱乐部喝威士忌；这也是公共智识生活所需，他们要对普遍事务发出声音。英国对于怪异（eccentricity）的推崇，又令他们在公共声音中保持了私人性，无所不在的小道消息也是旁证。在这些杂志中，我尤其喜欢《文学评论》——它的文章更精炼，话题更为庞杂——觉得自己一定要写一本书被它评论。

2010年秋天，离开剑桥不久，我前往不丹旅行。行走山间，偶遇一个英国年轻人，消瘦、挺拔。无意间谈起英国文学，我说我很喜欢奈保尔，他立刻说，奈保尔是我的作者。原来这个叫汤姆·弗莱明（Tom Fleming）的小伙子竟是《文学评论》的编辑。一种亲切感突然涌来，似乎剑河就在这山间流淌，司康的味道回到鼻尖。我想起自己钟爱的旅行作家彼得·弗莱明（Peter Fleming）。1930年代，他曾只身从哈尔滨南下，穿越整个中国抵达香港，写下了那个动荡的、大战前夜的中国。我问汤姆，彼得·弗莱明与你有关吗，他的游记真好。他说："哇，还有人记得彼得啊，他是我的叔祖（great uncle）。""不过我更喜欢另一个叔祖，伊恩。"他继续说。我愣了一下，意识到他说的是伊恩·弗莱明（Ian Fleming），詹姆斯·邦德的创造者。是啊，我怎么能忘记伊恩呢，几代人对于世界、对于一个男人理想生活的想象，都是由他创造的——最快的车、可以杀人的钢笔、风情万种的女间谍、从莫斯科到伊斯坦布尔的自由穿梭……我曾在仰光一家酒店中听到《007之黄金眼》的插曲，倏然获得一种安定感，007不再只是英国制造，而已是世界文化的一部分，将不同语言、地区、种族联在一起。

他或许不无意外，会在不丹山间碰到一个读过彼得·弗莱明的人，跟我说起，在弗莱明家族里，一半是银行家，一半是作家，前者有义务帮助后者。我记得山谷清凉，山坡陡峭适宜，只希望自己的英语再好些，很多文坛八卦想问他，那个书本上的传统突然如此之近。

十二年过去了，这本过期的《文学评论》勾起了这些记忆片段，像是一场残梦，再度复活。在旅行中断的日子里，曾经的偶遇变得更为鲜活，我也意识到，记忆从不会消失，随时等待被激活，曾经的热情与趣味，总会在潜移默化中作用于你。如今，我钟情的所有事业，书店、播客、接连不断的沙龙、杂志，皆是我对奥威尔所说的英国智识趣味的某种回应。内心深处，我仍希望成为一个具有007特性的作家，在慎思之余，仍有冒险与感官之悦，尽管这不无政治不正确的风险。

2022年8月

湖畔散步

哈金提议去湖边走走。梭罗的瓦尔登湖,离波士顿半小时的车程。他没有智能手机,不知 Google Map,翻开庞大的印刷地图,确认 2 号路的转弯处。

瓦尔登湖比我想象中小得多,只要努力,我似乎也可以游一个单程。梭罗的小屋遗迹犹在,你可以辨清火炉、床与书桌的位置。

"我独自生活,在林中,离任何一个邻居都有一英里。"遗迹的铭牌上引用了《瓦尔登湖》中一句。我从未对梭罗的隐居岁月产生过特别的兴趣。相较而言,新英格兰的文人中最吸引我的是爱默生。比起梭罗的遁世式的反抗,我更钟情爱默生式的呼喊——他要唤醒仍在沉睡的美国精神,把它从对欧洲的精神依赖中解放出来。年轻时,我也曾希望扮演类似的角色,颇用心地读了他的那些雄辩滔滔的散文,着迷于其中神性与人性混合的崇高感。

我没对哈金说出这些。面对他,我总处于一种放松与紧张并存的情绪中。放松源于他的宽和性格、缓慢的语速，他英语发音中仍浓重的中国口音，当然还有他东北孩童式的"嘿嘿"笑声。紧张则是对自己深切的不自信，我担心自己无法被作为一个严肃的同行对待，更重要的是，不能就他最钟情的诗歌展开交流。忘记是在哪里读到的，他说唯诗歌、小说才是真正的文学，散文、评论不需要太多的想象力，常是迫不得已之作。我偏爱的却是后一种。

2008 年夏天，我在香港第一次遇到他。我们都是书展的演讲者，有几次共进晚餐的机会，我记得他罕见的谦逊，还有他清晰的政治立场——在国家与个人之间，他坚定地站在后者一边。我读过他的《等待》（*Waiting*），完全被他的洗练语言与文字间的情绪折服，那种政治严寒之中的个人世界，对我来说既熟悉又陌生。似乎没有一个中国作家充分又富有节制地表现过这样的中国，他们都普遍显得太喧闹了。考虑到他 30 多岁才开始用英文写作，这成就更显惊人。我也记得他说起《等待》的书稿，他修改了 40 遍。对于那年的香港书展，除去一贯的炎热气氛，我也模糊地意识到一种新时代情绪的来临，个人在强大的集体情绪面前再度变得脆弱，缺乏价值。

接下来几年，我再没有见到他。但他的作品，长篇小说、故事集仍陆续读到，它们不再让我有初遇《等待》时的惊喜，却保持了一贯水准。对我而言，英文原作总比中文版更有吸引力，不知这缘于语言陌生感的吸引，还是我恰好能在他的英文中找到节奏感。在一段时间里，这节奏感是我的镇静剂，每当我觉得内心烦躁时，常从书架上抽出一本他的书，读上几段。他的作品像是个诚实、镇定又有些疏离的老朋友，陪你不急不慌地聊上几句。偶尔，这也激起你不恰当的雄心——或许有一天，你也可以这样写。他的英文写作，似乎充满了你熟悉的中国味道，而且没什么生词。康拉德的英文怎样，纳博科夫的节奏又是如何？哈金常被归入这个行列，他们都来自另一个语言系统，却最终以英文小说闻名，为英语书写增添了新元素。

我们绕湖一周。梭罗时代的孤独感早已消失，情侣们在水中接吻，沙滩上是读书的少妇与奔跑的儿童。哈金头戴红袜队的棒球帽，我忘记问他，是否也是棒球迷。他着蓝色竖条衬衫，用一把大伞作为手杖。"余华压根不愿意迈步子，阎连科倒是走满了一圈。"他喜欢带朋友到此地，也是尽地主之谊。自 1985 年来布兰迪斯大学读书以来，他在美国已经三十年，绝大部分时间都住在波士顿。他曾以为拿到博士学位后就回国，做一个英美文学的教授，或许业余还可以做翻译。突然的原因中断了这一切，他不仅留在美国，还准备进行一场"鲁莽"的试验，不仅移入一个新的社会、自然环境，还要移入它的语言深处。他竟成功了。他常觉得自己身处两种文化的边缘，但此刻，他为两种文化都增添了崭新的内容。

在湖畔，我们的谈话跳跃，他说起村上春树语言中的音

乐感；说起布罗茨基的轻浮，他承认这个俄国流亡者的散文很
了不起，却不太看得起他的英文诗歌中刻意的押韵，也觉得
他过分轻浮，把与一个希腊女人的床笫之欢也写入文字，对
这个说法，我略显迟疑，为什么不能写？还有宇文所安天才
的唐诗研究，他自己也正着手一本李白的英文传记，他最初
的文学兴趣正是从黑龙江小镇读到的唐诗开始的。我们也说
起了林语堂。哈金不仅属于康拉德、纳博科夫的传统，也属
于容闳、林语堂的传统，他们都是中国人中的英文写作者，
尤其是林语堂，他曾在上世纪三四十年代的美国风靡一时。
如果放在更大的一个范围，还有谭恩美、汤婷婷等，他们都
是中国经验的书写者。他们的题材与风格也象征了中国的变
化。林语堂描述的是一个深陷民族危机，却有强烈文化魅力
的中国，谭恩美等描述的是那些广东移民神秘的、风俗式的
东方经验，而哈金的主要书写都集中于国家意志与个人选择
间的紧张关系。

"林语堂能量大。"哈金说起林浩如烟海的写作，他在中
美间的外交作用，他编纂的英汉词典，发明的中文打字机，
还有刚刚发现的《红楼梦》的英译稿。在中国，林语堂常被
弱化成一个幽默散文作家，或许还不是最好的一类。"在中国，
人们讲究才华；在这里，能量（energy）才是关键。"哈金说起
他初来美国时教授的话。比起写出漂亮的句子、段落，那种
持续性喷涌的创造力才是关键。

我和一本书的故事

傍晚 5 点，适合在图书馆里闲荡。人们正在散去，涌向最近的学三食堂。书架很高，我要踮起脚来够得着最上的一排。我喜欢看那些排列在一起的书籍，端庄、沉默。它们大多被包装上了黑色的硬壳封皮、扉页盖上了深红色的印章，上面是篆刻的"北京大学图书馆藏书"，并被统一编了号。在很长一段时间里，我试图寻找书中磁条的位置，如果取下它，你就可以拿着它大摇大摆地通过门口的测试器。

我从历史类的书架，转到了传记类，扫过一排排显赫一时的名字，停留在《李普曼传》上。我从书架上取下了它，只是出于对陌生名字的好奇。那时我正乐此不疲地收集人名、书名，仿佛它们是通向一个丰沛、广博世界的捷径。潜意识中，我也在为自己的前途忧心忡忡，我 22 岁了，仍不知该以何为业，期待别人的生活能给我启示。

这本书就这样进入我的生活，和绝大多数偶然到来、又匆匆离去的印刷品不同，它再也没离开我。我的住所从 28 楼的宿舍，转移到北大东门的筒子楼，西郊的那些不知名的临时房间，还有此刻的紫竹院，它一直静静地摆在我的从未条理分明过的书架上。七年前大学毕业时，我用赔偿10倍的方式，留下了它。1982年新华出版社的版本，包装朴素，翻译精良，售价不过2.60元，图书馆的编号是K837.1254/2。

我记得那个闹哄哄的夜晚，我一边吃着食堂的鱼香肉丝，一边屏住呼吸读完了56页。"沃尔特·李普曼（1889—1974）是美国最负盛名的专栏作家。他从二十四岁（1913年）参加创办美国自由派刊物《新共和》到八十五岁逝世为止，写作活动延续了六十余年，一生写了总数达一千万字的上万篇时政文章，发表了三十多本著作。"这段毫无色彩的简介对我产生了致命的吸引力。它不正是我一直寻找的职业模式吗——以言论为业，高产，创作生命漫长，很早进入舞台中央，并将影响力持续到生命终止……

那真是个一厢情愿的年纪，我丝毫不理会主人公所成长的国家与时代，不想了解他内心的挣扎与绝望，只期待能复制他的名声与影响力。他评论从西奥多·罗斯福到理查德·尼克松的历任总统，对赫鲁晓夫、戴高乐提出外交建议，和威廉·詹姆斯、弗洛伊德、凯恩斯、萧伯纳讨论问题，他以镇定自若的口气教育几代美国人如何应对大萧条、二次世界大战、冷战和越南战争……

这本传记就像个迷人的女人，随着年龄的变化，我开始欣赏她的不同特质。大学三年级时，我一口气读完了前56页，因为它主要是李普曼的大学生涯，那是1910年代的哈佛，李普曼和他的同学们致力于探讨和实践各种新思想，他们创办社会主义俱乐部，在凌晨1点的街头争吵，在《哈佛月刊》写出这样的句子："年轻人的思想要是'保守'的话，那肯定是荒谬的。因为这意味着随着年龄的增长，他们大概就会变成'墨守成规'的人。"我还倾慕那样的时刻，年迈的威廉·詹姆斯在早晨敲开19岁的李普曼的宿舍门，告诉他那篇文章写得多么的好。哪个青年不期待在人生刚刚展开时，有一个强有力、值得信任的前辈的指引呢？

毕业时，我成为一名记者，李普曼创办《新共和》的故事，开始被我不断地重读。我总是在对别人说，要用一种新知识的精神，来探讨中国的现实，并描绘她的未来。这种话语不正是赤裸裸地借用李普曼和他的同伴们对《新共和》的定义吗？连我那不可救药的进步主义情结，也来自那时代。艺术家、作家、政治人物、花花公子、流浪汉，都沉浸于一种乐观情绪中，相信他们将寻找到一种新方式来缔造一个新社会。李普曼寻找的角度是政治评论，就像他自己写道的："我们是生活在一个革命的时代，没有任何东西可以比得上它。我们是争取一个光辉灿烂的人类文明的动力。"我总在想象那样的画面："他们一边吃面条，喝廉价的果子酒，整夜整夜地辩论精神分析学和社会主义问题。"

我的阅读在此后就停滞了。罗纳德·斯蒂尔（Ronald Steel）这本传记原名是《沃尔特·李普曼和美国世纪》（*Walter Lippmann and the American Century*），其中大量篇幅在描绘分析美国与世界的关系，它正是李普曼成就的重心。但在好几年中，我对此缺乏兴趣。令人发笑的是，当我开始为一家报纸撰写国际政治评论时，我开始经常提到李普曼，但事实上，我从未读过他的只言片语。或许唯一的例外是在一本普利策奖的作品集中，读过他的一两篇关于苏联的评论，但它们没给我留下特别的印象。所以，我关于他的所有认知都来自这本传记。他在这阶段给我的至深影响是他对于大众的怀疑，他对于深入分析的钟爱，他不信任那些沉溺于事实揭露的新闻记者，他像个纯粹的知识分子那样在大众报纸上写作，而不顾及是否读者能够理解，还有他对强有力的领导人的控制不住的喜爱……他的这些洞见（或者偏见）都深深地植入了我刚刚开始的写作。

李普曼在青年时代的进步与乐观情绪，经由第一次世界大战，还有自身年龄的增长，在1920年代开始幻灭，他变得更谨慎、不动声色。而我对国际政治的热忱在四年后变得意兴阑珊。我发现自己根本不可能接近事件的核心或者权力人物，那种借助二手、三手资料再做综合性的分析，像是一个自我沉溺的文字游戏，它没什么影响力。但即使如此，这本《李普曼传》还是经常进入我的视野。在一些突然心灰意懒，

波士顿的 Lippmann House，李普曼的人生经历曾深深吸引了我

对自己的未来充满焦虑的时刻，我会再度翻起它。

我开始喜欢阅读他的爱情故事。在他的过度冷静的外表下，是一颗孤寂的心。结婚多年的他爱上了自己最好朋友的妻子，并最终和她生活在一起。"我就像这样一个人，他在想象中看到了这种壮丽的生活方式，"他1937年5月给这位新情人的信中写道，"但过去却只是在无尽头的长廊里彷徨，窥视着一个个空荡荡的房间，直到你突然打开了通向真实世界的大门。"这是我看到的最动人的情书了，或许那天下午他仍在评论欧洲的最新局势。

我也开始喜欢他的晚年时光。到达声誉的顶峰之后，他的身体、思维和名声开始不可避免地下滑。一个终身依靠清晰逻辑生活的人，必须要习惯头脑的逐渐混乱，手不停挥地写作了六十年之后，他发现自己难以把握那些词句了……但是，即使在周围世界正在坍塌时，他仍竭力保存那一贯的自尊。在他挚爱的第二任妻子葬礼前两天，他一直在房间里练习行走，他不愿意在葬礼上以坐轮椅的形象出现。对于这个场景，罗纳德·斯蒂尔写道："他瘦得出奇，漂亮的颧骨突出在松弛的皮肤下，他形销骨立，黑色上衣在身上晃晃荡荡。他看起来极为孤单……但他蔑视这种帮助。"

距离我在图书馆里偶然的发现，将近十年过去了。看起来，它还会再伴随下一个十年。令我兴奋的东西逐渐开始转移，如今我越来越期待知道这样一个热衷于秩序、高度理性的人，是如何控制内心深层的矛盾感的。他怎样对待自己的犹太身份的，一个恪守传统道德原则的人，是如何接受那段惊世骇俗的恋情的，他是如何在独立性和对权力的钟情中找到平衡的……

我像描述一段恋情一样，回顾了我和一本书的关系，我甚至不记得它有什么缺点。这种絮叨，对于我个人的意义，或许远大于对于读者的启发。

这是我对这本再版的《李普曼传》的序言。对于一生献给公共写作的传主来说，这样的介绍是一种显著的不协调，这种矛盾也存于传主的公众形象与真实的内心之间，它值得我们更加深入地探索。

2008 年 7 月

C

汉堡之骄傲与湖南胃

    他在曼德勒皇宫外散步，依靠奥威尔的指引，想在缅甸的往昔中看到今日；他闯入夜晚阿斯旺尼的诊所，倾听这个牙医出身的作家对埃及社会的分析；他还试图在短暂东京之行中，塞入战后日本史，将刚刚习得、囫囵吞枣式知识与眼前的现实，编织一起；他也在墨西哥享受轻松一刻，辣椒的刺激与同伴对巴西女人臀部的品评，同时到来；在哈佛的怀德纳图书馆，想象炽热的、正在做爱的情侣，恰被波兰与罗马尼亚的书架夹住，一本 *The Captive Mind* 堵在眼前……

    阅读《可能的世界》时，亲切扑面而来。尽管比杨潇年长几岁，我们却属于智识上的同代人。我们都受到1990年代那股思想风潮的影响，被哈耶克、波普尔、以赛亚·伯林对于世界的洞察影响，深信观念的重要，个人应理解自身之时代，不沦为历史力量的俘虏。我们皆进入新闻业，逐渐发现进入新闻现场、描述坚硬事实并非所长，带着强烈的个人感受，将新闻置于历史背景，为现实行动赋予思想维度，才令人兴奋难耐。

我们找到一连串楷模。从 1960 年代的新新闻写作到波兰记者卡普钦斯基、英国作家蒂莫西·加顿艾什，以及奈保尔、简·莫里斯、布鲁斯·查特文……他们是一群真正的杂食者，观察一切、体验一切、描述一切，文体之分毫无意义。

我们不无幸运，恰逢中国新闻业黄金时代。一个卷入全球化的中国，重燃对世界的兴趣，技术、物质膨胀带来了行动某种自由，这短暂、狭窄的间歇，带来意外的机会。我们抓住每一次机会前往陌生之地，贪婪中还带着一种愤愤不平，为何我不能对世界做出独特描述，比肩英语、法语、德语作家们。甚至，我们对故土的叙述，比不上美国同行，何伟、欧逸文对中国的叙述让我们汗颜，我们反不如异乡人敏感、深入。

在之前的作品里，杨潇已充分展现自己的才华。这本新文集不仅再度确认这种才华，更展现出他的思想生成及个人趣味。它记录了杨潇十年的游历生涯，2009 年至 2019 年，中国雄心勃勃地涌入世界，他则四处游荡。它亲切，很多时刻，我会心一笑。旅行中，我们特别着迷于当地人思维方式，现实与往昔的关系又是什么。它也激起些许妒忌，我也曾想申请尼曼奖学金，在哈佛体验那种世界旋转的感受；我还一直想去爱尔兰，品尝詹姆逊威士忌，在叶芝、乔伊斯的语句中寻找建国精神；我更想在爱沙尼亚闲逛，波罗的海三国总激起我们惊奇，他们被迫与强权共处，又如此富有创造力，以歌曲为抗议武器。我还妒忌他见到了昂山素季，那个特别时刻的"夫人"……

除去游历，你还意识到，他观察得更细腻、描绘得更生动。我喜欢他笔下的塞尔维亚，在这个挫败重重的国家，网球明星德约科维奇变成了唯一希望。11 岁时，连续 76 个夜晚，他在地下室听着爆炸声入睡；也在轰炸中，他与伙伴们找机会打球，"我们会去轰炸得最多的地方练球，猜测他们不会两天内轰炸同一个地方"。杨潇引用的一段网球哲学，它有种说不出的动人："网球是世界上最美妙的运动，它保留了接触性运动高强度的软磨硬泡，又剔除了其中的野蛮与不具美感的部分……它的迷人之处可能还在于，那个被众目睽睽包裹着却在安静时连一声轻咳都声声入耳的空旷球场，极大地放大了人的某种本质上的孤独。"

在俄罗斯之行中，他则不断在历史与此刻，书籍与现实之间的穿梭。从赫鲁晓夫时代的厨房谈话，到 1980 年代初的萨米亚特文学，莫斯科知识分子们在高度受限与大胆狂想之间摇摆，并创造出亚历山大·杜金式的头脑。我记得读到一位年轻苏联知识分子的哀叹时的震撼，他说："我们这一代从来没有经历过那种热望，解冻时期以来的那种热望。正因为没有热望，所以也没有什么失望。我们是在非常狭窄和狭小的世界中发现自己的。"

《可能的世界》，这标题反映出这多姿多彩的游历，更是作者的个人哲学。世界总存在多样的可能，稍微转变视角，你就会体会迥异的习俗与味道；你也并非仅生活于此刻，你可能闯入任何时空，他人的喜悦、悲痛、遗憾，也在你体内滋长；万事万物、不同面孔、各种文化间，总有种关联，看似壁垒重重，却彼此流通。

在湘江畔，我断断续续地翻阅这本书，以《五个湖南胃在东南亚》这篇终结。在与亲人同游泰国时，杨潇发现，乡土意识变得前所未有地清晰，对湖南剁椒的想念如野火般狂热……他们把腊八豆"涂抹、搅拌、浸泡到一切可疑的饭菜里，去和咖喱、椰浆、虾酱、柠檬草、罗勒叶斗个你死我活"。这感受与汉堡人的骄傲形成绝佳的呼应，这个昔日繁盛无比、如今没落港口的居民常宣称，"世界上所有的一切曾飞向我们"。长沙人则觉得，即使飞向了全世界，剁椒与腊八豆才是一切的中心。世界看似充满可能，却有种无法解释的必然。

2024 年 4 月

日出

　　我把闹钟定在 6 点 15 分。即使我在困倦中关掉，十分钟后，它会再度响起，直到把我惊醒。套上衣服、简单洗漱，我从四楼冲下去，该能赶上日出。

　　6 点 46 分，朋友已经发给我太阳升起的时间。在日本，一切都精确，便利店里溏心鸡蛋的煮熟程度、会面的时间、礼物的包装，都要恰到好处。它令人安心，也带来乏味。比如新年日出，它升起的时间以及接下来的变化、现场的温度，都明确无误。

　　我对日出缺乏兴趣，比起被窝的诱惑，它逊色得多。我也对时间的转化并无感觉，或许，午夜是更好的划分方式。你不用睡眼惺忪，而在酒精、夜色中迎接未来。但铫子有种意外的诱惑，这里是关东平原最东端，以酱油与煎饼闻名，其犬吠埼港更是日本本岛最早看到日出的地方。

　　C 君的邀请，以及我对东京的某种厌倦，促使我到来。东京自成一个宇宙，但丰富也是一种压迫，让你失去探索的乐趣。两个星期以来,我的生活似乎困在了虎之门,在那几个咖啡馆、居酒屋、酒吧之间徘徊。一个一眼洞穿的小城常引起你意外的兴味。况且,经过三年疫情之后,这个新年的确意义非凡。

C君六十开外,消瘦、英俊,还有股热情。他是大连人,从事贸易,1980年代起就往返于中日之间,如今痴迷上大米种植,一心想在中国种出世界上最可口的大米。一幢白色的临海酒店,是我们的目的地。酒店的主人D君是位传奇人物,1980年代初,他被派驻香港,经历这个城市的黄金时代,从军方转入商业。他也受惠于一个迅速发展的中国,它与周边世界的贸易戏剧性地增强,其生意从无人机到酒店、矿产。他的运气并非总这么好,原想在日本收购酒店,重新装修再转卖给中国大公司。一切突变,他只能勉为其难地经营这些酒店,这是其中一家。

酒店兴建于1970年代,石油危机之后,也是日本经济跃升之时,很快就将以"世界第一"的名头震撼世界。它的装修仍带有那个时代的痕迹,一种新生的富裕感,时间并未立刻摧毁它,有种vintage式的舒适。你也可以想象,这在当年该多么时髦,面对太平洋,你比每一个关东平原上的人都更早看到太阳升起。但此刻,大厅空无一人,武士的铠甲、美人的和服,寂寥陈列,前台连个服务员也没有,要到樱花季,酒店才重开业。

当晚，我见到 D 君，寸头、运动装、健谈，一种北京大院式的幽默。从徐小凤的男友到哥本哈根的 Noma 餐厅，他皆有发言权。他年轻、漂亮的太太四处穿梭，照顾每一个客人的需求。我仿若置身于一场临时拼凑的大型家庭聚会，有曾在蒙古矿业中淘金的冒险家；有谈起去年就情绪激动的上海妈妈，把孩子送入东京的国际学校时发现，班上一半同学会讲沪语；一位日本女士晚些到来，她消瘦、头发盘起、颇有些年纪，脸上带着一丝矜持，又有种力量，坐下就端起酒杯，她是当地一份日报的社长。她是一个南方岛屿的后人，其家族能追溯到琉球王国，祖上是这个同时臣服于中国与萨摩的小朝廷的第三号人物。如今，她在这个关东小城运转一份报纸，还有个来自天津的丈夫，据说是个出色的按摩师。

这的确是个历史的小小缩影。中国的过往与现实，皆折射于这宴会厅中。几杯漂浮着金箔的清酒过后，我觉得少许晕眩，稍后浸泡于温泉中，更有一种失重感，一切变得轻巧，不知自己将飘向何方。

闹钟响过，我还是爬起来。日本人对日出的迷恋让我大吃一惊，犬吠埼的海岸线已站满了人，还有一种令人不安的寂静，像是一场祭祀，人们必须屏住呼吸。旭日准时出现，也像是所有陈词滥调的描述，先是云彩被镶上金边，然后它迟缓、有些犹豫地从海中浮出，像是一个巨大的咸鸭蛋黄，没错，还应是高邮腌制的。海岸上串成一条黑线的人群，让这一切更富奇观感，有那么一刻，我觉得有一个哥斯拉从太平洋中随太阳站起，才更为合理。太阳升起的速度比我想象的更快，不过十分钟，阳光变为金色，洒满海岸，白色酒店像是一块巨大的 pancake。

我觉得饿了，新一年开始之际，及时到来的饥饿感，令人不无欣悦。

2023 年 1 月

一个诗人的转变

一

柏桦的电话打来，他的新书出版了。经过漫长的停顿，确切而言是十五年，他写出新诗篇。

那是 5 月 13 日午后，我感得到电话那端的兴奋，声调依旧轻柔，语速却急促欢快。"书设计得很漂亮，"他说，"我马上寄给你。"若不是我主动提及，他可能都没兴趣告诉我，昨天的地震将他两架书震倒在地板上，他们全家露天过了一夜。我记得他那个眼睛清亮的儿子，有个和这个时代格格不入的名字——柏慢，在这个沉醉于速度的年代，他希望自己生命的延续者，缓缓前行。

我记得去年的 8 月，我旅行经过成都。在那个微热的下午，我们坐在府南河旁喝茶谈天，那是我第一次见到柏桦。至于听到他的名字，则是五年前，一位成都朋友对我说，"我经常心怀感激，因为和中国最好的诗人住在同一个城市。"对，他说的是柏桦。

我对此缺乏感觉。除去几句流传一时的名句，以及北岛、顾城、舒婷这几个名字，我对于当代诗歌一无所知。我成长的 1990 年代的大学校园，早已不适合诗歌容身，计算机屏幕上显示的"Borland C++"和商业计划书，才是这个时代的密码。所以，说来惭愧，对于一个诗人，我对他接近却是从他的散文开始的——它不像诗歌那样过分节俭，更容易理解。

> 1982 年初春的一个夜晚，我至今仍记得我曾惊惧于我悬而未决的诗歌命运。1983 年初春的另一个夜晚，我惊喜地得到一本由钟鸣编辑的《外国现代诗选》汉译打印稿。1984 年夏日的一个黄昏，我在欧阳江河家中读到荀红军译的帕斯捷尔纳克的《二月》，深为震动。1985 年，又是一个初春的夜晚，在重庆北碚温泉的一间竹楼里，室内如此明亮，而楼道外却一片黑暗。对面是可怖的群山，下面是嘉陵江深夜的流水，夜雾迷漫、新鲜而湿润，一切似乎都伸手可及。

这是柏桦为北岛的《时间的玫瑰》所作序言的开头，题为《回忆：一个时代的翻译和写作》。我整段引用了它，是因为我忘不了它给我带来的阅读快感——既紧张、动情、富有韵律，又充满了节制。以至如今我竟忘了书中内容，只记得序中这个段落。此后，我在香港大学的书店买到一册《左边：

毛泽东时代的抒情诗人》，并对其中有关梁宗岱的记述印象深刻，还有柏桦在1980年代那些性格各异的诗友——诗歌是他们打破生活的沉闷的武器，他们则是时代的英雄。

但在府南河旁，我们谈论了一下午的不是诗歌与往事，而是海外汉学研究。从费正清、谢和耐，再到列文森与史景迁，在西南交通大学，柏桦为学生教授这些内容。表面的意外之下，是某种毫无悬念的联系。对柏桦这一代来说，滋养他们的养分不正来自西方吗？波德莱尔令他难安，为菲利普·拉金的镇定、细致、精确而击节……正是通过翻译别人的声音，他们这一代才寻找到自己的声音，并创造出汉语某种新的组合与节律。20世纪后半叶有一段加速断裂、自我封闭的岁月，出生于1956年的柏桦发现，即使要了解自己的国家，他所能借助的材料也经常来自异域。日后，我读到他那首《在清朝》，而它受惠自费正清。

那个下午，我们喝了几杯茶，瓜子皮撒了一桌子，又在一家只有矮凳的餐厅用辣椒把自己弄得满头大汗。柏桦穿着松垮短裤与T恤，已是"知天命"的年纪，有了中年的沉稳与安宁，脸上却带着一丝少年式的不问世事。他提到了一项差不多完成的大计划，算得上他的转型之作。我依稀记得它与冒辟疆、董小宛的故事有关，形式也将有所创新。他自信地说，它将会颠覆很多人的观念。

二

那次成都见面后，我接到了他的邮件，里面是他这项新尝试的初稿。或许是因为不习惯在计算机上阅读，或者干脆是对另一段明末清初的故事缺乏兴趣——柳如是的故事，我也从未有耐心读过。倒是他送的那本十年文选《今天的激情》，我经常翻阅，总是被其中一些段落打动。我会想象那个鲜宅里的敏感儿童，或是扬州冬日里他冻红的脸……是的，我喜欢他陡峭的汉语，它或许也受到菲利普·拉金的影响吧。但是我总能在这些完全西化的句式中读到一丝冬日的萧瑟，或傍晚的惆怅，那感觉像是山水画或是庭院深深。

在这本书里，柏桦也诚实地、如魔咒式地说出了，1980年代的那个意气风发的诗人为什么停笔了，那是在对皂角山庄的回忆里。"一个更强大的春天来临了，山庄主人彻底放弃了对'肾脏'的偏爱、沉思和研究，紧急投身春天的'市场'，念经的老妇人也去老君洞赶制面条，叫卖于游人；戴眼镜要钱的少年身穿牛仔裤问我要不要打火机……"柏桦写道。看着一场时代的飓风就这样不可阻挡地刮来，他觉得"有一种不可言说的生存的危险埋伏在前面，无声地等着我……写作的英雄时代已经作古了，写作似乎成了一件痛苦的工作……属于诗人呼吸的空气越来越稀薄了……"

但或许只有在稀薄的空气中，才能辨别到底谁才是真的诗人。如今，你在中国最大的图书网站当当网的查询栏中敲入"柏桦"这个名字，会跳出 50 多个结果。其中只有几本他的或与他相关的诗集或文选，剩下的则是《艾凡赫——世界文学名著青少年必读丛书》《中国古代刑罚政治观》《新华商精英素质透析》或是《善用机会创造成功》……不要怀疑这仅仅是重名，很有可能，它的确是"这个时代最重要的抒情诗人"的作品。在 1990 年代的大部分时刻，他依靠编纂各种流行出版物维生。他还训练出一种熟练技巧，如果需要，能够用剪刀、糨糊每年编上几十本这样的书。我不知这是否会伤害他对文字的敏感。1992 年之后，社会风物的确大为转变，从城市的建筑到人们的内心，都不再有空旷、游荡之感，不再能激发起柏桦的诗情。

他需要另一种精神的刺激。在年轻时迫不及待巡视了欧洲与美国之后，重回中国传统是个必然而又充满期待的诱惑。况且，他天生就是个怀旧的人，即使在欧洲作家中，他偏爱的仍是蒲宁、契诃夫这一类。我不清楚他的这些阅读与思考经历，他日渐增加的年龄、日趋稳定的生活和成为父亲的经验，会给他的心境带来怎样的改变。而他重回中国传统的努力必然困难重重，一方面他与那个古典世界早已相去甚远，"现代生活已不是这个样子"；另一方面，他还要对其进行现代诠释——僵化的古典并无太多意义。最终，我看到了这册《水绘仙侣》。

三

从成都寄来的样书，我一直没有收到。在我们通电话之后的三周里，来自地震灾区的悲伤、忙乱、同情、热忱笼罩着整个中国。作为一名新闻记者，我前往了四川。那次与柏桦见面喝茶的前一天，我的旅行刚刚经过此次受灾最严重的北川县。经过成都时，我曾想柏桦此刻正在作何想？一个诗人的反应是否与旁人不同？这个以富庶、悠闲、漂亮女人和满城麻将声著称的城市，正在恐慌和平静之间摇摆，人们正在练习如何用最快的速度从楼上跑到空地上、在帐篷里过夜，不过这不影响人们在空地上支起一张张桌子，桌面上 4 杯茶、8 只手、144 张麻将牌，正和谐、高速、一刻不停运转着。它很容易让我想起柏桦的诗句"牛羊无事，百姓下棋"……

这个国家太庞大、太有耐心、生命力太顽强了，它似乎可以消化一切灾难。如今的成都平原人口稠密，但是四个世纪之前，在明朝末年的起义者张献忠带来的劫难中，本地人口几乎被清洗一空，以至于鲁迅在三百年后读到《蜀碧》时，仍脊背发凉。但只要和平再度恢复，"湖广填四川"的移民开始，不用两三代人的时间，这里就再次变得人口昌盛、商业繁华。在制造安逸的生活、丰沛的物质方面，中国人的能力似乎无人能及；而那些灾难，不管它多么剧烈，总是被淹没在迅速恢复的日常生活中。是因为我们的精神世界缺乏形而上的传统，而现实的生活太过动荡不安，我们唯有将注意力放在眼前的生活上？还是因为我们在那些源源不断、精益求精的物质世界里，可以寻找到足够多的精神满足？类似的问题一直困扰着我。两三年前，当我开始观察中国时，总是惊叹于它的耐心、韧性、灵巧与自足，但是它的傲慢、投机、贪婪、自我欺骗也从未停止过激怒我。

这是我对传统中国态度的一次反动。更年轻时，我深受"文化虚无"和"激进西化"论点的影响——传统的中国充斥着黑暗，最好抛弃所有，拥抱一个由外来观念构造的新世界。但随着年龄增长，这种想法开始改变了。不知是因为理解力的增强——你不可能完全扔掉自己的过去而变成另外一个人；还是因为个人身份的觉醒——你注定是中国人，把自己民族的昔日说得一无是处，你也会失去今日在这个全球化的世界的落脚点。我开始不自觉地拥抱了另一种思维上的时髦——那种激进反传统是错误而愚蠢的。于是，另一个中国传统浮出水面，它不是人吃人的黑暗，而是山水画、诗词、木制建筑、菜谱、竹林和人构成的典雅、精致的世界……

我知道这种角度漏洞百出。首先，我根本难以定义传统。中国历史如此漫长，先秦与汉代不同，唐朝与宋朝也差异重重，明清又是另一个模样……用一个笼统的"中国传统"来说明一切，实在过分粗暴了。它不自觉掉入了"那个"窠臼里——中华文明是静止不变的。而且，这传统是政治的还是知识方面的，是艺术还是生活方式上的，是士大夫的还是平民的？在这些前提被严格定义之前，"传统"是可以被随意曲解、被选择性使用的。当"传统"的丰富性与复杂性被忽略时，我们很容易用非黑即白的方式来对待它，也相信它可能被埋葬与发生断裂，或者是通过片面的美化与丑化来为此刻的需要所用。

四

柏桦肯定理解我头脑中的这些混乱与困惑，想必他也经历过类似的感受吧。从四川回来三周后，我才开始阅读《水绘仙侣》。我要把自己的注意力从灾难新闻的纷纭中，牵引到四百年前的江南。

我对这本书的态度是矛盾的。白色亚光纸的封面上是淡蓝色的水面与树影，画面上的氤氲是典型的 Photoshop 的产物。这是封面设计者眼中的往日江南，带有这个技术年代的痕迹，做作、不真诚。正文由两部分组成：11 页的长诗和超过 200 页的对长诗的注释。对于诗，我依旧缺乏把握能力，于是一直在读那些由一段段短文构成的注释，在形式上有点像是《米沃什词典》。

这本书的意图，在我们第一次见面时，柏桦就已清楚表明了。那是对他成长年代的革命式、政治化语言与思维的一次背叛。一个世纪以来的中国知识分子与艺术家在"救亡"

的旗帜下，内心焦虑、脚步慌乱、鄙弃细微。通过一册《影梅庵忆语》，柏桦试图重构另一个语境——冒辟疆与董小宛居住的水绘园。在其中，即使面临王朝覆灭、国家崩溃，你依旧可以从容不迫享受山水、美酒、佳肴、丝竹、古籍与爱情……在兵荒马乱中，一对男女也可以精致地"做一份人家"。你可以用个人的独立与胜利，来对抗外部整体性的坍塌。

重构另一个语境的努力，也流露在柏桦使用的语言上。菲利普·拉金式的消瘦收敛了，他试图在古典中文与现代汉语之间，寻找到某种新的融合。但是，坦白而言，这些诗句，尤其是那些注解短文，没给我提供期待中，也没有意外中的阅读感受。有时，在那些文字中，我读到了一丝说明文的味道，似乎像个学院先生一样，向我解释一个概念。他诗人式的情感与洞察力，似乎暂时退隐了。在一些偶然段落，我又读到了那个我迷恋的柏桦。比如第150页关于"白夜"的注解。"俄罗斯的白夜，帕斯捷尔纳克的白夜，是'寒意侵袭着我们'，是单薄的两个人与国家机器相抗衡，那是一种惊世骇俗的力量。但水绘园的白夜，是花前月下，一对神仙眷侣及一群好友轻轻地生活，不打扰人家，亦不回应时事。他们只为自己的似水流年、如花美眷而生活着，做一份人家。"这也是他对于自己转变的解释，"没有对抗，只有隐逸"，那个俄罗斯与波德莱尔式的热血、燃烧，变成了"孤云独去，众鸟高飞"——柏桦相信，这正是中国的语境与感觉。

像多年前一样，我仍不知怎样去品评诗句。我感觉得到柏桦努力而真诚的尝试，但我也感觉得到他的尴尬：他想丢弃自己熟悉的节奏、情绪、意象，但同时新的精神资源却尚未丰沛——在此刻的中国，回到或借助晚明中国的语境，谈何容易。就像江弱水在序言里提到的，社会动荡、军事侵略、政治肃杀、环境污染，早已让江南只存于故纸之上了。我还不由自主回到了一个知识分子的眼光。我对于冒辟疆的个人故事，没有那么多的向往与同情；我也无法同意柏桦用布罗茨基的"美学乃伦理之母"来为逸乐辩解，这句话经常被滥用，布罗茨基的诗句中存在着高度的精神严肃性与伦理上的自觉，它们与中国式逸乐中的逃避、沉溺截然不同。

伴随我对这本《水绘仙侣》阅读历程的，还有谢和耐所著《蒙元入侵前夜的中国日常生活》、卜正民《纵乐的困惑》和戴仁柱《十三世纪中国政治与文化危机》。尽管三位作者都有着典型的汉语名字，但事实上他们是分别来自法国、加拿大、美国的汉学家。前两本也是柏桦在书中不断引用的素材。可惜我没去翻阅胡兰成的作品，那是柏桦这本书最重要的精神资源之一，这个民国才子一心要在乱世中仍持有从容与审美，却沉醉其中而忘记了变节的耻辱与危险。我无法把这些书的内容展开，但是，我在这三本书中读到了某种一以贯之的东西。13世纪，也正是南宋将灭的时代，但这不妨碍汉人将偏安的杭州建设成世界上最繁荣的城市，人们在其中沉醉不知归路，就像谢和耐写到的"直至兵临城下之前，杭州城内的生活仍是一如既往的悠哉闲哉"。平民的生活如此，而朝廷之上，文人官僚们则分成主战派与主和派争论不休。他们或许立场不同，但思维方式极为相似。主和派不理会危险的迫近，只将头埋进享乐的沙堆中；主战派也同样不理会现实的困难，只将所有的热情释放到语言的快感里，他们盲目表达自己的道德高度与情感愤怒，却没有兴趣将这种愤怒转化成具体的行动。

蒙古人最终到来了，精致、典雅的宋朝覆灭了。同样的情景似乎在四个世纪之后再次上演。来自北方的民族再度到来，风雅、成熟、富足的明朝再度失去了响应的能力，甚至文天祥式的抒情式英雄主义都消失了。文人的领袖钱谦益投降了，而冒辟疆，不管他有多么潇洒的形容，多么男性化的名字，在稍作努力之后，仍旧退回到个人世界里。我无意、也厌恶用道德高下去审判什么人。但是，我相信在那些文人推崇的精致、风雅中，必定早已埋下了溃烂的种子。它使得那些美缺乏力量，使得自由带着某种麻醉……我直觉到这种文化情绪中的虚伪与不真诚。这种虚伪和不真诚，既无助于守住江山，可能也妨碍创造出更伟大的作品；它也使得文字的世界和现实的世界相去甚远，书生们在纸上幻想出一只狐狸可以幻化成佳人，或是慷慨激昂的诗词足以击溃来犯的敌人……我甚至怀疑在《影梅庵忆语》中，冒辟疆的多少回忆是真实的，而不是自我欺骗的。

我担心这些怀疑惊扰了这本书的诗情，对现实环境的感受再次干涉了我对于文学的理解。或许是因为，我们再次身处一个逸乐的年代。的确，遍布中国的卡拉 OK、洗浴中心、高级餐厅，不再有水绘园中楼台水榭的精巧，而流行歌曲不再似江南丝竹的清幽，那些被 LV、CHANEL 武装的姑娘，再不比秦淮八艳的风华绝代……但是，谁能说其内在气质不是一脉相承呢？人们不都是以外在之物来搪塞自己内心更深层的渴望，来回避本应痛苦的挣扎和求索吗？在回避内心深层的痛苦上，中国人的确如谢和耐所言，我们"很有一套处世的哲学"。正因如此，回到个人的小世界，不是为了培养真正的独立精神，也无力确认一套与公共原则不同样的私人原则，而经常变成一种逃避的借口。即使在对美的追逐中，个人都不是变得更坚强，而是更脆弱了。

我已经离题过远了。柏桦的新书，或许未能带给我期待的阅读感受（期待一个作家满足读者的感受，又是多么的愚蠢和偏狭），但它的确激起了我某种求知的热忱。而引诱人们去探索自己命运中更深刻的意义和不幸，不正是一个诗人最重要的工作吗？

2008 年 7 月

游戏之必要

　　何多苓常令我想起席勒的名言。"只有当人充分是人时，他才游戏，只有当人游戏时，他才完全成为人。"早在18世纪末，这位德国人即意识到一个工具化、碎片化时代的来临，当个人变为社会机器的零件，人的丰富性与整体性也随之瓦解。他相信，游戏能对抗这股趋势，人在游戏中会意识到自己的自由和内在潜能。一个多世纪后，荷兰人约翰·赫伊津哈（Johan Huizinga）将这段话发展成一个广阔的网络。从哲学、诗歌、艺术到战争乃至法律，皆充斥游戏精神——游戏是自由的，是真正自主的；游戏也是忘我的，迷狂的；游戏还是一种在受限中的创造，规则、束缚会激发你的想象力。在历史的黑暗时刻，游戏精神亦是对抗黑暗的武器，它激活思想，焕发生命力，藐视现实规范。

　　在成都的工作室内，何多苓一边在画布上涂抹，一边和我闲聊。少年时期，他如何迷恋上画植物，就此把那个风云突变的年代排斥在外；在大凉山插队时，他整夜仰望星空，惊叹于掠过的彗星之美；依靠破旧的《外国名歌200首》，他以自己的方式唱出德国的、俄国的、英国的风味；他钟爱契诃夫，认定自己就是那个耽于幻想的阁楼上的女人；他沉醉于肖斯塔科维奇，突然有一天开始用电脑软件作曲；他还着迷于建筑，设计了自己的美术馆与朋友的餐厅，将白色阶梯带入绘画；他一杯一杯地喝啤酒，在吃完毛肚后，聊起飞往冥王星的探测器；他在初冬的森林中作画，身上贴满暖宝宝，不断吞下伏特加，却感到一种释然与满足，这正是他心中的俄罗斯印象，莱蒙托夫、屠格涅夫笔下的白桦林……

这些片段构成了一个迷人，亦让人困惑的何多苓。自青春时代，他就以横溢的才华著称，每个四川美院的毕业生都会说起他的某段神话，在1980年代的成都文化艺术世界，他是中心人物。《春风已经苏醒》捕捉到了时代精神，而他的个人形象和精神气质，更象征了那个新时代，但与此同时，他又总有一种逃离中心的冲动。在一个急于下定义的年代，他不喜欢做出判断；在一个拥抱西方的时刻，他却从短暂的美国经验中确认，尽管对外国的想象是他成长的主要动力，但老火锅、玉林的散漫更适合他。当一种新的话语场兴起时，他仍在不停作画，但他代表的那种浪漫主义似乎过时了，他没有一个明确的符号、语言，或是对抗意识。太多才华把他引向不同的方向，反有一种失焦之虞。

"梭边边的人"，何多苓喜欢用这句成都话形容自己，一个在边缘与角落更感自在的人。除去自谦，这的确反映出他的另一种特性，他有一种天生的逃逸能力，能从沉重、封闭中，逃入无限的想象，从众声嘈杂中，逃入自得其乐。他同时生活于不同时空，并在这种穿梭中享受自由和欢愉，颇显一副道骨。我有时怀疑，逃逸与轻盈，亦有其代价。它会不会丧失重带来的力量和直面对抗带来的锋利？梭边边会不会也有被中心压迫的焦灼？我没从何多苓的口中得到确切答案，却被他的言辞与态度感染。

在这个数字技术、基因技术获胜，人再度被定义的时刻，何多苓的模糊性、意外性、松弛感，皆散发出崭新的魅力。他高度专注的游戏精神，他的轻逸感，像是对普遍弥漫的，既受困又涣散的人生的反戈一击。

2023 年 9 月

D

一个写日记的人

听到行刺希特勒失败的消息后，弗里德里希·莱克（Friedrich Reck）在日记中写下："整个国家都哀叹那颗炸弹被放置在错误地点，爆炸时间也不合适。"他感到"内心中深深的遗憾"。对施陶芬贝格伯爵——行刺中的主谋，他不无苦涩地评论："哈，现在才动手，先生们，有点晚了。你们制造出了那个魔鬼，只要进展顺利，他要什么，你们给什么。你们把德国交给了这个十恶不赦的大罪犯，无论他在你们面前摆放下多么难以置信的誓词，你们都表示效忠……你们让自己成为了他的奴隶……"

这是 1944 年 7 月 21 日的德国。莱克清晰地意识到这些语句的危险，自 1936 年 5 月写下第一篇，这就确定无疑。

1884 年，莱克出生于东普鲁士的一个上流社会之家，父亲曾出任威廉二世时的国会议员。他的人生道路与父亲期待的不同，没成为一名军人，反以写作小说、戏剧评论与游记为业。不过，日后令他不朽的却是一本日记。

他目睹了希特勒的发迹。在 1920 年的慕尼黑，他看到这个退伍军人，"背着吉他，戴着一顶邋遢的宽边帽子，手拿着马鞭"闯入一次聚会，在富有权势的主人面前，他充满敬畏，"只敢把半个屁股坐在椅子上，但他的腰是直立的……像一只狗在啃生肉一样，贪婪地侧耳倾听着每个字"。希特勒抑制不住自己的表达欲，讲起话来"像一个军队里的牧师"，在并无反驳的情况下，习惯性怒吼，他令全屋人倍感沮丧，"就好像乘坐火车时包厢里坐着一个神经病人一样"。另一次聚会中，他发现希特勒不再紧张，钟爱布道，"把他的那本政治书的所有陈词滥调都浇到我的头上"，"当他激昂地说话的时候，一缕油乎乎的头发会垂落在他的脸上，看上去就跟骗子一样"。谁也未料到，这样一个人最终统治了德国，发起了一场针对文明的战争，他焚烧书籍，制造仇恨，把犹太人送进集中营，把德国公民变成了一群精神失常的狂热者……

莱克的书未被焚毁。他没公开反抗，也未流亡他乡，选择了自己的对抗方式。他写作历史小说，借由 16 世纪激进的新教徒的故事来影射非理性的现实。他书写法国大革命，赞颂公民勇气。小说暂时逃过审查者的眼睛，还是因读者揭发而查禁。

他最重要的抵抗来自日记。作为精英圈中的一员，他既有局内人的视角，又保持旁观者的冷静。"我的几个朋友借机警告我要小心写作，"他在 1937 年 9 月 9 日写道，"我的写作全出自我的内心需要，不能停止，所以我只能漠视警告，继续写日记，我希望我的日记对记录纳粹时代的历史会有帮助。"

除去偶尔流露出的诅咒情绪，他的日记维度丰富，冷静记录现象，给出历史性的分析。对于希特勒的崛起，他归咎于俾斯麦时代的政治失败和技术带来的大众反叛，"这场技术革命留下了一层可怕的灵魂真空——也许能填补这真空的只能是一群新崛起的信奉非理性和非机械主义的魔鬼"，"这群暴民……他们不仅根本不知道自己已经堕落，还准备随时要求其他人跟他们一样吼叫、一道吞食沙土、一起退化"。他意识到语言的堕落加剧了政治与公共生活的衰败，"他们（纳粹）的德语是公共厕所墙壁上的德语，是男妓的德语"。他还看到帝国强大外表下的内在矛盾："如果说德国的国家实力正处于高位，那为什么我们的话语却庸俗到前所未有的程度？为什么所有社会形态都变得恶劣了？我们怎么会变得如此地背弃协定、如此地不守信用？如果不仅德国官员说下流的语言，就连德军总参谋部和'前线评论员'也说，德国怎么会变得如此下流？"

纳粹的衰败不可挽回，人人都意识到这一点。1943年2月，英美盟军在北非登陆的消息传来，莱克就发现"整个镇子——甚至可以说是整个地区——都兴奋起来了，仿佛每个人都喝了香槟酒一样。突然，人们的谈话变得坦率了，脸上似乎散发着光芒。漫长的冬日带给人们的艰难就要过去了……" 1944 年 8 月 16 日,他更是感到"空气里弥漫着死亡的气息",遇刺后的希特勒更为歇斯底里,加剧社会的控制,像是一个垂死者的挣扎。莱克未能逃过这挣扎。

1944 年秋天,因拒绝参加人民冲锋队——抵御盟军的最后一道防线,他第一次被捕。"我以为就跟去一家旅馆住一夜一样,所以只随身携带了一个小提箱。他们来搜查武器:这不是一个好预兆。我要求请律师,但被粗暴地拒绝了,很快我进了监狱。"他在日记中写道。所幸,他很快被释放。

或许是纳粹的败退让他的神经松懈下来,他不仅拒绝参加"人民冲锋队",还在给编辑的信里抱怨,版税被通货膨胀吃掉了。1944 年 12 月 31 日,他再度被捕,被定罪于侮辱德国货币。1945 年 2 月 16 日,他死于达豪集中营。倘若再坚持三个月,他就能看到帝国之崩溃,元首的自杀。

但日记留下来了。多亏他的谨慎,将日记装入锡皮盒,藏在后院、树林深处。1947 年,一家德国出版社出版时,它没引起太多注意,一个急于重建、想忘记过去的时代,无心面对伤口。十七年后,当一家报社连载这组日记时,它引发了强烈共鸣,新一代德国人准备去理解历史的伤口。它的第一版英文版也没引来太多注意,四十年后,纽约书评以"现代经典丛书"的名义再度出版了它。

2013 年,我买到这个版本。我正陷入一场小型的个人危机中,对自己深感无力,感到时代潮流正与个人价值背道而驰。《绝望者日记》(*Diary of a Man in Despair*)，我喜欢它的题目，被它的语调吸引，从第一篇"斯宾格勒死了"起，作者就表现出令人折服的冷静。出于懒散，或并未陷入真实的绝望，我从未读完它。但每当陷入焦躁，我习惯翻开它，哪怕只是读了其中几个段落，也会获得一种镇定。2016 年，我不无惊异地发现，这本书有了中文版，这一次我读完了它。

不无意外的是，它没引发绝望，反带来鼓舞。在那些冷静的语调中，你意识到，即使身处一个疯狂年代，你仍可以某种方式保持理性，你不仅为此刻的自己而活，你还在前人的审视下与后人的期盼中生活。这个德国人定想不到，他在绝望时的喃喃自语，帮助自己获得平静，还激励到一个七十年后的北京读者。

2017 年 9 月

H

历史的暧昧角落

一

大约十一年前，在香港的一家书店，我随手捡起一本《传教士与浪荡子》(*The Missionary and the Libertine*)，它归属于亚洲兴趣 (Asian Interest) 一栏。

彼时的香港，殖民式统治的气息正在散去，但仍能轻易感受得到。在湾仔的六国酒店，在银行家穿梭的中环，还有旧中国银行上的"中国俱乐部"，你能感受到那个吉卜林、奥登与大班们眼中的香港。它是西方与东方交融的产物，前者是征服者，后者是承受者，充满异域风情。连 Asian Interest 这个分类名称都带有明显的这种痕迹，Asia 是欧洲人创造的概念。这本书是这种视角的延续吗？至少看起来，标题正是如此，封面也是如此，一个裸露双肩的东方女人显露出惊恐的表情。

我也被作者的叙述吸引，个人游记、新闻报道、文学批评、历史叙述、政治分析，毫无缝隙地交融在一起。他不仅捕捉住这稍纵即逝的时代情绪，还给予这情绪以更大的历史框架。更重要的是，你可以感受到作者对陈词滥调的逆反，他用追问、质询、嘲讽来对待所有程式化的判断，他既质疑西方眼中的东方主义，也怀疑所谓的"亚洲价值观"。

我买下了这本书，记住了作者的名字——伊恩·布鲁玛（Ian Buruma），一个曾长期在亚洲生活的荷兰人，通晓包括日语与中文在内的六种语言。未曾料到，这本书也随即成为一种隐喻、一个指南，它开始缓慢却有力地塑造我的思考、写作与生活方式。马尼拉、加尔各答、东京、首尔、台北……我去了他去过的地方，试图像他一样观察、交谈与书写。我也寻找到他的其他作品，从1980年代的《面具背后》《上帝的尘埃》，到1990年代的《罪孽的报应》《伏尔泰的椰子》，再到《坏分子》与《西方主义》，还有那本迷人的小说《中国情人》。在某种意义上，他与奈保尔、保罗·索鲁、简·莫里斯一样，变成了我过去十年中反复阅读与模仿的对象。他们来自不同区域，年龄、性别不同，所关注的题材也不尽重合，却分享着相似的特质——都因个人身份的焦虑而获得了对外部更敏锐的观察，有了某种局外人才有的洞见，并且都在极度个人视角与庞杂知识世界之间达成了微妙的平衡。在他们中，布鲁玛或许是游历的地理与涉猎的知识最广的一位，在很多方面，他与16世纪的人文主义者或18世纪的启蒙思想家更相似。他继承了他们对他人的文化与生活的广泛兴趣，除了知识、思想，更有对历史中模糊、暧昧、灰色地带的兴趣。在他的很多作品中，情欲常占据着显著的位置，他也常把目光投向边缘人——这种诚实正是理解、接受以及庆祝人类情感与思想的多样性的基本态度。但在这多样性中，思想的清晰性与道德的严肃性从未消失。令人印象深刻的，是他在追溯德国与日本的战争罪责与社会记忆的著作《罪孽的报应》(*The Wages of Guilt*) 中的陈述："没有危险的人民，只有危险的情景，它不是自然、历史规律或民族性格的结果，而是政治安排的结果。"

一些时候，1951 年出生于荷兰海牙的伊恩·布鲁玛让我想起他的先辈伊拉斯谟。后者在 16 世纪开创了人文主义传统，倡导一种宽容、多元的价值观，他也是世界主义者的先驱，从不受困于具体的地域、语言与文化。布鲁玛不具这种开创性，却是冷战结束后涌现出的新的全球经验书写浪潮中的重要一员。2008 年，他获颁伊拉斯谟奖，被认定是"新世界主义"的代表人物，"将知识与超越距离的担当结合在一起，以反映全世界的社会发展"。

二

2013 年出版的《零年：1945》(*Year Zero: A History of 1945*) 既是布鲁玛一贯风格的延续，也为被不断论述的二战胜利带来了新视角，探索了那些常被忽略的角落。在结构上，还从他惯常的松散文集变成了一本更有系统性的专著。在西方读者熟知的叙事中，1945 年是一个充满英雄主义、胜利感的年份——自由世界战胜了法西斯的挑战，是罗斯福、丘吉尔的光辉岁月，战后的世界新秩序由此建立起来。布鲁玛却描绘了历史的另一些面貌。他描述女人们——她们是法国的、德国的、日本的——对于到来的盟军士兵的强烈情欲，胜利者不仅意味着正义与力量，更是强烈的性感。而胜利不仅意味着旧秩序的崩溃，更是被压抑欲望的巨大释放。法国小说家伯努瓦特·格鲁曾这样描述她与美国大兵情人的关系："四年的敌占期和守了二十三年的贞操让我胃口大开……我狼吞虎咽地吃下两天前在华盛顿下的鸡蛋，嚼着在芝加哥罐装的午餐肉和四千英里以外成熟收割的玉米……战争可真是好东西。"这些来到欧洲的士兵也像是历史性的隐喻，作为解放力量与历史新动力的美国有不可阻挡的诱惑，格鲁感慨被美国大兵压在身下就像跟整片大陆同床共寝，而你"无法拒绝一片大陆"。

被释放的不仅是情欲，也有饥饿感、报复欲。它们都带来了道德上的混乱。所有人都成为极度自私者，如德国作家波尔所说的："每个人掌握的只是属于自己的生活，以及任何落到他们手上的东西：煤炭、木头、书籍、建材。所有人都能理直气壮地指责别人偷窃。"报复行为也随着这种失序到来，那些昔日关押在集中营里的人成了残酷的报复者。报复也常是盲目的，克拉科夫的犹太人即使在德国人的压力下幸存，却又遭遇了本地人新的攻击，而在马来西亚与印度尼西亚，华人而不是入侵者日本人，常成为攻击对象。

让我尤其难忘的是大町的命运。1945 年秋天，她是安东市（今丹东）7 万多日本侨民中一员。对这些带着希望与憧憬来到伪满洲国的日本人来说，这是个失败与惶恐的时刻。日本天皇已宣布战败，涌来的苏联红军则让他们忧惧不已——自 1905 年日俄战争以来，俄国人的残酷印象就根植于日本人心中。为了应对可能发生的大规模的强暴与混乱，日本侨民领袖决定成立一个"卡巴莱舞团"，它以歌舞表演的名义提供妓院式服务。大町 40 岁出头，是个昔日的艺伎，她成为这个歌舞团的管理者。她招募一批日本女性，说服她们要为日本献身，牺牲自己来保持更大的群体的安全与尊严。据说，因为秉承"不问政治"的立场，艺伎对于所有客人一视同仁，使得歌舞团驻守的安宁饭店很快成为安东的避风港。光临的不仅有苏联人，还有日本退伍军官、新来的国民党军官、昔日的汉奸……他们在此或寻欢作乐或寻找情报。对这个中朝边界的小城来说，一切都暧昧不明。日本人失败了，接下来的掌权者将是谁，它将给这群日本人带来什么样的命运？这个例证恰好说明了这本书的迷人之处，它既是历史事实，又引人充分遐想。它探究了历史中的暧昧之地，也显示作者着力要从昔日的欧洲中心论或西方中心论中摆脱出来。

除去中日关系，他也写出印尼的苏加诺对于日本的暧昧态度，日本是入侵者，但也是某种解放者——它至少驱逐了上一个殖民者。同样的故事也发生在缅甸与越南，这些国家年轻的民族主义者都想在这混乱中重获对命运的自主权。1945年是一个高度复杂的图景，很多被压抑的故事值得重新去书写。

三

"这个世界是如何从废墟里站起来的？当数以百万计的人饿着肚子，一心只想报仇雪恨，血债血偿，又会发生什么？人类社会或'文明'将何去何从？"布鲁玛在序言中写道。对他来说，1945年代表着父辈的世界，"欧洲福利国家、联合国、美式民主、日本和平主义、欧盟"都是父辈理想的产物。理解1945年，不仅是出于对上一代人的天然兴趣，也是对此刻的回应。战后的世界秩序正在瓦解，而在过去几年中，他"见惯了寄托着推翻独裁者、建立全新民主国家这一宏愿的各类革命性战争"，他很希望父辈的故事能为此刻提供某种参照，因为"我们都生活在过去长长的阴影中"。

塑造我父母与我的生活的不是1945年结束的二战，而是1947年开始的冷战。1945年更像是一个前奏，是真正胜利的一个必要过渡。在我成长岁月的历史叙述中，1945年的意义被低估了，1949年才意味着一种新秩序的形成，被赋予了解放的意义。加入社会主义阵营的中国开始了一段崭新的历史轨迹，也创造了一种特定的历史叙述。在这种意义上，1945年的意义被双重忽略了。它不仅在中国的历史语境中被忽略，也在全球叙述中被忽略。

如今，重估历史潮流已经开始。不仅在中国国内，在国际舞台上，伴随21世纪的中国成为世界舞台的中心性角色，其被忽略的历史作用将被再度挖掘，它不再是1945年旧金山会议上最容易被忽略的五大国之一了。

这意味着伊恩·布鲁玛对中国读者的双重意义，它提醒我们被压抑、被遗忘的历史。同样重要的是，你要学会用更敏感、富有同情的态度理解他人，理解历史中的暧昧含混之处，防止自身滑入新的、僵化的陈词滥调。当中国愈来愈成为21世纪的主要角色时，这种视角变得更加迫切。

2015年6月

帝国的最后低语

年轻时，想钱。要是有一大笔钱，就能把家安在一间老旧而奢华的酒店里。每次夜归，床单都平整如新，熨好的衬衫按照颜色挂在壁柜里，也不用担心无法满足随时都可能饥饿的胃……更迷人的是，在人来人往的厅堂与酒吧，在昏灯、烟雾与酒精之间，一缕余光就可能瞥到，她或者他的失落与期望、镇定与放纵、落寞与诱惑。不为创造时机而存在的偶然是乏味的，你可以幻想怎样短暂地进入彼此的生活，又怎样迅速地逃离。午夜之后，热闹散去，在天花板的缝隙中，在枝形吊灯的阴影下，你会听到过往的亡灵们自顾自地欢笑和叹息，他们渗透到你的生活里，自然得就像往威士忌里加了几滴水。

一定是菲茨杰拉德给了我这般错误的幻象。他用花言巧语、耍赖撒泼的方式从书商那里骗来各种预付的版税，维持他在巴黎里兹饭店的放浪，对，就是《像里兹饭店那样大的钻石》里的那个里兹。换作我，没有泽尔达就更完美了，在那里，很可能会邂逅很多不同的泽尔达，那可是文学与纵乐齐飞的"爵士时代",一战和二战之间短暂又脆弱的和平时期。无力感知更无法驾驭历史进程的人们,能品尝出滋味的,唯有感官的果实。

遗憾的是,这个梦想到今天也还是梦想,但并不影响我成为这类酒店的热情体验者。是啊,你怎么能拒绝香港的半岛酒店,虽说它久负盛名的下午茶对我而言太腻了,像一只打开后只有蟹黄的闸蟹,但有多少茶客知道,1941 年,英国人就是在半岛与日本人签署了投降书;你又怎么能忍住不去仰光的斯特兰德(The Strand),在酒吧喝上一杯,20 世纪上半叶,这里是东南亚最时髦的场所,吧台上曾坐过身为帝国警察的乔治·奥威尔,还有永远沉溺异域风情的毛姆;19 世纪殖民时代的豪华酒店还在开业的,已经没有几家了,新加坡的莱佛士(Raffles Hotel)还在,它的 Long Bar 不仅调出了第一杯"新加坡司令",接待过康拉德、吉卜林、伊丽莎白·泰勒,还见证过建国者们的争吵,吊扇依然缓慢转动,花生壳落了一地。当然还有开罗那一家,我忘掉了它的名字,它有世上最鲜美的草莓汁,传言关于开凿苏伊士运河的决定是在此做出的……它们无一不活在昔日长长的阴影中,不断的衰败增加了它们的魅力,储存了另一种生活,很多的可能性。

这串酒店名单上,怎么可以少了伊斯坦布尔的佩拉宫(Pera Palace Hotel)?当佩拉宫在 1892 年建成时,它不仅是伊斯坦布尔,也是整个奥斯曼帝国最豪华的酒店,是东方式的奢华与西方技术的结合。"餐厅完全是巴洛克风格,休息室就在隔壁,顶部是高耸的玻璃天篷,室内镶嵌着人造大理石,装点着金丝银线细工精制的纱屏",而且,它的"铸铁框架、木质轿厢"的电梯,是继埃菲尔铁塔之后欧洲第二部。乘坐欧洲国际铁路公司的卧铺车,入住这家新酒店,享受"电梯、卫生间、淋浴、暖气、电灯"等现代化设施,同时有"金角湾壮丽的美景"。佩拉宫饭店立刻就进入了欧洲最奢华游客的首选名单。

但这只是故事的一部分。在这样的时间地点问世的佩拉宫,注定要经历繁华,也要目睹浩劫。六百年历史的奥斯曼帝国在漫长的衰退之后,正处于崩溃的前夜,这个在 16 世纪令欧洲陷入惊恐的帝国,到了 19 世纪已经被耻笑为"欧洲病夫"。庞大的疆域在不断收缩,反叛和离散的张力在治下的不同民族中酝酿。更重要的是,在英国、法国、德国这些军事、物质、文化力量面前,它毫无抵抗之力。稀里糊涂卷入一战的奥斯曼帝国,并没有投机到浴火重生的机会。在战胜的协约国的安排下,苏丹出逃,帝国落幕,领土等待被列强瓜分,国土上包括希腊、亚美尼亚、土耳其、犹太等众多民族的族群,对未来各怀心思……这一切大变革的震荡都从伊斯坦布尔地处暴风眼的佩拉宫穿梭而过。

一个行将崩溃的庞然之物,往往能展示最后也是最绚烂的辉煌。苏丹帝国传统的格栅已然腐朽,拦挡不住任何力量的冲击,新的自由应时而生,也孕育出一代新人。他们勇敢无畏，既是空想家又是行动者，其中最著名的就是年轻的军官凯末尔。他发起了一场民族主义运动，用单一的土耳其声音取代了奥斯曼帝国原有的各种鸣响。20世纪初的一个显著的特征是各种意识形态试验同时发生。凯末尔的民族主义的努力，只是其中一种。很快，伊斯坦布尔与佩拉宫又被迫卷入另外一场试验。1917年莫斯科宣布共产主义运动开始，大批白俄流亡伊斯坦布尔。他们在陨落的奥斯曼帝国的废墟上，叠加了另一个影子帝国——沙皇俄国。芭蕾舞演员、画家、贵妇、小提琴手，他们离开新生的红色俄国，在伊斯坦布尔这个多种文明的夹层中，变成了厨师、女招待、夜总会看门人，妓女与乞丐。1920年代的伊斯坦布尔，就像彼时的巴黎、上海或是魏玛一样，混乱、多元，有潦倒也有野心。

当历史学家查尔斯·金（Charles King）在1980年代发现佩拉宫时，它已经不可救药地衰落了。他发现"红色的丝绒座椅大多空着"，当他点了一杯鸡尾酒和一碗不太新鲜的烤鹰嘴豆时，酒保竟然感到意外。这种衰落既是事物不可逃避的命运，也与凯末尔创造的新土耳其有关。他的单一声音或许在短期内更有力量，却逐渐扼杀了之前的多样性。查尔斯·金最终利用旧照片、档案、剪报，还有他的想象力，重构了昔日的佩拉宫与伊斯坦布尔。

在这本以酒店为主角的书中，佩拉宫与它所在的伊斯坦布尔充满了荒诞不经又引人入胜的片段。就是在这里，土耳其作家纳辛·辛克美（Nâzım Hikmet）在1929年创作了长诗《蒙娜丽莎与乡村蓝调》。在诗中，他安排蒙娜丽莎逃出了卢浮宫，爱上了一名革命者，投身于革命，最终被烧死了。纳辛是那个时代的典型角色，将先锋艺术、政治革命、诡异的想象力还有危险的诱惑杂糅在一起。而弗雷德里克·布鲁斯·托马斯（Frederick Bruce Thomas）是另一个迷人的角色，他原本是密西西比河畔一位黑奴之子，成年后前往芝加哥、伦敦、巴黎讨生活，是那个由轮船、电报、报纸构成的全球化时代的冲浪者。他在1899年的莫斯科找到了自己的立足点，不仅娶了一个俄罗斯姑娘，还开办了一家声名大噪的夜总会，考虑到他的肤色，这实在是个惊人的成就。当他被难民的浪潮推到伊斯坦布尔时，他甚至复制了莫斯科的成功，他创办了本地最受欢迎的爵士酒吧，在他去世时，《纽约时报》称他为"爵士乐的苏丹"。

《佩拉宫的午夜》（*Midnight at the Pera Palace*）充满这样的迷人例子，它是现代伊斯坦布尔，也是现代土耳其的缩影，是"东方与西方、帝国和共和国、怀旧与创新"交汇之处，而帝国陷落前的余晖也是最令人神往的一刻。

2016年7月

J

大马士革门外

你只能前往大马士革门。暮色初降，耶路撒冷的餐厅几乎都已关闭，为了翌日的第二圣殿倒塌祭日，犹太人开始斋戒，在饥肠辘辘中表现自己的虔诚。在神圣禁忌的笼罩下，灯光下的水果摊、烤肉铺以及人群，像是一条洋溢着喜悦的暗道，许诺你能继续体验日常的诱惑。那家叫"新棕榈"的旅馆，霓虹灯虽已残缺，仍然固执地闪烁，令你想起丰腴的老板娘、狭窄楼道里的殴斗以及一个嗜酒的落魄作家。

这是耶路撒冷的阿拉伯人聚集区，灯泡瓦数不足，暗淡的光圈让紧闭的大马士革门散发出迷离之气。据说，门前道路的确直接通往大马士革——如今正饱受内战困扰的叙利亚首都。

我们在一家以烤鸡闻名的小店坐下，点了半只烤鸡、几个肉串，以及无法回避的胡姆斯——这鹰嘴豆制作的调味品多少像是老干妈之于中国人。新的禁忌也随之到来，阿拉伯人不提供酒，你只能用甜腻腻的果汁送下油腻腻的烤肉。

饥饿感，是我再度来到耶路撒冷时最直接的感受。对这座圣城，我最初的印象并非宗教和纠结的历史，而是情欲和生命力。2003年夏天，同事小新从以色列采访归来，在和平里一家鱼头火锅店里，他讲述了此行见闻。老城中的哭墙、死海漂浮自然会提到，他还见到了留着银白长髯的亚辛。最让他兴奋的是与两位以色列士兵的相遇。他们带他前往耶路撒冷的酒吧，教他如何与陌生女孩搭讪。这两位年轻人白天还持枪闯入陌生人家，搜捕可疑人物，夜晚就坐在酒吧里与中国记者闲聊，这种流畅的生活态度令小新费解又感慨。25岁的小新正受困于自己的羞涩以及一段过分漫长的恋情。以色列之行戏剧性地改变了他，让他果断结束恋情，成为一个要用力拥抱每个陌生姑娘的人。

十个月后，我也来到了耶路撒冷，阿拉法特将逝去的消息几乎将全球的新闻记者都带到此地。巴以间源源不断的冲突，这些冲突背后漫长的纠缠，令圣城成为一座新闻之都。这一切与我无关。作为一个在北京成长的青年，世界即意味着美国以及西欧，它们代表的近代启蒙精神与技术革命是我认定的历史方向。来到耶路撒冷，更像为了满足一个记者的虚荣心。当我看到自己一心要模仿的《纽约时报》《经济学人》上充斥着关于它的报道，意识到全球新闻业的同行都会聚此地时，自然也想成为其中的一部分。但我不清楚，该用什么视角去理解它，即使"在场"，也并不具备控制现场的能力。

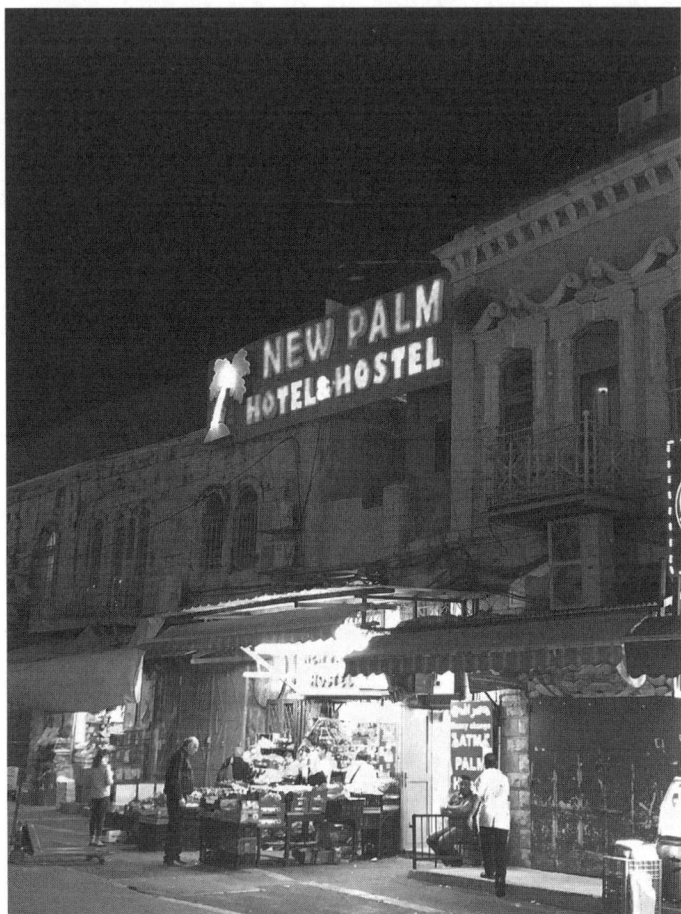

"新棕榈"旅馆霓虹灯闪烁,可以想象一个嗜酒的落魄作家居住于此

在阿拉法特的官邸外，拥挤的人群令我不知所措，只能靠在一旁的电线杆上读当日的《纽约时报》，看它如何描述昨日此地景象。一位脸颊红红的波兰电台女记者，手持录音机站在一旁，多少分享着相似的迷惑。

离开新闻现场，我去老城闲逛。站立在哭墙前，我没有被激起任何历史与宗教之忧思，只是被那些头戴高帽、两鬓留着细长发绺的路人吸引，他们是正统犹太人。狭窄小道两旁，满是挂满毛毯、丝巾、鞋帽以及旅行纪念品的小店，像是将义乌突然搬到了圣城。我完全忘记了，这每条小巷、每扇打开的窗口都曾充斥着杀戮与恐惧，这里是犹太教、基督教、伊斯兰教共同宣称的圣城。

在一家地下酒吧，我最终见到了那两位年轻士兵。他们都强壮、爽朗，与街头那些士兵并无两样。在耶路撒冷，手持冲锋枪的军人四处可见，他们站在街角，乘坐公共汽车，随时提醒你这是一个战时国家；他们又神态悠闲，像是夏令营的大学生，如果你上前要求合影，他们也乐于摆个姿势。奇迹不会一再显灵。我和他们的聊天像受潮了的火药，没有迸发出期待的火花。他们试着和邻桌的姑娘搭讪，也并不算成功。我期待着小新式的顿悟，却什么也没有发生。我就这样离开了耶路撒冷，除去我到过那里，并无更深记忆。

这一次的感受略有不同。一个大风的下午，从橄榄山俯瞰老城时，内心涌出一种难以名状的激情，仿佛看到了一层层的死亡、迷狂与虔信。身后那些布满细细尘土的墨绿色橄榄树叶诉说着神秘,苏格拉底、挪亚、恺撒、克娄巴特拉、大卫王都曾被它们环绕。

时隔十四年,这一次的耶路撒冷之行,不是因为突发新闻,而是因为一位预言家。希伯来大学的一位年轻学者在过去几年征服了中国读者。他将人类七千年历史浓缩在一本书中,还给予一切都是虚构故事的判断;他描述正在到来的人工智能与生物技术革命,预言未来社会的悲惨模样,人类很可能成为多余品。他似乎同时是一位历史学者与预言家,用一种不容置疑的语调写作。站在橄榄山上,我似乎理解了他的思想方式。这地方充满了毁灭与再生,一切真实又虚幻,过去与未来首尾相连,分不清方向。这或许也与我的心境变化有关,从前的那股乐观和深信不疑的线性历史观一同消失了。我隐隐感到,这个被新技术驱动的新时代,不是理性、开放与解放,而是迷狂、封闭与奴役。

接下来几天,我拜访了性格开朗的心理学家,她有着标志性的美国式微笑,像是长大不久的橄榄球场上的啦啦队员。二十年前,她从美国搬回耶路撒冷,因为她感到一种召唤。她喜欢谈论"更高的意识"与"神秘体验",说自己能够看到未来。我在一个即将成为拉比的医生家喝茶,他说起大屠杀的创伤,塔木德蕴含的智慧,犹太人似乎在过去与未来间穿梭。一个中午,我再次坐在大马士革门外的烤鸡店,对面是一位 30 岁出头的巴勒斯坦律师。他满是苦涩的表情，提醒你这座城市的现实压迫。作为巴勒斯坦公民，他没有被世界认可的护照，只能通过旅行证件出国旅行。他成长于此，目睹着以色列占领区的不断扩张，巴勒斯坦人日益紧张的空间，一心想用自己的法律知识来捍卫弱势者的权利。他的日常生活，就是军事占领的生活。

我没见到那位年轻的、过分博学的预言家，我们的会面地点改在了特拉维夫。离开耶路撒冷时，我再度经过大马士革门，觉得它亲密又遥远。

2019 年 7 月

对话精神

在伦敦一家半地下的旧书店，我买到了这本《为了以色列的未来》（*For the Future of Israel*），西蒙·佩雷斯（Shimon Peres）与罗伯特·利特尔（Robert Littell）的对话录，前者是备受尊敬的前总理，中东和谈的主要倡导者，后者是前新闻记者，还是一位间谍小说家。尽管书页有少许残破，封面的蓝色还有些褪色，我还是毫不犹豫地买下它。那该是 2002 年左右，我正挣扎于如何成为一名好记者，如何与一个陌生人进行一场对话。

法拉奇、华莱士激起我的赞叹与敬畏，却无法追随。他们将谈话对象逼迫至角落，令他们做出回应。这种极端情况可能剥去一个大人物的伪装与谎言，呈现一个更真实的自我，但它太像一场舞台剧，太过浓缩，兴奋得上头。

佩雷斯的对话录提供了另一个维度。从童年成长到参与以色列建国，再到六日战争与中东和谈，他谈论童年的记忆，影响自己的作家，卷入政治的历程，重大决策的内幕。这是我渴望的那种对话，提问朴素却精确，回答高度个人化又极富延展性，它既镶嵌进具体历史情境，又随时通向一个意外的方向。它将个人思想、时代精神、众多人物，巧妙地编织在一起。两年后，我前往耶路撒冷，随身带着这本书。置身于起伏的老城、错乱的街巷中时，我想起了佩雷斯的叙述，那些私人感受、历史洞察似乎弥漫开来，附着在台阶与窗棂上，似乎也在与此刻的我对话。

很长一段时间，我都期望这种对话也在中文世界繁盛。中国社会四十年来的巨大转型，各个领域涌现出杰出、极富性格的个人，他们的故事与思考值得被反复追问，借此，我们才知这一切是如何发生的，又付出了何种代价。很可惜，这一对话形态从未生根。人们急于向前奔，无暇审视来时路，也安于种种陈词滥调，在喧哗的众声中发出更大的声响，鲜少去辨析自己更敏感、更独特的声音。这不仅需要一个诚实、丰沛的谈话者，也需要一个敏锐、耐心的提问者。他们穿梭于不同时空，同时紧紧抓住个人思想之锚。

这本《把自己作为方法》，令我想起这个久违的期待。这本三百页的小书，是多次长谈的结果，从北京到牛津再到温州，项飙对吴琦讲述了个人思想的形成，他的人类学家的经验，对于一个流动世界的看法，一个中国学者的焦虑。尽管并非佩雷斯式的历史人物，这本小书却分享了《为了以色列的未来》相似的迷人特质，它从个人经验出发，抵达一个更宽阔的世界，这张迅速延展的信息、事件、人物、思想之网，也令个人特质变得愈发清晰。

这两位对话者，是我深感钦佩的朋友，也是我的校友，我们三人也构成一个有趣的智识回应。我1995年入读北大时，项飙已是一个传奇，我记得他的消瘦面孔，以及他研究的课题，关于北京的"浙江村"。至于这研究到底为何重要，我毫无概念，只记得费孝通也对此颇为肯定。十四年之后，我在牛津大学第一次见到他，我们在一处草坪上谈了一整个下午。具体的内容，我大多忘却，印象尤深的是他刚到牛津时的失语，前往印度及澳大利亚的考察，以及他惊人的坦诚与开放。吴琦则是我的学弟。大约是2009年，我在北大新闻学院上过几节散漫的公开课，课堂上有两位尤其聪慧的学生，其中一位就是吴琦。几年后，他成为我的同事，一个不断给我惊喜的智识上的伙伴。

我与他们的关系亲密又疏离。心中总暗暗觉得，他们比我更敏感、精确，也更深入。我比任何人都笃信，这本小书将成为一本迷你的经典，不仅因为其思想与洞见，更因为它示范了一种对话的形态，如何诚实、充满好奇且敏锐地理解他人、厘清自我。它是一个人类学者阶段性的自我总结，更是一次诚挚的邀请。它邀请每一个阅读者，都加入一场无穷无尽、兴奋亦疲倦的对话，我们的世界正因这对话而魅力非凡。

2020年3月

K

浪漫的失败者

在自动扶梯旁，我看到了西乡隆盛。头颅硕大、身形肥壮，左手抚剑，一位经典武士。每个日本人都熟悉这个形象，近代日本史上，很少有人比他获得更神话的位置。人们普遍相信，他既代表着维新志士的刚烈、勇敢——一小群人推翻了庞大、腐败的幕府，把日本引入现代之路。他还代表了强者之温柔——主动放弃权力与财富，与被新历史进程遗忘的武士、平民站在一起，维护失败者的尊严。

这个西乡隆盛稍有不同，右手还牵着一头黑牛，给威严增添了一丝农夫式的憨厚。"鹿儿岛黑牛，日本一团体综合优胜。"画像一旁写道，下面还有"和牛维新"四个字。一切都与明治维新一百五十年纪念有关，这头黑牛也将更新日本牛的精神。对，这是一则广告，它象征了西乡隆盛另一重身份。在家乡鹿儿岛，他无处不在，是激起神话式赞叹的维新英雄，更有乡人般的亲切。他的铜像挺立在山脚下，创建的学校遗迹仍在，路旁石墙上仍有他战斗留下的弹孔，关于他的记述与评论排满了书店的一角，他的卡通形象被张贴在建筑工地的外墙上，其公仔堆满礼品店的柜台，两抹粗眉引人发笑……

更重要的是，他仍存于每个人的内心。"敬天爱人"，一位白发老人在纸上写下，这是她认为的西乡哲学。一位居酒屋女店主说，倘西乡来访，要奉上熬了两天两夜的排骨，猜他喜欢这浓重的糖醋味，还要把他留下，不要送死。一位琴师则想在他自裁前夜，为他奏一曲萨摩琵琶，这四弦乐器像示现流剑术一样是本地标志，它的哀伤、凄婉与刀锋上的寒光代表着残酷武士的两面。

在此地，维新不仅是一桩重大历史事件，更是一次地方行动，浓重的自豪感弥漫于各处。沿甲突川散步时，满眼都是风中舞动的明治维新彩旗，河畔纪念馆被称作"明治维新故乡馆"。一些人相信，倘西乡在西南战争中获胜，鹿儿岛就会成为现在日本首都。

玩笑背后亦是失落。比起一百五十年前的萨摩藩，如今的鹿儿岛失去了其领导性。高山曾阻碍萨摩藩与江户、京都的联系，通过海洋，它与中国、东南亚却有着长久的贸易往来。因为远离权力中心江户，它有更多的思想与行动自由。早在1868 年前，萨摩就已经进行了诸多现代化的举措，开设工厂，制造轮船，派遣留学生，西乡隆盛也在这样的气氛中成长。

今天的鹿儿岛港湾异常平静，偶见渡轮与划水的舢舨掠过，坐在仙岩园中昔日藩主岛津齐彬的座席上，再难想象千帆竞过的繁盛景象。飞机、铁路取代了航海时代的贸易世界。这失落也与 1877 年的战争相关。为维护地方精神与武士荣誉，西乡隆盛率领乡间子弟反抗中央政权，失败也意味着一代地方精英骤然逝去，这历史伤口令人想起内战后的美国南方。对西乡的传颂也是对这种失败的逆反，鹿儿岛或许在现实战斗中失败了，志士们的精神却长存。况且，比起任何一位维新志士——不管它来自长州还是土佐——西乡的名声都更持久，并随着岁月流逝愈发引人敬佩，他代表着现代世界失去的道德勇气。

多年前，在梁启超笔下，我第一次看到西乡隆盛的名字。百日维新失败后，谭嗣同劝梁启超逃走而自己留下，用了月照与西乡的类比——他要像月照一样死去，梁则应像西乡一样活着，推进未竟事业。我很是怀疑，这些年轻的中国变革者对于日本的倒幕维新有多少了解。他们不知道，或许也会刻意忽略掉变革的复杂性，把它单纯地理解成个人勇气与决断的胜利。康有为曾劝说光绪皇帝，只要他像明治天皇一样，决意改革，发布誓文，颁布条例，中国就能在三年内获得富强；在长沙的梁启超用日本志士的故事勉励学生。在一个深陷麻痹与无能，分崩离析的世界，他们一定能从日本志士身上找到极大的共鸣，道德勇气既是松散个人的黏合剂，也是行动的催化剂。

但真实的故事远比这些复杂。在鹿儿岛，西乡隆盛虽无处不在，大久保利通的塑像也同样矗立。他们二人与长州藩的木户孝允被称作明治维新三杰。也正是他们背后的萨摩藩、长州藩的联盟，促成了幕府统治的结束与明治维新的开始。与中国人经常想象的高效历史进程不同，明治维新中存在种种冲突与挣扎，它日后的灾难早已蕴藏于最初的种子里。大久保利通的声誉远不及西乡，他不仅生活于西乡的阴影之下，还作为他的对立面出现——以中央政权压制地方力量，趋求功利缺乏道德原则。倒幕运动中的亲切战友，在成功后成了对手。

真实的西乡也定有别于今日的传说，倘他不是一位敏锐、精于计算的战略家，如何在混乱的幕末时代脱颖而出？若他在 1871 年也随木户孝允的考察团一起出访，他对日本形势的评判、对武士地位的过分推崇或也会发生改变。道德勇气背后也常伴随着自我中心式的封闭。

这复杂性很容易被种种传说冲淡。在山间散步时，我经过西乡隆盛洞窟——在生命的最后五天，他和残留的萨摩战士住在其中，等待着政府军的最后进攻。洞窟内，他和同伴们继续下棋、作诗、谈笑，等待着必定的死亡。这一幕令所有的追问黯然失色，人们热爱也需要神话。

2018 年 7 月

被忽略的天空

一

在茨城县立历史馆，我看到了朱舜水的画像。他着的明代衣冠，黑纱质地、过分宽松，作揖的双手亦隐藏其中，像是三宅一生的作品。让我诧异的是他的面容，茂盛的胡须、挑起的双眉，以及瞪圆的双眼，比之一位流亡儒生，更似斯文版的钟馗。

或许，这更符合朱舜水的本来面目。这个浙江人不仅饱读诗书，还卷入动荡的历史。44岁时，他听闻崇祯皇帝吊死在北京煤山，自己成为抵抗运动中一员。与另一位著名儒生黄宗羲一起，他加入南明将领的麾下，在四明山一带抵抗南下的清军。接下来十五年，他往返于舟山、厦门、安南与日本间，寻找可能的援助。流亡的南明政权与安南国王都试图征召他，他还加入郑成功的军队，这皆是失败的经验，北方政权迅速稳固了自己的统治。

1659年，当很多人已接受了剃发、易服的命运，他来到日本长崎。自唐代以来，就有中国人定居于此，以贸易为生，福建、浙江与冲绳、长崎、萨摩，构成了一个繁忙的商业网络。对于中央帝国，这个世界既被习惯性地忽略、又引来不安。六年沉闷、逼仄的长崎时光后，65岁的朱舜水迎来了另一个转折时刻。他被邀至江户讲授儒家经典。德川光国促成了他的到来。自1603年就任大将军以来，德川家族成为日本史上的第三任幕府将军。经由战国时代的混乱，德川家族试图寻找一套新的社会结构与思想体系，来获得长久的稳定。朱舜水亦是这种尝试的一部分。37岁的德川光国是德川家康之孙，御三家之一的水户藩藩主，他坚信教化对于政治与社会的作用，对中国的朱子、陆王之学，充满仰慕。他举全藩之力，设立彰考馆，编辑《大日本史》。看着故国沦落、陷入无力的朱舜水，此刻找到新的可能性，感慨"近世中国不能行之，而日本为易"，这位藩主更是"种种明德，直可迈越古来哲王"。

应该是在《藤野先生》中，我第一次得知朱舜水的名字。年轻的鲁迅前往仙台求学时，记下来途经的两站，日暮里以及水户，"明的遗民朱舜水先生客死的地方"。那是20世纪初，鲁迅留学至此。朱舜水反抗的政权仍统治着中国，人人都已习惯了脑后的辫子。反叛者们再次聚集在日本，如今，江户已更名为东京，中国与日本的关系颠倒过来。朱舜水到来时，明朝虽亡，他仍代表着更高级的文化，在鲁迅的时代，中国的留学生则要向日本学习富强之道。在日本人眼中，他们与那个繁盛、诗礼的中国并无关系，只是一个被刚刚击败的、不堪的国家，脑后的辫子就像是"豚尾"，记录了他们的不幸与肮脏。日本给这些年轻人同时带来了羡慕与屈辱，激起了更强的反叛欲。

鲁迅犯了一个错误，朱舜水并非客死于水户。1682年，他在江户离去，他的墓碑如今存于东大校园。这一年是康熙二十一年，一个盛世已然来临，很少有人记得这些明代遗民了。记忆暂时沉睡，却随时可能被唤醒。新一代反叛者开始谈论朱舜水，将他视为对抗清王朝的先驱。他的经历也为这些反叛者带来一丝慰藉。他为水户藩培养一代学者，促成了水户学的形成，尊王是其中最重要的精神。到了19世纪，它最终化作"尊王攘夷"这一口号，带来了呼啸的变革，催生了明治维新。

从历史馆走出，我在水户城中闲逛。此地离东京不过一百公里，新冠病毒带来的紧急状态刚刚解禁，游人寥寥。它也过分安静，你难以想象一百七十年前，这里曾是日本思想的中心。关门前一刻，我走进了偕乐园，它是水户藩第九代藩主德川齐昭于1842年所建，"偕乐"取自《孟子》，"古之人与民偕乐，故能尽其乐"。其中的弘道馆亦是对孔子所说的六艺的延伸。

佩里的黑船在1853年抵达东京湾后，这里的情绪发生了迅疾的改变。从吉田松阴到坂本龙马，幕末的志士们蜂拥至此。幕府的无能成为众矢之的，德川齐昭则是反对者的领袖。他的儿子德川庆喜，也将是幕府将军的有力继承人。水户德川，象征着打破僵局的希望。

二

坐在弘道馆的深色木地板上，我想起了诺曼·戴维斯（Norman Davies）的《另一片天空下》（*Beneath Another Sky*）。那是 2020 年 1 月 20 日，我按计划前往马来西亚旅行，想看看孙文曾经演讲的吉隆坡唐人街，或许还探寻一下白光的墓地，她的声音正代表昔日上海的繁盛、玩世与寂寞。这是一本再好不过的旅行读物，诺曼·戴维斯是杰出史学家，因《欧洲史》与《波兰史》闻名。我惊叹于他的博学，真不知那些庞杂知识是如何塞进他头脑的。

"旅行是发现自我，是一门看的艺术"，"现在，世界已经变得很小"，"然而，历史却深且广。有时候，你坐在家中，读一本历史书，获得的见识甚至比坐飞机旅行一千公里要多"，如今，他将这些知识放入了一本旅行书中。

2012 年，接到几所大学演讲邀请的戴维斯，将这往往疲乏、庸常的学术工作变成了一场意外之旅，从巴库、德里，到马来西亚、新加坡，再到塔斯马尼亚、塔希提、新西兰，这些旅行拓展了他对人类历史的理解。他从波利尼西亚人口中听到了对历史的全新理解，他们认为昨天才是明天，明日则是向后迁移。

《另一片天空下》的优势与缺陷同样显著，像很多历史学家一样，戴维斯不愿直抒胸臆，更习惯借助他人的判断，堆积各式引语。空间拓展了他对历史的理解，但空间与人群多样性又被无穷无尽的引语吞噬了。所幸，因为作者的身份，这本书仍有某种整体感。过去两个世纪，大不列颠曾是最强盛的帝国，统治了世界四分之一的地域与人口，更留下绵长的思想、制度与风俗。这个英帝国不仅由海军、枪炮与殖民地官员支撑，也是作家、人类学家、探险家、植物学家的世界，他们留下了无穷无尽的观察与感叹。知识发现、历史情绪与空间扩展，紧密地镶嵌在一起。

这次阅读，也因现实境遇产生了意外。抵达吉隆坡不久，武汉开始封城。疫情开始四处蔓延。我的度假被迫不断延长，甚至变成一场不无悬念的逃亡。它也是个充满意外的收获之旅。我第一次清晰地感受到，中国的漫长传统、剧烈变化，对周边世界的影响。在马六甲，我第一次听到李为经的名字，他身经明朝崩溃，避祸于南洋一角，参与建立独立的华人社区。他的追随者的后人，日后则成为孙中山的热切支持者。在茨城，我又遇到朱舜水。

一个我从未意识到的世界在眼前浮现。从朱舜水、郑成功、黄宗羲到梁启超、鲁迅、孙中山，从舟山、厦门、河内到冲绳、长崎、马六甲，这些离散的华人亦是五个世纪来中华命运的缩影。一个巨大帝国崩溃与重建的过程，蕴含无数悲喜剧。这个世界从恢弘中衰落，恰逢葡萄牙人、荷兰人、英国人、美国人的兴起。这个故事从未被充分地书写，更少被置放于一个共同背景。

《另一片天空下》像是对我的一个尖锐的提醒，这样的书写在中文世界是多么的匮乏。这种匮乏令我们对自身命运的理解常滑入浅薄。我亦感到某种召唤，按照我自己的方式，一个出生于中国从封闭中重新开放的时刻的旅行者，带着对往昔的种种模糊印记，去探索这个再度发生变化的辽阔的周边世界。

L

边缘的声音

看着我手中的 IPA，他毫无兴趣。下午 5 点的北伦敦，这家叫圣约翰的酒吧兼餐厅，逐渐热闹起来。小雨时断时续，铅灰色天空令人不悦，一杯啤酒将你从现实中拖拽而出，一切突然亲密、热烈。

我不无紧张。二十年前加入新闻业，我已见过形形色色的人物，常在陌生环境中与陌生人谈话，但紧张感从未从我身上消退，似乎每一次，我都忘记了上次的经验，被迫重新学习交流之道。一些人总比另一些人让我紧张，这与权力、金钱、名声无关，而是对我的切身影响。

潘卡吉·米什拉（Pankaj Mishra）就是其中之一。十多年前，我在《纽约时报杂志》上读到他对余华的专访，很是惊异于其敏锐的观察，并困惑于他名字的发音，他来自哪里，是一个怎样的作家？接下来，这个名字就不断闯到我的眼前，从《纽约书评》《泰晤士报文学周刊》到《卫报》，我总读到他的文章，从文学、政治到社会批评，足迹自新德里、喀布尔到伦敦、旧金山。对于 30 岁出头的我来说，这正是理想的职业，为负有盛名的媒体，撰写对世界事务的观察与评论。

我也喜欢他的腔调，你知道，每个作家都有自己的声音，它来自你的成长背景以及未遂的渴望。潘卡吉·米什拉的笔下总有种挣扎，是羞怯与雄心、边缘与对中心的渴望、自我成就与高尚德行间的平衡。这平衡颤巍巍、左右摇摆，却有种内在的坚定。

我逐渐得知，他是一个来自印度的作家，从一个小城出发，最终抵达世界文学、思想的中心，又始终保持着某种谦虚、自省，一种无法克服的边缘心态。他彻底击中我的作品是《从帝国的废墟中崛起》（*From the Ruins of Empire*），描绘了三位历史转型中的亚洲思想家——印度的泰戈尔、中东的阿富汗尼以及中国的梁启超，代表了 19 至 20 世纪的亚洲知识分子的挣扎，他们成长的环境与突然到来的西方，形成一种永恒的紧张感。

2013 年秋天，我在旧金山的城市之光书店看到这本书，封面上梁启超的坚定眼神令我难忘。或许也是在那一刻起，我确认写作道路，要以梁启超为中心展开一部近代中国史的写作，它不仅与中国思想、社会有关，也是世界史的一部分。当意识到潘卡吉比我年长不到十岁时，我的决心染上了一丝焦灼，要写得更快些、更好些，才可能赶上他。

"书写不仅是词句的组合，它更是一种看待世界的方式。"

潘卡吉说，带着轻微的印度口音。我们都深受奈保尔的影响，想将文学、历史、游记、社会分析融为一体，贯穿其中的是我们的身份探寻。他在印度小镇成长，却着迷于从福楼拜、陀思妥耶夫斯基到爱德蒙·威尔逊这样的经典作家，也试图理解已经中断的佛教传统。对于一个后殖民时代的知识分子，他感到西方影响的无处不在，被其吸引，又有种深刻的羞辱感，要穷尽所有力气，才能确认自己的主体性。

比起渊博、雄辩，这种自我袒露与挣扎，更吸引我。它也鼓舞了我，出生于1976年的我，被一个重新开放的中国社会塑造，我如此渴望外部世界，却常忽略自身的传统，变成某种祖国的陌生人。自我探寻，也要警惕掉入自我中心的陷阱，我们总处于一张冲突与融合、误解与理解的网之中，只有充满热忱地理解他人，才可能理解自己。你亦不必受困于边缘感，边缘与中心总是不断变化。

他点了一杯柠檬水，这是他自我克制的一部分，或许因为生活过分离散、动荡，他需要最平静与简约的饮品。好在，他又点了一份开心果，即使思考过分苦涩，也有种喜悦，几颗之后，香味弥漫在空气中。

2023 年 10 月

M

在芒市

　　她比想象的轻。几乎毫不费力，我抱起她扛在左肩上。暂刻犹豫之后，我把手轻搭在她的臀部上，而不是如小说中描绘——"右手扣住大腿"。除去我的羞怯，也因为她穿的是牛仔裤，不是紧身的傣家筒裙。

　　姑娘是我在芒市机场的行李转盘旁碰到的。在人群中，你很难忽略她的马尾辫与挺拔身材，贴身的长裙与衬衫令她像是一个诱人的粽子，我想起了陈清扬。

　　我克制了搭讪的欲望。走出有冷气的机场后，即刻感到自己被热带的闷热与潮湿包裹，一种欲望开始发酵。陈清扬的印象变得更鲜明起来，她穿着白大褂，走过山间小路，任凭风肆无忌惮地掠过她的身体。

　　借着车里昏暗的灯光，我忍不住翻阅起手上这本《黄金时代》。黄色封面、华夏出版社 1994 年版，定价 12.8 元。在扉页上，王小波歪着头、双手插进裤兜。照片旁还写着"文坛外高手——王小波力著问世"，字体颇为难看。该是 1995

年秋天，我在风入松书店见到这本书。书名缺乏吸引力，我也没听说过作者的名字，纯粹出于偶然，我拿起来翻阅，正看到王二说服陈清扬行伟大友谊一段，月光下的"小和尚"直直挺立的描述让我心跳加速。我毫不犹豫地放弃了包装精美的罗素的《幸福之路》，买下了它。

我是个糟糕的小说读者，这本超过400页的小说集，总停留在前55页。即使是这55页，我也常在几个段落间跳跃。时代之背景、边境的生活都消失了，只是一个好笑又性感的男欢女爱的故事。我着迷于作者直截了当又想象力十足的性爱描写。

很快地，我发现王小波也出现在一些杂志上，总是两三千字左右的文章，常从个人经验——插队、旅行、阅读——出发，批评蒙昧、偏狭，倡导思想多元、个人主义之重要性。对我而言，这些零散的文章构成了一个更富吸引力的世界。

1990年代末的大学，也被一股短暂复苏的自由主义思潮冲击。但在那些性格各异的启蒙者当中，他是个例外的存在，也没人比他更富吸引力——他不是抽象观念与思想，而是活生生的个体，像朋友与你天南海北聊天。在经常戏谑的语言之下，是一颗追逐智慧、自由的灵魂。他不仅倡导这些自由，他还亲身实践它，是率先脱离体制的"自由撰稿人"。

他的突然离去使这个形象不仅更鲜明，且凝固成一个神话。对于很多文艺青年，他成了cult式的存在，对他的态度流露出你对生活、世界的看法；他还催生了一个出版门类，他的各式文集、对他的纪念文章层出不穷。

我买了他所有的小说与文集。《白银时代》《青铜时代》里那个光怪陆离的世界从未真的激起我的阅读热忱，倒是《我的精神家园》《沉默的大多数》中那些片段为我打开了另一个世界，借由他，我接触到罗素、卡尔维诺、杜拉斯、王佐良这些名字。我还热衷于收集朋友们对他的描述，想知道他日常生活的样子。艾晓明和李银河所编的《浪漫骑士》被我一翻再翻，他的个性比他的写作更令我着迷。

随着大学时光的结束，这种"着迷"淡去。我很少再阅读他，偶尔还被仍在扩散的"王小波崇拜"惹恼—— 一个反对任何姿态的作家，成了展现某种姿态的标签。我还觉得他或许被高估了，我从未觉得他会身跻伟大作家之列，作品足以流传不朽，他是个启蒙者——或许过去三十年最迷人的启蒙者，在恰当的时刻出现在一代人的生活中，这个阶段迟早会结束。

他的生命力比我想象的更顽强，不仅没在公共生活中消失，影响力还顺利地传到了下一代人中。他的一些文字与观点再度跳入我的视野，中国社会的新现实似乎让他的魅力更为显现。我重燃起阅读热忱，再度从书架上拿下《黄金时代》。

这一次，我把它作为一篇完整的小说、而非荷尔蒙的片段读完，沉浸入王二与陈清扬的爱情之中。在王二扛起陈清扬，有力地拍她的屁股，让她安静下来时，爱情从泛黄的纸页中溢出来，它因荒诞的时代背景更显得有力。

它促成了这次采访。在烟台，我与李银河谈论王小波的个性与思考；在北京一间二室一厅旧居里，姚勇回忆起印象中的舅舅；旅居北京的导演老安则说起第一次拍摄王小波的场面——在那个时刻的北京，他就是一个异端。还有作家李静，这个他昔日的编辑，或许是最理解他的思想与情感的人。在一个雨后的傍晚，我还前往京郊佛山陵园的墓地。我看到被碎砖头压着的笔记本与《白银时代》，笔记本上写满一位扫墓者对死者的感激之情。他的书开启了她的生活，笔迹与语气年轻。我随便翻开一页《白银时代》，写到充满愤懑与挫败的知识分子舅舅。我感到强烈的亲近感，或许接近王小波离去的年纪，我开始理解他的心境。

最重要的则是这次云南之行。在景罕14队，我见到了他插队时的大队书记，甚至还拿了他的腊肉。老乡们发展出一套对他的说辞，他是个懒惰、却热爱读书的"野牛"，记忆与虚构混杂在一起。在一个宽阔的晒谷场，我想，王小波就是因此写出了某些场面吗？我们还不无拙劣地模拟了一个王二扛起陈清扬的片段，那个机场偶遇的姑娘做了女主角（在市中心的排档宵夜时，我们又碰见了她），穿着从附近卫

生站借来的白大褂。这纯粹的淘气，像是对青春记忆的某种
确认。

很遗憾，这次对记忆、形象的追寻，它更有关我们自己，
而非王小波。他的思想与创作世界，值得另一次更严肃、细
微，也更雄心勃勃的探索。

2017 年 7 月

一路发

"如果你想了解新移民，"李天荣说，"那去看看一路发。"

他是《菲律宾星报》的专栏作家，总是笑容满面，在你做出一个判断之前，他已经重复好几次"好，好，好"。他是第六代华人，像本地的200万华人中的大多数一样，祖籍福建。他中英文俱佳，为《福布斯》分析菲律宾富豪的财产。坐在文华酒店，他为我分析新一代华人移民，他们是中国再度打开国门后来涌来的，"他们比我们工作更拼命，也更无所顾忌"。

我听从他的建议，穿过帕西格河，前往马尼拉的中国城。河岸这边的西班牙建筑、大片空旷的草地消失了，旋即被新景象取代。三轮自行车、被涂上各种涂鸦的小型巴士"吉普尼"，挤到一起，商场门口放着节奏感十足的本地流行音乐，挂在电线杆上的喇叭里则是福音歌，讨价还价和教堂里的祷告声混杂在一起，脚下流淌着污水。这多少是人们想象中的亚洲在崛起时的活力。

　　"一路发商场"，五个红色隶书的大字压在蓝色的背景下，一旁是菲律宾本地的连锁快餐店快乐蜂（Jollibee）的广告，在这座由数不清的小摊位构成的三层建筑中，它刚刚开张了一家新店。

　　一路发是两百年历史的中国城的新标志之一，它是阿拉伯数字 168 的中文谐音。缺乏宗教信仰，中国人却在房屋的位置、屋内东西的摆设、随机数字中寻找到命运的寄托。走入其中，先是一家卖 CD、DVD 的，接着是卖眼镜的，然后是挂满的皮包和女孩子喜欢的小饰品……这些摊位都拥有统一的宽度，大约三米，而长度则有不同，最窄的不过一米半，长的是四米。一排排的摊位就这样一直延伸着，两排摊位间隔出了不到两米的走廊，我在其中不断和其他顾客挤到一处。两三个女孩子或站或坐在这些堆满商品的几平方米中，等待别人的询价。她们个子不高，皮肤黑黑的，拥有一张"东南亚面孔"，说着我听不太懂的英语和完全不懂的菲律宾话。在那个卖药品的小摊位，我碰到了一个皮肤白皙的中国姑娘，她来自四川，半年前来到这里。

　　它像是中国再普通不过的商品批发市场，除去那些面孔黝黑的菲律宾女孩子。她们受雇于中国移民。这些新移民，是华人传统的另一种延续。他们或许一句英文与菲律宾语都不会说，凭借一个计算器却走遍菲律宾的大小市场。

　　我也在联系菲律宾最富有的人物，名单上有陈永栽、施至成、郑少坚等。我对他们所知甚少，却有这种印象：菲律宾经济由华人主导，2% 的华人占据了这个国家 40% 甚至更多的财富。这似乎是东南亚的普遍状况。在很多时刻，我分不清菲律宾、印度尼西亚、马来西亚或是泰国那些华商巨子的差异，他们被一层神秘的面纱笼罩，生意范围广泛，大多为垄断产业，与所在国政府的关系密切……他们曾赢得了全世界的赞叹，华人似乎拥有某种不可思议的商业能力，世界范围内只有犹太人堪与作比。

"他们的成就被夸大了。"吴文焕的评论令我略感意外。57 岁的吴，有一张南方人的脸，带有闽南口音。1954 年，他从福建晋江前往香港，1960 年，再由香港来到马尼拉，他的父亲已在这里扎根。坐在菲华历史博物馆，他为我回顾本地华人历史。早在 10 世纪，中国与菲律宾就有了贸易往来，16 世纪，马尼拉已在全球贸易中扮演重要角色。尽管中国人更早到来，菲律宾的近代史却由西班牙人开创。1571 年，在麦哲伦环游世界到达此地五十年之后，它成了日渐扩张的西班牙帝国的亚洲殖民地。西班牙人将墨西哥的白银运到了马尼拉，再由马尼拉运往中国，推动了中国明朝末年的商业繁荣，中国的瓷器、茶叶，是那个年代最重要的国际商品。涌入马尼拉的中国人，是商人、手工匠人，也是西班牙殖民者与本地居民的中间人。中国人对做生意的热衷，令西班牙人用 Sangley 称呼他们，这正是闽南语里"生意"的谐音。不信任感始终存于华人与西班牙人间。西班牙人为自己修建了欧洲古堡式的"王城",华人则被要求统一居住在王城外的八连城内,白天出来做生意,夜晚则被限制在小城内。

博物馆中,我对一幅画印象深刻,它是一位西班牙传教士的作品,关于1603年那场著名的大屠杀,过两万名华人被西班牙人杀害。这场屠杀还导致从马尼拉前往中国的白银运输量锐减,加剧了中国境内的经济危机,加速了明王朝的灭亡。望着被火光与鲜血占据的画面,我不知该作何感慨。该为中国人的生命力而骄傲吗?八连城地址更改了九次,每一次搬迁都伴随着一次或大或小的屠杀与骚乱,华人一直顽强地生存下来,人口继续增加。还是应该痛心?尽管数量上占据着绝对优势,华人却从来没有能力和远道而来的西班牙人抗衡,他们总是处于从属、屈服的地位。西班牙人带来了天主教和热衷歌舞、享乐的传统,1898年之后,美国人则带来了现代世界的自由、民主与英语教育、美元援助⋯⋯中国人给这里留下了什么?

在博物馆的图书室内,墙上悬挂着鲁迅的水墨画,梁启超翻译的黎萨尔的诗歌——他是菲律宾早夭的建国之父,这个国家的孙中山。在那个午后,你闻到油墨和潮湿霉味混合的气息,它是过去二十年华裔文化传统中心所收集的书籍与杂志。藏书中的很大一部分与东南亚华人创造的经济奇迹有关,这是中国人给这些国家带来的主要影响吗?

"渲染经济成就既不符合事实，也对我们的生存环境不利。"吴文焕对于中国国内媒体的片面报道深表不满。作为一名业余的历史学家，他在十年前出版的一本小册子《关于华人经济奇迹的神话》中认定，海外华人的经济成功很大程度上得益于历史机缘，如华人真具有令人诧异的商业头脑，为何在制度更为健全的美国、欧洲与日本，没有取得对应成就？吴文焕发现，对于菲律宾的华人商业巨子的成功，他身上的菲律宾国家特性可能比他的华人特性更重要，"不仅这些人是华人，那些一生在贫苦中挣扎的小摊贩也是华人"。"融合是本地华人最好的安排"，吴文焕和他的同事们在 1992 年共同创造了"菲华"这个词，就像"非洲裔美国人"一样，代表菲律宾华人的新身份的形成。

令吴文焕不安的是，中国人对于自己的研究缺乏兴趣。图书室吸引了日本、美国使馆的人员到此、探究华人的秘密，中国人却对此毫无兴趣。对于新一代移民，吴文焕发现他们"更大胆，也意味着失去道德上的限制"。

2006 年 10 月

N

坂本龙马咖啡

一

他执意要送我坂本龙马牌的袋冲咖啡。在包装盒上，是那张著名的照片：这位土佐志士身着松松垮垮的和服，双手背后，一头乱发向后拢去，一把短刀斜插在腰间，昂首远方，眉毛粗重，双眼眯成一条狭长缝隙，紧闭的嘴角向下撇去，显得踌躇满志又漫不经心。这神情也是志士们对自己的普遍期许——心系日本之命运，却把个人安危置之度外。

在1853年黑船来袭与1868年明治维新肇始之间，这些来自不同藩的志士是推动日本改变的最活跃力量。很可惜，这张照片的一角被裁剪掉，坂本龙马的那双皮鞋消失了，他的另一个特性也因此遮蔽——在这群志士中，他不仅以眼界开阔、勇敢无畏著称，还是他们中最时髦的一位。他喜欢西洋的手枪，用皮鞋替代木屐，还是第一个旅行结婚的日本人。或许他也是个咖啡的爱好者，至少这盒袋冲咖啡宣称，这是"龙马爱过的咖啡"。

金子刚先生是咖啡出品人。他年近六十，消瘦、挺拔，脸上总是挂着微笑，曾经营过多年的日本料理与西餐厅。他泛黄的头发、有些凹陷的眼眶，很容易让人联想起长崎的外来因素。在漫长的德川时代，这座城市是日本唯一的对外窗口，欧洲的影响渗透到食物、建筑、语言、风俗甚至人的基因。当然，这只是我的猜测。

在一间狭长安静的办公室里，金子刚讲起十八年前他前往高知县，在德川年代，这是土佐藩，坂本龙马正是从这里走向全国性的舞台——他说服了这些故乡人，授权给他坂本龙马品牌，创造了这一款咖啡。这也是日本的另一个有趣之处，它的历史人物既有神一般的地位，备受崇敬，又有一种奇特的亲切感。他们被制成玩偶、进入漫画、拍成偶像剧、进入商业广告，像是你身边的朋友。各地都会组成协会，他们研究、讨论这些人物，寄托自己的个人期望，寻找社群的慰藉。在这些历史人物中，坂本龙马的角色尤其突出，也最受欢迎，他不仅创造了历史功业，还对当代人有致命的吸引力——软银的创始人孙正义就公开宣称自己是他的追随者。

这个形象是事实与传说的混合体，每个时代都按自己的方式塑造他。第一部关于坂本龙马的小说出版于 1883 年，那正是自由民权高涨之时，龙马被塑造成一个民主与宪政的先行者，土佐藩虽已变成了高知县，但他的昔日伙伴板垣退助成了这场运动的中坚力量；1920年代，众多小说将他塑造成一个和平主义者、一个为自由而战的人，这响应了大正民主浪潮；到了1940年代初，他又摇身变成了帝国海军的先驱、狂热的爱国者。

而金子刚与孙正义崇拜的龙马，来自司马辽太郎。这位历史作家在1962—1963年的一份杂志上连载了《奔跑吧，龙马》，将他塑造成幕末维新中最重要的英雄。与传统的武士不同，他是一个战略家、一个联盟缔造者、一个永远拥抱新事物的人物。这也是个励志故事，龙马并非天生不凡，甚至到了12岁仍会尿床，全凭个人意志与远见，开创了自己的命运。这个形象正与战后的日本新精神吻合，从战争废墟中站起来的日本，要用贸易与商业重新证明自己。这套历史小说不仅卖出了2400万册之巨，还被一次次地改编成电视剧、舞台剧、漫画。

"我喜欢他的企业家精神，能无中生有。"金子刚说。四十年前的大学时代，他也是司马辽太郎的热情读者。如今，他的另一个身份是长崎的坂本龙马学会的副会长。在一家坂本龙马主题的居酒屋，我还见到了消瘦、内敛的会长——身穿龙马式的和服，只是腰间少了一柄短刀。他在长崎大学学习水产科时，就为龙马的胸怀大志与实干精神所吸引。他们创建了这个社团，举办各式聚会，与遍布日本各地的相似组织分享对龙马的理解。他们还在凤头山上集资兴建了龙马的铜像。龙马双臂抱怀俯视着长崎港，似乎不仅给昔日，也给此刻的日本指出了方向。

二

在长崎的一家海港酒吧，我喝着麒麟啤酒，翻阅着手边的《坂本龙马与明治维新》（*Sakamoto Ryōma and the Meiji Restoration*）。已故的马里乌斯·詹森（Marius Jansen）是英语世界最重要的日本权威之一。他在日本研究中的地位，类似于费正清之于中国研究。1922年，他出生于荷兰，还是个婴儿时就到了美国。他原本在普林斯顿研修文艺复兴与宗教改革时期的欧洲史，战争改变了他，冲绳服役的经历让他对日本发生兴趣。1969年，他出任普林斯顿刚设立的东亚系主任。他可以同时用英文与日文书写，出版的著作超过20本。

《坂本龙马与明治维新》出版于1961年，也是这位历史学家的成名作，出现在关于日本的各式必读书单中。很可能，司马辽太郎的小说受到它的影响，但比起冗长且滑向个人传奇的小说，这是一本严肃的历史著作，詹森想借这个土佐藩武士短暂的一生，折射出幕府末年日本的政治、社会状况——这个常年封闭的社会如何应对突然到来的外来冲击，个体如何在这混乱中展现雄心、才华与勇气。

长崎是阅读这本书的理想地点。潮湿的海风拂面，夕阳下的港口船影绰绰，间歇有黑色的山鹰从山上冲下，掠过海

安静、诗意的长崎港口，是阅读《坂本龙马与明治维新》的理想地点

面。这个安静、诗意的港口曾经忙碌异常，自 1641 年德川幕府锁国以来，它是日本唯一被许可的对外窗口。在我所坐的酒吧不远处，就是出岛，在漫长的时间里，这个人工岛是日本主要的贸易中心。每年 8 月、9 月，季风把荷兰商船从巴达维亚吹到此地，带来胡椒、砂糖、玻璃器皿、天鹅绒，11 月后，再将铜、樟脑、漆器运出。贸易从来不仅关于货物，也与理念、思想紧密相连。尽管在欧洲国家中，荷兰以实利主义著称，但这小小的出岛仍变成了新知识中心。一些好奇心旺盛的日本人开始学习荷兰语，并从零星获得的著作中，开始钻研医学、天文学，这些知识原本只能从中国人的书籍中获得，由此也诞生了"兰学"。

长崎也是各种新事物的体验之地，羽毛球、钢琴、咖啡、巧克力……我手中的麒麟啤酒也诞生于此，是日本本土酿造的第一款啤酒，它的制造者就生活在酒吧斜对面的山间。作为怡和洋行的大班，苏格兰人托马斯·哥拉巴（Thomas Glover）也卷入了幕末维新的浪潮之中，他出售舰船、大炮给萨摩人，还送年轻人前往英国读书，他相信萨摩藩与长州藩，而不是江户的幕府将军，才能代表日本的未来。他也认识坂本龙马。

长崎是坂本龙马展现自我的最佳舞台。1865 年，他带着二十多名土佐藩人来到长崎，创办了一家商贸公司。时年 30 岁的坂本已经验老到，动荡的社会环境逼迫他迅速成熟。

1835 年，他出生在土佐藩一个富裕的乡士之家，当时日本似乎处于一种永恒的稳定之中。1603 年统一日本的德川家康与其继承人，创造了一种精巧的统治机制：身在江户的德川将军是权力的中心，大名又是各自封地的统治者，拥有自己的军队和官僚系统，将军用土地分封与参觐交代来控制大名。将军按"士农工商"划分严格的社会等级，每个人被牢固地限制在土地与身份之中。与中国称读书人为"士"不同，日本的士是"武士"。这个模式为德川幕府赢得两百多年的安定，但它的控制不可避免地松弛，无法适应一个更复杂的日本社会。大名生出了越来越强烈的自主意识，武士则日渐潦倒，在日益扩展的市场力量中，他们找不到位置，不满开始蔓延。在坂本龙马出生后不久，一场失败的天保改革更加剧了困境。

直到前往江户之前，坂本龙马都对此所知甚少，除去所属的村庄及藩国，他甚至不知日本意味着什么。像很多武士一样，他学习剑术、儒家著作与朴素的道德准则，其中一条是"片时不忘忠孝修行，此为第一要事"。18 岁的他在江户一家武馆深造时，黑船开入东京湾，江户城陷入恐慌，他与土佐藩士兵一起被派往品川备战。"异国船各处到来，如此则近日有战。其时，吾当取异国之首后回国。"他在给父亲的信中写道。尽管当时并不清楚这意味着什么，像很多同代人一样，黑船事件是坂本龙马政治意识觉醒的开始，这些下层武士突然发现，他们有了开创命运的机会。

几年之后，坂本龙马被卷入迅速兴起的"尊王攘夷"运动。德川幕府政治机制的隐患显现出来，尽管依赖幕府的保护与支持，京都的天皇仍是名义上的统治者，但这双元权力结构创造的缝隙让一部分不满幕府内政与外交政策的人士脱颖而出。这些人中既有势力强大的大名，也有雄心勃勃的宫廷官僚，更有下层武士，他们是其中最活跃的因素。他们以"志士"自诩，宣扬一种放荡不羁的生活方式，在酒肆与伎馆痛饮畅谈，推崇暴力与自我牺牲。他们为陷入危机的日本找到一条简单、明确的道路——追随天皇而非幕府的权威，驱逐、攻击外国人以及这些外国力量的日本支持者——不管他们是官员还是学者。

坂本龙马也是志士的一员。除去纵情于风流韵事，他也试图刺杀著名的开国论者胜海舟。年长坂本十二岁的胜海舟曾是个热忱的兰学者，还在长崎学习海军，驾驶航船前往美国，长期鼓吹培养翻译人才、训练海军。他们的会面成了日本历史上最浪漫的传说之一，预谋的刺杀变成了促膝长谈，胜海舟对日本前途的分析让坂本折服。在给姐姐的信中，坂本称胜海舟是"日本第一人物"，并追随他前往神户开设海军学校与造船厂。这十八个月的经验将这个土佐志士带入一个更开阔与复杂的世界，他逐渐了解西方，超越了地方藩国的日本概念，习得更成熟的处世之道，获得了一个新关系网络。

这种新能力令他在接下来几年脱颖而出。1860年代的日本进入了一个更为颠簸的年代，天皇与幕府摩擦不断，将军继承人之争也不停歇，外样大名长州藩公然倒幕，英国人炮轰了马关与鹿儿岛，使两个最强大的藩国意识到"攘夷"的不可行。在1867年一片混乱的长崎，坂本龙马却看到一条新道路，他成立了名为"海援队"的商业组织，它的资金来源于萨摩藩，他邀请长州藩的伊藤博文与井上馨住进萨摩公馆，从托马斯·哥拉巴手中买到7000支来复枪，还说服萨摩藩从长州藩购买大米。对原本互相敌视的长州与萨摩来说，这种关系不可想象。坂本龙马奔走于长州、萨摩与京都之间，极力促成联盟的达成，他相信，只有这个联盟才有足够的力量击败幕府，创造一个新日本。

他确信幕府统治即将结束，开始憧憬一个新秩序。在前往京都的船上，坂本写下了八条改革计划："天下政权奉还朝廷，政令当出于朝廷；设上下议政局，置议员以参万机，万机决于公议；选有才之公卿、诸侯及天下之人才，赐官晋爵，以为顾问，令除旧来有名无实之官；广采公议交际外国，新立至当之规约；折中古来之律令，新撰定完善之大典；扩张海军；置亲兵以守卫帝都；金银货物与外国定宜当之法。"这就是著名的《船中八策》，尽管它不过是当时流行看法的总结，但诉诸文字后诞生出另一种力量：很多人相信，明治天皇的五条誓文正脱胎于此。

在京都，迎接坂本龙马的不仅是即将到来的胜利，还有突然的死亡。1867 年 12 月 10 日夜晚，在河原町的一家酱油店里，坂本龙马被刺杀，年仅 32 岁，至今没人知道刺客是谁。死亡塑造了坂本的神话，他无须面对明治时代的新混乱，他的朋友西乡隆盛从一个维新缔造者变成了叛军头领。在很多人眼中——比如他的土佐同乡板垣退助——长州与萨摩的获胜武士也成了新的压迫者，他们塑造了一种反民众的寡头政治。

三

回国后的一个早晨，我冲下一杯龙马咖啡，很可惜，并没有体验出它的独特之处。窗外的北京笼罩在冬日的萧瑟与雾霾之中。我忽然想起詹森对于那些志士的描述：

> 在冬季的江户，他们身穿薄薄的便服，光脚踩着木屐在大街上走来走去。他们不修边幅，而且大肆挥霍，必要时也不是不会向商人借款或者干脆强取豪夺……作为一群没有计划的革命者、正在寻找领袖的追随人，他们在摸索一个更有机会出人头地的社会。不过，他们身上也有一种真正的爱国精神，而且相信自己的国家正处于危险之中……此时立刻采取果断的措施要比逻辑而理性地分析这种危险的内涵重要得多。

Nagasaki

不管历史学家对于幕末与维新做出了多少政治、经济、文化分析，多么强调时代背景与社会结构，但人们总是倾向于记住（或猜想）那浪漫一刻：个人摆脱种种束缚，做出了大胆的抉择。坂本龙马多姿的一生以及他突然的死亡，使得他无疑成为一代人中最浪漫的一位。

2018 年 11 月

中山陵

　　沿漫长的石阶往上，我期待的肃穆淹没在喧闹中。人们总是在拍照，在台阶上、入口处、华表前。为了一睹谭延闿书写的碑文，我必须耐心地等待十分钟，一个又一个游人站在石碑前，姿态各异，表情喜悦，等待同伴将自己装入镜头。他们皆遵循苏珊·桑塔格的判断，在没有被摄入照片前，你不能肯定你游览过此地。

　　也像所有的景点一样，中山陵醒目地张贴着游人须知，其中一条"禁止随地吐痰与大声喧哗"，在由博爱、天下为公这些短语环绕的景点，显得过分格格不入。当然，没有人在意，我看到了裸露上身的男士，即使到了存放孙中山遗体的墓室中，喧哗声也没完全消失，每隔几分钟，总会看到有人扭头向石阶旁的草地上吐痰……

　　我突然想起孙中山在黄埔军校的演讲。那是1924年3月的广州，除去对中国与世界正在变化的革命形势的观察，他还提到随地吐痰与任意放屁是中国人的两大毛病。那是他生命的最后时光，之前的生活的一连串挫折，只有很少的时刻，某种意外的荣光才降临于他。他孜孜于寻找一条帮助中国摆脱屈辱的道路。1894 年，他曾向李鸿章自我推荐，却被忽视，这或许迫使他走上革命之路。1898 年康有为、梁启超改革的失败，再次加强了他推翻帝制、引入西方政体的信念。在意外而短暂地成为中华民国临时总统后，权力还是回到前清大臣的手中。

旧世界分崩离析了，新世界却并未建立起来。他相信修建足够的铁路可以救中国，期待过南方的军阀可以帮助他统一中国，晚年时苏联的经验则对他产生了致命的吸引力……但他不无惋惜地看到，他一心期待获得新生的国家似乎总是在沉睡之中，中国人总是一盘散沙，无法摆脱种种经年累月的陋习。或许，他越来越觉得，不随地吐痰像政治上的共和制一样至关重要。

南京充满了历史痕迹。紧邻中山陵的是明孝陵，明朝的第一个皇帝朱元璋埋葬于此。是他开创了政府对普通人强大控制力的传统，他也是政治清洗传统中最著名的统治者之一，他对中国社会的理想是稳固的、停滞的、内向的、小农传统的……长江路上的总统府，也曾是林则徐、曾国藩、李鸿章、张之洞的两江总督府，他们都深切感受到传统中国的无力。在短暂的时间里，太平军还将此改造成天王府，在这场浩大、残酷的起义中，洪秀全固执地相信自己正是耶稣的弟弟，他们将缔造一个人人平等的乌托邦,他们互称兄弟的领导者间却毫不怜悯地内部屠杀,最终走向失败。也是在这里,孙中山宣誓就任总统,蒋介石则在此商讨"围剿"共产党的计划,汪精卫、李宗仁、冯国璋甚至"辫帅"张勋都曾是这里短暂的主人……1949年,这里是历史又一个转折时刻,在一本杂志里,我还看到了陈逸飞1976年的油画《占领总统府》,解放军战士将红旗插到此地……我坐在长凳上休息,眼前是一件正在晾晒的绿色军大衣,不远处正是蒋介石1948年接见一些国家新任驻中国大使的黑白图片。历史的恍惚感变得鲜明。

在我成长的过程中,历史是依靠时间点划分的,1840年、1911年以及1949年……这些年份似乎将历史一分为二,之前是一个世界,之后是另一个。我差点忘记了,李鸿章、孙中山、蒋介石,甚至洪秀全面临的是同一个挑战:如何激活一个被惰性、分裂、资源匮乏逼迫的社会,如何在外来者面前赢回尊严。他们以各自的方式做出反应,一些人更为敏锐、更果敢、更高尚,另一些人更顽固、残忍,有人拥有政治理想,有人则是赤裸裸的野心家……他们中最有力的是最能体察中国社会根本矛盾的人,知道那些看起来迟缓、忍耐的中国人,随时可能变成一群躁动的人,为了目标甘愿抛弃掉一切。孙中山抱怨中国人缺乏现代人素质,四十年后,新落成的南京长江大桥上刻上了"人民,只有人民,才是创造世界历史的动力"。

我在一个闷热的夏日下午到来时，南京似乎正在为自己的身份焦虑不堪。本地的《现代快报》说，"博爱之都""第一城垣""绿色之都"，这些别号似都不足以表明南京的独特性，至于"六朝古都"，记者抱怨说几乎找不到昔日遗迹了。南京人试图创造新身份，为了迎接七夕节，两万名青年男女在公园中速配，在巍峨的明代城楼中华门上，相亲的男女还叠了77万只被称作"爱情鸟"的纸鹤，申请了吉尼斯世界纪录。

在中华门上闲荡时，夕阳业已下山，城市变得富有诗意起来，六百年前的青砖墙配上廉价的纸鹤，有种说不出的奇特效果。在秦淮河尽头，我闻到浓烈的臭味，但夫子庙码头霓虹灯闪烁，你可以想象昔日的繁盛，秀才们北岸贡院里考试，探求安邦之道，南岸则是烟花之地，美人们琴棋书画，不知亡国恨。

矛盾总是共存，看似激烈的灾难、变革，很快被日常生活吞噬与抚平。每代人都想开创一个新时代，却发现他们更受困于旧习惯。

2006 年 8 月

一个罗马尼亚人在纽约

与文字中的过度感伤不同，诺曼·马内阿（Norman Manea）欢快、愉悦。"你是要威士忌、跳舞、咖啡，还是真的要采访？"在纽约上西区的一间公寓里，他张开双臂，迎接我们。

我读过他的两本书，一本文论集《论小丑：独裁者和艺术家》，一本回忆录式的小说《流氓的归来》。不知是翻译所致，还是原作风格即是如此，它有些涣散，我能熟记其中一些片段、句子，却对全书的结构与叙述缺乏印象。高度自我的沉溺口吻、细腻鲜活却又经常重复的细节，似乎是他最显著的特色。他独特的个人经验，足以制衡这种涣散与自溺。诺曼·马内阿出生于1936年的罗马尼亚，童年时进过法西斯的集中营，侥幸逃生又被卷入一场新社会试验。50岁时，他成为一名流亡者。在纽约，他一边用他吃力学习的英语在大学教授欧洲文学，一边用罗马尼亚语写作，讲述那些黑暗、荒诞、充满谎言与挣扎的个人经验——这些经验正是20世纪最重要的一部分。他称罗马尼亚的统治是"结合了法西斯主义与斯大林主义的拜占庭方式",自己则是"两种极权制度的豚鼠"。

"那个巨大的谎言就像个新胎盘,既不让我们生,也不让我们死。一个鲁莽的姿势就会让那纤薄的薄膜炸开。你必须屏住呼吸,不断自省,以便你那张被大大小小的谎言堵住的嘴不会一不留神地吐出可能粉碎那个保护茧的气息来。事实上,我们正不断用其他遮盖物来包裹这蛋壳,一层又一层,就像俄罗斯套娃一般。"这样漂亮的比喻,散发着强烈的亲近感,这是所有经历者共同的梦魇。这梦魇常以琐碎、平庸的面貌出现,令身在其中的人们被麻痹,最终失去了描述、理解它的能力。

我们说起齐奥塞斯库,马内阿称他"喀尔巴阡山的白脸小丑"。1965年,成为统治者时,他曾给整个国家带来巨大的希望,推行了自由化政策,公开反对莫斯科对布拉格之春的镇压。在书架上,我看到马内阿与妻子切拉青年时代的照片,西装、墨镜的马内阿,像是个倜傥的花花公子,礼服中的切拉与索菲亚·罗兰颇有相似。他们喜悦、得意,他的第一本书正是在这气氛中出版的。

"罗马尼亚男人与意大利男人相似吗?"

"几乎是一样的,"他的回答干净利落,"都习惯性地向女人献殷勤。"

马内阿说，他们文化是拉丁式的。尽管在文章中，他强调压抑与停滞，但青年时代，仍充满音乐、书籍、舞会与情欲。这不仅因为他正年轻，也因在罗马尼亚或是整个东欧、甚至苏联，严酷占领公共空间，并未全面入侵私人世界。但压抑、腐烂、停滞日益加剧，这套拉丁化的生活方式逐渐消亡。一切，甚至他深深眷恋的罗马尼亚语，都无法阻碍他的离开。1986 年，50 岁的他前往德国，两年后又来到纽约。

"像是纳博科夫笔下的普宁教授。"他不止一次这样写道。陌生环境让一个外来者变得无助、懊恼，昔日的人生经验、知识积累，变得毫无价值，甚至坐一趟火车都变成挣扎。对通晓德语与法语的马内阿来说，他的挣扎不在柏林与巴黎，而是纽约。与一群年轻的中国、菲律宾、东欧移民挤在教室中，他与切拉开始学习基础英文。这结果令人欣喜，纽约慷慨地接纳了他。尽管英文仍算不上流畅，忧虑学生无法听懂他的语法与口音，他却已在学院教了二十六年书。

"世界上最好的旅馆"，他这样形容纽约，一个罗马尼亚的犹太作家也找到自己的房间。在回忆录中，他如此描述它："巴基斯坦人的报摊、印度人的香烟铺、墨西哥餐馆、女服装店、朝鲜人的小超市：大筐的水果和鲜花、西瓜和椰子……玫瑰、郁金香、康乃馨……矮楼、高楼、更高的楼，各种风格，不同的形状及混杂的各种用处，新世界和旧世界……"

最好的旅馆，也取代不了家，家却回不去了。齐奥塞斯

马内阿的书架上摆着他和妻子切拉青年时的照片

库的垮台并未带来希望。当独裁者未经审判被枪决，他陷入新忧虑，祖国发生了变化，却并未朝他希望的方向。在一个表面民主的社会，犹太人的命运依旧不佳，它远超政治原因。1991年，他在《新共和》发表了一篇文章，指责一位著名的罗马尼亚学者的反犹倾向，引起轩然大波。在布加勒斯特，他成了国家敌人；在纽约，他变为FBI的保护对象，以防止极端主义的罗马尼亚侨民的刺杀。归与不归，变成两难，他也越来越倾向于后者——"祖国逐渐远去了，越来越退入往昔，越来越钻入我的内心。我不再需要地理和历史来证明它的矛盾重重，来证实它的坠落。"

流亡并非仅仅是失落、笨拙、无奈，它也是改变自我、再度创造的良机。阅读他刚刚出版的文论集，你可以清晰地感受到，他因流亡获得更辽阔的视角。若他仍留在布加勒斯特，很难想象他会获得世界性的成功。即使世俗成功并非唯一标准，他的写作本身也受惠于这崭新经验，他依旧用罗马尼亚语写作，记忆却因陌生的环境变得更加鲜明。他很少书写美国经验，说自己来得太晚，不懂新环境，说英语过分清晰、讲究逻辑，无法承载他母语中的含混、暧昧。他说美国社会浅薄，却有一种让人保持愚蠢的自由，美国生活充满了矛盾与不连贯性，是自由的标志……

2015年7月

你好，坂本先生

我趴在水泥围栏上，试着把录音杆伸得再远些，让毛茸茸的收音器贴近水面。一个春日午夜，紫禁城的红墙在灯光照耀下，衰败与庄严的气息混杂在一起。白日的游人早已散去，宫殿似又归还给逝去的皇帝、妃嫔与宦官们。护城河微微荡起波纹，水草若隐若现，耳中却只有风声、汽车压过马路的噪音、一对情侣的私语。我想录下护城河的水声，带给身在纽约的坂本龙一听。三十三年前，他是一个庞大电影团队中的一员，进驻紫禁城，他们试图复原溥仪的一生以及他身后的时代。

《末代皇帝》成为电影史上的典范之作，贝托鲁奇丰富、浓烈，对权力、异域风情、孤独都有着令人惊叹的理解。原本只是出演一个小角色的坂本龙一，意外地参与了电影配乐，获得翌年的奥斯卡最佳原创配乐奖。在中国，这部电影更意义非凡。一个正在重建自身的中国，急于了解外部世界，也对自己的过去充满陌生。这个由意大利人、日本人、美国人、中国人，还有一大群讲英文的海外华人构成的团队，创造出一种熟悉又陌生的中国叙事。它是 1980 年代最难忘的文化事件之一，同时通往外部与自身。

1987 年，在北京大兴的一家影院，我第一次看到这部电影，几年后，在一张 VCD 上，我开始反复听它的原声音乐，它似乎来自中国又与中国无关，我记住了三位作曲者之一的坂本龙一。这只是一晃而过的印象。日本文化在我的青春时代几乎毫无印记，我钟爱的是 1920 年代的巴黎与纽约，是流放者与进步主义者们的混杂，他们雄心勃勃又愤愤不平。我也受困于文字的世界，迷恋"思潮""主义"，也书写"迷恋"，色彩、形象与声音，很少引起我的注意。

是坂本龙一的回忆录，而非他的任何一张专辑，再度引起我的兴趣。《音乐即自由》的封面上，坂本龙一脸上挂着天真与严肃，头发一丝不苟、黑白夹杂，令人过目难忘。翻开回忆录，你随即被他自由自在的语调与丰富多彩的人生所诱惑。生于 1952 年的坂本，在战后日本重建中度过，是学生运动的活跃分子。他是早熟的天才，自幼在钢琴上弹奏巴赫与德彪西，又沉迷于约翰·凯奇与披头士。他在懵懂中成为 YMO 的一员，这个组合随即成为世界电子乐的先驱。接着，他成为大岛渚的男配角，不仅与大卫·鲍伊直面相视，还创作出了《战场上的快乐圣诞》的电影配乐，赢得了国际声誉。贝托鲁奇的邀请也随之而来，它将坂本龙一推到了世界舞台的中央。自 1990 年搬到纽约，他不仅是个电子音乐先驱或电影配乐家，且展现出一个国际艺术家的新形象。他与世界各地的艺术家合作，卷入反战、环境保护诸多的社会运动，他的道德关怀与艺术感受同样鲜明。世上有很多富有才华的人，成为 icon 却需要一种更独特的品质，一种形象上的简约感，一种超越自身领域的热忱。

这本回忆录出版不久，坂本被诊断出咽喉癌。他与病症对抗，再度投入工作，这为他增添了新的传奇色彩。透过照片与录影，他展现出一种似乎只有东方人才有的镇定、淡然与禅意。他的音乐风格也随之改变，他开始采集形形色色的声音，风声、雨滴落在屋檐上的声音、金属棍敲击垃圾桶的声音、车厢轧在铁轨上的声音，他多少相信，声音比旋律重要，它更可能回到音乐的本质。他尤其喜欢水的声音，我不知，这是否因为水是一切生命的源头？他喜欢将录音比作钓鱼，他四处逡巡，寻找独特的鱼类，将这些声音化为音乐时，像是将鱼做成佳肴。我没能录到护城河的水波声，录音机中只有种种杂音。我还是决定将这杂音带给坂本先生，或许他能在一片嘈杂中，听到鱼游过水底的声音，或者对他来说，这盘录音已经是一个拥挤的鱼塘，他能听到紫禁城的昨日与今日。

在纽约，我见到了坂本先生。他比照片上略显憔悴，在谈话时，他要不时吞咽薄薄的润喉片，罹患癌症之后，他的唾液分泌比正常时低了三成。我有点紧张，不知这一切该如何开始。我的生活依赖音乐，醒来、写作、走路、出租车上，总在听，从德彪西到谷村新司，都是我的至爱。我却没有任何天分，能辨别音乐的细微差异。我也不是一个真正的聆听者，音乐只是我的日常生活背景，而不是全情投入的倾听对象。或许，我还有一种创作类型的自卑，在一切艺术形式中，音乐代表了一种最高形式，它既轻易地抵达内心，又兼容了更广阔、不可描述的情感。

我对坂本被神话的方式又感到不安，尤其不喜欢人们动辄以"教授"称呼他。这种昵称所带来的"亲切感"，似乎将他视作某种不可解释、只能赞叹喜爱的对象，他的天才、风度、温暖、严肃的内心世界，都那么完美、无懈可击。他有不可解释之天才，却并非是抽象的存在，他的身后有着清晰的文化脉络，从属于近代日本的思想、创作传统，始终在应对个体与日本社会，日本与世界之间的紧张感。

我带了一本双语的《三四郎》，一半中文、一半日文，它来自日本最负盛名的作家夏目漱石。我记得，坂本曾说过，他钟爱夏目。尽管他们之间横亘着大约一个世纪，却有某种相似之处。贯穿了明治与大正时代的夏目，也是身处日本与西方世界之间，他将西方现代小说引入日本文学传统。坂本收下书，感慨此刻的日本人不能再阅读汉字，不能像过去的中国人、日本人一样用笔交流。我又递给他在夜晚紫禁城的录音，说起我刚刚在旧金山见过陈冲，《末代皇帝》中的女主角。

"她的英语非常好。"坂本脱口而出。有那么一刻，他似乎回到了三十三年前，带着兴奋与甜蜜。于是，我们的谈话开始了。

"我记得自行车的声音……人们等在百货商店门口的吵闹声，很有活力。"在曼哈顿一间红砖外墙、半地下的工作室，坂本回忆起1987年的北京之行。他记得北京饭店的房间很大，令人心生孤独，街道很宽，夜晚安静、空荡荡，这座城市像是一张黑白照片；他记得，怎样比划着、在纸片上写汉字，让友谊商店咯咯笑的女店员卖给他一辆自行车；他也记得紫禁城的墙壁、院落、宫殿，还有掠过的风声，似乎皇帝还活着，他觉得这年轻的皇帝像是时代的逆行者，从蝴蝶变回毛毛虫；他还记得，那位天才、诗意的意大利导演，一会儿像兄长、一会儿又像暴君，一个叫陈冲的中国女演员，英语竟然说得这么好；他也觉得，这真是个古怪的片子，一群来自世界各地的人拍摄中国，所有演员却讲英文；当然，他没有提另一位女演员邬君梅，在广为流传的八卦里，他们有过短暂的恋爱。

对于一个35岁的日本音乐家，这定是难忘之旅，他不仅参演了一个小角色，用自己的小摄像机记录下诸多场景，还提供了绝大部分电影配乐。这也是仓促、疯狂的行动，他只有两个星期，却要突然谱出末代皇帝之命运。贝托鲁奇改变了坂本龙一的命运，将他带到了世界舞台的中央，令他成为奥斯卡奖得主。对于一个创作者，这也是个罕见的时刻——他的个人成就与他背后的国家同时来到巅峰。昭和末期的日本，也是作为"世界第一"的日本，它的经济扩张看起来不可阻挡，令世界震惊不已，这个四十年前还处于废墟之中的东方岛国，如何变成了今日的模样。

坂本先生一定不喜欢这种联想。他这一代日本人是在反国权的气氛中成长的，更强调个人价值。他说起 1990 年搬到纽约的决定，不是为了逃避日本社会，或是融入西方中心，只是因为这是个恰当的工作地点，前往伦敦、巴黎或其他城市的话，不用飞那么久、那么疲劳。纽约对他而言，是实用，而非浪漫与征服。

对西方之焦虑并非全然消失，明治以来，这个情结长久地困扰着日本人。坂本最喜欢的作家夏目漱石正是脚跨两个世界的人，理解这双重世界，也受到双重困扰。夏目漱石是成立不久的帝国大学最优秀的英文毕业生，以教授高中生莎士比亚为业，但当真的置身于 1904 年的伦敦时，他又被一种强烈的焦虑包围，他受不了雾都的空气，听不懂他们的语言，进不了他们的世界，甚至自卑于一个东方人的矮小身材，他陷入了神经衰弱。当他回到东京后，又不安于一个咄咄逼人的祖国，刚刚战胜了俄国的日本举国狂欢，一头扎进了扩张、自大的单向道。

"他认为自己是日本的代表，肩负重大责任。"坂本这样描述一个世纪前的夏目漱石。1979 年，当他作为第一支前往西方的日本乐队 YMO 的一员，从伦敦开始世界巡回演出时，并无要代表日本的热情。日本的电器、汽车与时装正在征服世界，而 YMO 在电子音乐领域则令西方同行大吃一惊，他从一个意味着先进而非落后的日本前来。他似乎一开始就是世界公民，一个艺术、时尚共和国最显眼的一员，他的音乐令最时髦的欧洲男女起舞，他与大卫·鲍伊在镜头面前比谁更酷与美艳，他和白南准合作的作品，既令日本人尖叫，又征服了中国人与西方人的耳朵，他似乎可以轻易地穿梭于不同的文化与领域。尽管更强调个人而非历史，但他混合且轻盈的特性，也是迅速兴起的新历史潮流的一部分。柏林墙的倒塌让人欢呼"历史的终结""无国界时代"的到来，一种更多元、交杂的全球化审美趣味也开始了。身处 1990 年纽约的坂本，也处于他的最佳时刻，他才 38 岁，闻名世界、潇洒倜傥，有一张令人难忘的英俊面孔。

"如果我碰到那个坂本，我们是不会做朋友的，"他停顿了一下，若有所思，"他太自私了，以为自己无所不能。"眼前的坂本谦逊、低调、坦诚，因为使用并不熟练的英语，这坦诚显得更为真挚。有时你感觉，他年轻时试图逃离的责任感，以另一种方式回来了。他忧心忡忡于环境灾难，加入反战游行。福岛核危机发生后，他成为日本社会反核抗议中最引人注目的一员，并以自己最独特的方式回应这一灾难，他用在海啸中幸存的钢琴，奏出灾难之音，在国会前的抗议人群中，发表冷静的演说。他仍拒绝体制的召唤，夏目漱石拒绝了明治天皇授予的博士，他则谢绝了 2020 年东京奥运会的邀约，因为安倍政府对于福岛、冲绳的回应都那么不真诚；罹患癌症，更使他对艺术的责任感紧迫起来，他要抓紧每一刻，尽量留下更富创造性的成果。

很可惜，关于音乐本身，我们无法进行交谈，或许音乐也不该被交谈。他了解节目需要什么，充满善意地拿出少年时代影响他的唱片，和我一起听德彪西。他陪我在哈德逊河畔闲逛，用手中的金属小棍敲击栏杆、垃圾桶，让我感受他收集声音的过程。在这一切结束之后，他带我前往一家过分拥挤、他钟爱的意大利餐厅。当摄像机消失了，他情绪亢奋起来，充满孩子气的调皮。在一张餐巾纸上，我写下几位日本知识分子的名字，丸山真男、加藤周一以及鹤见俊辅。在我有限的理解中，他们是战后日本社会的关键人物，他们的思想与行动塑造了一代人的成长。看到餐巾纸上的这些名字，坂本更为激动，他回忆起父亲的文人朋友，以及自己的青春。比起谈论我不在行、他或许也感到厌倦的音乐话题，日本的思想传统更激起彼此的兴趣。

2019 年 5 月

噢，伍迪·艾伦

他说，可以给出一个小时，在四月初纽约的一个上午。我感到内心的悸动，这可是伍迪·艾伦（Woody Allen），一个无须做出任何解释的名字。与85岁的他共度一小时，是人生难得的际遇，颇可向他人吹嘘一阵。

该和他说些什么呢？我谈不上是他的影迷，对他最初的印象来自《性爱宝典》。那还是1990年代中的中关村街头，马云、马化腾尚未崛起，那些来路不明的VCD是我们通往外部世界、安放荷尔蒙的重要窗口。没人能拒绝这个过分引人入胜的标题，在印刷质量欠佳的封面上，我看到一个头发乱蓬蓬、鼻梁上架黑框眼镜的家伙。影片未能激起我更多的荷尔蒙，留下了一些滑稽又令人不安的印象，一头绵羊，在前戏中昏睡过去的女人，以及如同太空发射的精子运动，其中一个正是封面上那个男子。

我的电影趣味保守，着迷史诗、英雄主义，且经常是好莱坞式的，是《美国往事》《死亡诗社》《烈火战车》，伍迪·艾伦的趣味让我摸不着头脑，硬着头皮看了《安妮·霍尔》《曼哈顿》，也没感到其中絮絮叨叨的乐趣。当然，存在主义、纽约书评这些词汇令我意外，它们怎么会出现在电影中？我也从未对他崇拜的伯格曼、费里尼发生太多兴趣，我从不是典型的文艺青年，没有耐心坚持欧洲趣味。我买过他的《门萨的娼妓》，翻了几页作罢，找不到其幽默或智慧所在。是的，他的名字无处不在，却与我无关。

《赛末点》改变了一切。我着迷于这部电影，斯嘉丽·约翰逊的性感溢出屏幕，那股英国式的散漫及傲慢同样迷人，一个边缘网球教练的虚荣与挣扎，关于运气的俏皮哲学，一切皆恰到好处。接着是《巴塞罗那》《蓝色茉莉》，它们离开了纽约，发生在另一个城市，且伍迪·艾伦隐于其后，它们散发出一种难以抵御的诱惑，优雅、性感又莽撞、尴尬。

借此，我重新观看伍迪·艾伦。距离中关村的 VCD 已二十五年，不无意外的是，我喜欢上他了。他的絮絮叨叨，都有了一种让人欲罢不能的魅力，松弛、毫不忌讳地坦诚自己。更不用说，一个个女主角，或聪明绝顶，或失魂落魄，或咄咄逼人，或满脑子幻想，或愚笨糊涂，却无一不性感、天真。更何况那些配乐，每一首都完美，都符合我对那个更优雅、可爱往昔的想象。

当读到他的自传时，这种亲切进一步提升。在其中，他说自己童年的幸福与辛酸，第一次前往曼哈顿的兴奋，在电影院中的青春，对美丽的波西米亚风姑娘的向往，对虚荣与自卑的剖析……它前所未有地解放了我。多年来，我期待自己成为一名严肃的知识分子，就像以赛亚·伯林、埃德蒙·威尔逊、莱昂内尔·特里林，却总意识到自己的才智不足。这给我带来困扰，是否这完全是一厢情愿。同时，我又期待那种虚荣、浮华、自由自在的生活，查克·贝里以及莎朗·斯通。

伍迪·艾伦把这一切混在一起，还赢得广泛的赞誉。当然，你也意识到这一切的代价，他永远不能享受片刻成功，总迅速奔赴下一次创作，甚至站在奥斯卡或各种国际奖赏的领奖台时，都无法体验它。他还要面对与宋宜的婚姻带来的无穷攻击，一个三流演员也能对他说东道西、冷嘲热讽。

但我热爱他的政治不正确、颠三倒四，顽强实现自己童年梦想的执着。当带着这么多欣赏面对他时，我该问些什么？他已 85 岁，要戴着助听器接受采访，他还是天生的社恐，我也有那么一点，他的助手还坚持只有一个小时，这谈话该如何发生？

2023 年 4 月

O

漫游之梦

我梦见了简·莫里斯。

在一家购物中心，她正沿自动扶梯而下，满头银白的卷发。我先是愕然，然后向她挥手，大喊一声"Master"。购物中心地点不明，在北京朝阳，或是我从未去过的威尔士，它嘈杂、破败，是速朽的消费主义的最佳象征。她似乎侧了一下头，也好像无动于衷，没有像海明威在巴黎时向无名的马尔克斯挥手致意。

我醒来，带着明确的遗憾。简·莫里斯是我心中的英雄，自从二十年前读到她的《香港》，我就成了她的狂热追随者。她的浪迹天涯，她恢弘又细腻的笔触，同样敏锐的历史感与即兴触觉，皆让我着迷。她从 James 变为 Jan 的行为，令我瞠目结舌。我几乎买了她每一本书，英文的、中文的，精装的、平装的，凌乱地分散在我的书架上。其中很多，我只偶尔翻阅，它们的存在却带来一种镇定，每当感到困顿、无聊，就会抽出一本，随便哪一本，随意翻到哪一页，总会给我意外的喜悦。

她为何进入我的梦中？2020年12月，她离世的消息传来时，我有一丝触动，却并未过分强烈。她已94岁，三年前还出版了一本日记体著作，这是一个过分丰沛的人生，那些书籍已保存了她的一切。一点点遗憾短暂地涌上心头，我已通过英国朋友联系，想去拜访她，拍摄一期节目。同时，也有一种释然，何必要真的见到她，若完全听不懂一个老人的威尔士口音，该怎么办？我也没写下任何文字，哪怕一篇短文，纪念她对我的影响。当一个人的思维与情感方式，弥漫于你的头脑与心中时，你反而不知如何描述她。

她却会随时、意外地浮现。我猜，基辅的战事令她出现。这场突然到来的战争给我带来的冲击，甚至比911事件更为显著。两架飞机撞向世贸大厦的画面令人错愕，随之而来的阿富汗、伊拉克战争占据了舆论中心，但你多少觉得，这并非颠覆性一刻，比起既有的世界秩序，这只是无政府式的反抗。年纪或许也帮助了我，对于一个刚毕业的学生，未来总充满期待。一个迅速丰裕、开放的中国社会，也给予你这种信心，这个古老国家再度兴起的故事才是这个新世纪的主题。

时隔二十年，我完全是另一种感受。记得911发生后不久，一位专栏作家以"历史的假期"来形容自柏林墙倒塌至今的岁月，美国与整个西方生活于历史终结的幻象之中，认定一切将按照他们期待的方向进行。这一次，"历史的假期"

这个说法引起共鸣。基辅的炮火，绵延了两年的疫情，以及过去几年时代氛围的变化，都使这感觉清晰起来。

焦虑潜入梦中，我看着简·莫里斯的背影，没听到她的回应。我无法像她那样自由穿梭，年龄亦提醒我自己天分有限，即使有同样机会，也没有相应的洞察。

醒来后，我翻看简·莫里斯的一本游记，记录她五十年来的欧洲之行。其中一节有关敖德萨，这个昔日沙皇俄国、如今乌克兰的港口城市。它是一个多元种族、文化的象征，希腊人、格鲁吉亚人、土耳其人、保加利亚人，尤其是犹太人在此混居，带来放松感，这在庞大的俄罗斯世界尤为难得。莫里斯在冷战时期到来，在一个封闭、驽钝的苏联世界，看出了这个城市昔日的荣光，一个勤奋的指挥家，一位咖啡店经理，以及破败却仍典雅的酒店大堂，诉说着暂时沉睡、等待被唤醒的往日。

这段描述疗愈了我的焦虑。你知道，即使被冰封之后，世界仍会醒来，摇曳生姿、火急火燎地等待着被观察、被记录。

2022 年 4 月

冲绳漫步

一

它就像是一头巨鲨，俯冲下来。这个小小博物馆的二楼露台，是观看美军基地的最佳去所。我睡眼惺忪，端着一杯迅速冷却的咖啡，等待飞机的起降。

是 B-52，F-15，抑或运输机，我分不太清。我在部队大院长大，父亲差点被派往老山前线，我在各式战争电影中度过少年时期，军事行动与武器从未对我产生吸引力。我多少吃惊于同学们对舰船、冲锋枪与导弹之热忱，私下感觉它们与迷狂、偏执相关。

从露台望过去，军事基地是水泥跑道、绿地与低矮房屋的组合。比起围墙外拥挤的民宅、加油站与街道，它过分空旷、静默。那些轰炸机、战斗机、运输机，像是大号的玩具，与我一样昏昏沉沉。玩具启动时，尖锐的噪音排山倒海般涌来，似乎真会刺破你的耳膜，眼前的一切都变得失真、凝滞。

讲解员脸上挂着某种确认的微笑。半小时前，他向我展示了卡车、民航机、战斗机的噪音列表，它们的峰值递进跃升。他个头不高，30 岁上下，黝黑、精干，他就出生在此。占地近 20 平方公里、停泊近百架军用飞机的嘉手纳，是美军在远东地区最大的空军基地。1944 年，它原本为日本陆军航空队而建，1945 年，美军接管了它。地理位置给了它显著的优势，从这里起飞，两小时内即可抵达朝鲜半岛。它是美国亚洲战略的重要支点。

对于讲解员，这一秩序以如此具体的方式进入他的生活。噪音、燃油味，从来是日常生活的一部分，这些"鲨鱼"随时起飞，随时降落。在一张嘉手纳的老照片上，那个黑白的、匮乏也悠然的世界，被战机、水泥跑道、围墙挤压。

这是冲绳命运的缩影。它只占日本国土的 1%，却承载了 75% 的美军基地。除去规模最大的嘉手纳，冲绳还有四十处大大小小的基地，超过两万名美国士兵驻扎于此。全岛面积的五分之一皆是军事禁区。

这也是我对冲绳的最初印象。1990 年代的中国新闻上，美国士兵强奸冲绳少女，接连不断的抗议，时常出现。我从未对此产生兴趣，不知冲绳在哪，与关岛、塞班岛有何区别。在我的青春时代，美国以一个灵感与希望，而非霸权的面貌出现。技术与商业是时代的新叙述，地缘政治、军事冲突退隐了。冲绳的冲突，就像是即将消失的历史力量的偶然回响。或许，也是一种"必要之恶"，比起日本的再度军事化，美国人的存在似乎更令人安心。

我对冲绳的真实兴趣，与中国自身相关。随着中国影响力的急剧攀升，人们开始议论曾经的朝贡体系。14—18 世纪，中国是亚洲秩序的中心，周围国家以向中国朝贡展开贸易、文化交流。琉球王国——冲绳的前身——是这个朝贡系统的重要一环。

2016 年，我首次前往那霸，特意在久米村的小巷中闲逛。这是中国人后裔的居所，14 世纪末，36 位不同姓氏、职业的福建人被明王朝派遣至此，促进琉球与大明的关系。那个寂寥的午后，在一家仍营业的餐厅，眼眉皆细长的年轻厨师用破碎的英文告诉我，他的祖先就来自中国。一杯啤酒与一份金枪鱼，以及注定无法深入的交谈后，我走进福州园。它由福州政府 1992 年所建，有力地提醒着历史的延续。福州曾是财富、文化的来源，辐射琉球王国、日本九州与菲律宾。我还在孔庙的红墙前发呆，想象四个世纪前，琉球人如何理解孔子，又怎样念诵《论语》。身份优越感的诱惑难以抵挡，即使它仅来自过往的荣耀。

我刻意忽略了美军基地，路过那些铁丝网围墙时并未多想，将剩下的时光消磨在海滩上。蓝绿相接的海水是此刻冲绳的形象，一个让你遗忘现实的度假地。一部叫《恋战冲绳》的香港电影加深了我的印象，情节早已忘记，却记得《伟大的伪装者》(*The Great Pretender*) 这首歌，里面有种玩世不恭的深情。后来，我意识到自己也是在伪装些什么，刻意回避深层的冲突。

二

这一次，我站在冲突的中心，它比我想得更复杂。

十五年前，当地人建造了这栋博物馆兼观察台的二层小楼，期望它展现冲绳人的痛苦，并吸引到游客。历史的伤口，亦是牟利的景观。去年有 58 万人到此。除去来自世界各地的游客，还有大批日本学生将此作为升学旅行的一站。这些少年会怎么看待这些基地，怎么看待美国人显著的、压迫性的存在？历史伤痛和地缘冲突，发出刺耳噪音。

对美国的态度，象征着日本进入近代世界的矛盾情绪。1853 年，佩里将军打开了闭锁的日本；1941 年，日本人袭击了珍珠港，要洗刷长年的屈辱；1945 年，麦克阿瑟将军接受了日本的投降，还重新塑造它。从佩里到麦克阿瑟，美国是入侵者，也是解放者，象征屈辱，亦是希望的来源。

冲绳的故事更为复杂。1609 年起，琉球王国就处于中国与萨摩藩的双重统治下，它将自己伪装成一个忠诚的朝贡国，掩饰这双重关系。它也扮演起中日贸易的沟通者，这贸易是萨摩藩的重要财政来源，并促使它挑战幕府，推动了明治时代的来临。

一个中央集权的日本，即刻展现出扩张欲，一个衰落的中国，让出了空间。1879 年，东京废除琉球王国，将之变成冲绳县，进入日本版图。朝贡体系解体了，东亚权力中心转移，前往北京国子监的琉球青年，变成了在东京求学的冲绳学子。他们也注定承受边缘者的困境，身份不明、低人一等。

当美军跨越太平洋，准备进攻日本时，它却率先承担代价。冲绳之战是太平洋战役中最惨烈的一役。美日两军伤亡惨重，还有四分之一的冲绳人因此丧生，多年来，他们一直被灌输对天皇的盲目效忠。

接下来的二十七年，它被美国统治，又非关岛、塞班岛这样的托管地。冲绳人原以为美国会带来解放与民主，却发现他们又陷入新的压迫，冷战更令冲绳承受地缘政治的巨大压力。他们又将希望寄托于重返日本的斗争中，冲绳于 1972 年回归日本，并未获得期待的归属感。他们的命运被自己的地理位置所决定，找不到自我身份。交替的期望与幻灭，似乎是这个岛屿的主旋律。

当我在嘉手纳体验恼人的噪音时，冲绳的情绪又到了一个新阶段，抗争仍在继续，人们却陷入疲倦与麻痹。人人抱怨着噪音，却未准备搬迁，阳光、海滩外，这里的医疗、教育与社会福利富有吸引力。经济发展迟缓、就业率低，却有种独特的基地经济。日本政府以高额补偿来交换军事基地的存在，像是一种慢性、难以戒除的腐蚀。

基地与社区的界限，也比我想象的更暧昧。围墙内有农田，只要有通行证，农民可以去耕种。依靠基地美军的消费，附近社区发展起自己的商业空间。很可惜，野国总管的墓地也在军事基地中，无法参观。他把番薯从中国引入琉球，接着又从萨摩藩传入日本。日文中，番薯的发音正是萨摩（Satusma）。这种食物对人类文明影响深远，它在一定程度上促成了中国人口的爆炸，加重了晚清的危机。

三

这家斜坡之上的餐厅，简约随意，线条硬朗，颇有布鲁克林风格。墙上所贴 66 号公路的标牌，令你想起凯鲁亚克混乱、迷人的旅程。餐厅还摆放着一台老爷车，艳红车身分外夺目。它的口味是美国式的，菜单上是沙拉、炸鸡与波尔本威士忌。透过窗廊，你看到粉色的吊角屋檐，这典型的闽南风格提醒着琉球王国的延续。

偶尔，噪音刺破这悠闲，提醒你冲突的继续。餐厅紧邻的普天间军事基地，是此刻冲绳的中心议题，二十年来，它的搬迁与否总激起舆论风暴。在这次短暂的停留期，我没遇到抗议人群，却在《冲绳时报》的头版上总看到相关消息。

我与藤田相约在此。他有张可爱的圆脸，留着整洁的寸头，是一位救援直升机飞行员。七年前，为了蓝天、海滩、缓慢节奏，以及和善的冲绳人，他从东京搬到这里。

"那时，只会三个英语单词——No. Thank you！"说起前往澳大利亚的往事时，他坦率、诙谐。那次行程不仅令他学会驾驶直升机、讲英语，更开启了一次发现之旅。"我头次对日本历史发生了兴趣，想知道做一个日本人意味着什么。"他说。单一民族的日本人，很少意识到他者的存在，易陷入自我封闭。

我们还说起鲸鱼，这海洋中的庞然之物，让我着迷不已，像是某种神秘、不可阻挡的力量。它也是日本开放之动因，美国人希望保护他们的捕鲸船，强迫日本打开国门。我们就鲸鱼肉的味道展开了小小的争论，我觉得它实在太难吃了。

餐厅老板 Muncha 先生随即加入了谈话。他消瘦、爽朗，喜欢戴着棒球帽做菜，络腮胡须带来少许不羁，增加了他的美式做派。他没有藤田那样敏感，却有种特别的天真。对他而言，美军基地带来的并非不安，而是机遇。美国军人是他的主要客源，他们常在此饮酒、欢笑。在笑声中，地缘政治的压迫乃至噪音，都消退了。天真，即使是幼稚的，也是对沉重历史的最佳解毒剂。

同声传译设备不足，我们用英语沟通。发音、语法各异，却有种意外的默契，两杯波尔本入腹，气氛更为热烈。或许，这也是人生命运的另一种呼应，我们都是以英语为中心的世界的边缘人。

他们着迷于谈论冲绳的身份，认定它对日本至关重要。这重要性的表现方式，让我不无意外——因为美国村的存在，冲绳成为语言、文化的基地，吸引各地的日本人来此学英语。他们多少遗憾于，看起来这样西化的日本，人们的英语为何这么差，连基本的交流都成障碍。

这建议令我困惑，一个东京人、名古屋人、北海道人，为何不去纽约、伦敦，而要来冲绳学英文？我抑制了自己的困惑，点头了事，也多少意识到这不过是种朴素的身份确认，每个人、每一代、每个地区，都在寻找自己的独特之处，尽管很多时刻，这独特不过是想象出来的。

也是带着这困惑，我前去拜访玉城丹尼。在冲绳，甚至整个日本，没人比他更代表身份的困惑。

四

"琉球国者，南海胜地而钟三韩之秀。以大明为辅车，以日域为唇齿。在此二中间涌出之蓬莱岛也。"我一字一句地读着屏风上的汉字，熟悉却吃力。

一个春日午后，在县政府宽大的会议室中，我等待玉城丹尼的到来。睡眠不足以及午餐的一杯啤酒，皆让我迷糊。但这屏风激起我的兴味，它该是明朝的文字，出自本地一位宿儒之手。它直截了当地说出琉球王国的地位：夹在中国与日本之间，却有"蓬莱岛"的自信。在落款处，它自称"万国津梁"。

对于玉城丹尼来说，这是他试图重塑的冲绳形象。"中国、韩国、朝鲜、菲律宾、泰国、越南……冲绳与亚洲各国很近，四个小时的飞行圈，覆盖了 20 亿人口。"在这位县知事头脑中，冲绳应成为现代之"万国津梁"，它是 20 亿人的贸易中心，要为亚洲和平发挥作用。

这是期待已久的见面。在沉闷的日本政界，玉城丹尼是个不折不扣的异端。出生于 1959 年的他，是一名美国海军陆战队员与冲绳女招待短暂情感的产物。这也是充满伤痛的结合，他出生前，父亲就已离开，这带来注定苦涩的童年。他的混血面孔、不知所终的父亲，皆引起嘲弄。自小，他就被称作丹尼（Denny），10 岁时，他更名为玉城康裕，也没人把他当作本地人。

他将逆境转化为动力。长大后，他成为一股轻松的美国风的代表，他做过歌手与吉他手，还是一名广受欢迎的 DJ。意外进入政界后，他将身份困境反变为某种优势。在竞选中，他力图使选民相信，他的血统能助他更好地与美国协商，使冲绳在东京、华盛顿间获得更平衡的关系。"我父亲的国家不可能拒绝我。只有丹尼可以这么说。"他曾这样开玩笑。或许这奏效了，尽管他的政治立场与执政党相左，却出人意料地赢得选举。

面对这样一个多姿多彩的政治人物，我该问些什么？我手中攥着一张提问清单，这是对方反复修改的结果，每一个问题已由相关部门做出周详的解答，他们还要求必须按照顺序提问。官僚们期望稳定而非意外，对他们而言，这是一次例行的外事，知事接受了一位中国记者的采访。

楼道中的脚步声由远而近，知事走进房间，与每个人微笑、握手。他窄脸，鼻梁挺拔，眼窝轻微凹陷，头发卷曲，仪态有种美式的轻松，你想叫他 Denny，而不是玉城知事。我们在过分宽大的沙发上坐下，背后即是那幅屏风，五个世纪的历史延续弥漫在空气里，可惜，我们无法如往日的中国人与琉球人一样，用汉文笔谈。

"当时，琉球国派人到中国，学习知识与技术，回来后掌握这个国家的中枢系统，中国对琉球的影响非常之深，"他主动谈起与中国的交往，"冲绳虽小，我却觉得，它可以发挥国际化的特长，与中国实现更大范围的合作。"

我问他，出任知事两个月，给他带来的最重要的变化是什么？"走在街上，从小孩到老人，都与我打招呼，觉得自己有点像冲绳的父亲，感到责任。"他说。

解决美军基地，是这个父亲角色最棘手的问题。"我就是在基地附近的小镇上出生的，日常生活就是军人的环境，周围很多人与基地做生意。我也深受美国文化的影响，包括喜欢摇滚乐。"他说起与美国的复杂关系。他期望不要再建设新基地，并展开与日本、美国的直接对话。倘若基地关闭，冲绳经济如何维持？他则计划，冲绳利用地理位置成为新的贸易中心。"冲绳距亚洲各国都很近，吸引外资，把经济自主率提升上来。"

几个问题后，他意识到，提问与提纲并不相同。我也发现，比起冲绳的历史变迁、身份认同，玉城知事的个人体验更让我好奇。在这地缘政治的夹缝中，一个被高度符号化的政治人物的内心世界是什么？我记得，他在 Twitter 上偶尔也流露感伤："玉城丹尼，不管你多么努力，也不能成为一个日本人，你只是'未完成的一半'。"

"因为长相，我受到很多欺负，2 岁到 10 岁时，我被寄养在别人家里。"他说起自己的童年。养母的一段话对他影响甚深，她说，你看十个手指头，粗细都不一样，每个人也是不一样的。她让他接受自己的特殊性。

我问他，一个政治人物，必然遇到很多挫败与不适，他会怎样应对？他掏出手机，给我看上面的歌单，不少是重金属风格。特别烦躁时，那就听摇滚乐，转移心情。他还说，政治人物与 DJ 不无相似，他们都是现场工作，迅速接收信息，做出判断与回应。"我感到，广播能跟各位心意相通，对于政治人物，心意相通也很重要。"

他最喜欢的歌手是埃里克·克莱普顿（Eric Clapton），一位澳大利亚歌手。提到那首《天堂之泪》（*Tears in Heaven*），他甚至轻声吟唱起来，冲绳式英语弥漫在屋内，也包围了汉字屏风。我突然意识到，失去儿子的克莱普顿，与从未见过父亲的丹尼，或许在歌声中心意相通。

在某种意义上，他就是冲绳苦闷、焦灼、困惑的化身。他也了解如何将这一切转化成新的可能性。在他眼中，冲绳不应被过去吞噬，而要大胆地畅想未来，成为亚洲的新桥梁，它曾经扮演过，将来仍可能扮演。

我问他，如果努力都失败呢？他沉吟了一下，自言自语地说，那怎么办呢，只能说干到我成功为止，我一直努力着。

半小时转瞬即逝。会议室内的人盯着我，提醒我时间已到。我突然想问他，是否寻找过父亲。这样的问题太过私人，在日本社会，实属一种冒犯。丹尼却有种意外的轻松，似乎终于有人和他谈心里话。他说，当自己的孩子出生后，觉得应该和孩子说爷爷的事情，他想过去美国找父亲。很可惜，没找到。作为冲绳知事访美时，他也暗暗期待，父亲会突然出现。

告别时，我问这位意外的政治人物，希望自己留下怎样的遗产。"一个多元化的世界，我想改变到目前为止政治家给人的那种生硬的感觉，想要大家很欢快、一起努力的感觉。"他说。

一丝暖意触到心头，我期望，他离任后的某一刻，我们能在海边喝啤酒、唱歌。

五

我试着去想象他们的绝望。坑道狭窄、漫长、潮湿，光线昏暗，时空丧失了意义，你不知自己走向何方。

1945 年春至夏，4000 名日本海军士兵藏身于此。冲绳之战是太平洋战争的最后一役，亦是最惨烈的战役之一。

1.2 万美国军人、10.7 万日本军人以及 7.5 万甚至更多平民付出生命。这坑道亦是昔日战场，是当时的日本海军司令部。对其中大部分人来说，战争不是射击、肉搏，而是在恐惧、饥饿、伤痛中无尽地等待，很多人用手榴弹结束了生命。

"这都是手工挖掘，没借助任何机器。"川崎先生说。他领我沿台阶而下，途经参谋室、发报室、医护室，到处是残破的镐头、铁锹，一个地下世界逐步展现，昔日大军已成幽灵。

四十上下的川崎先生，是这家旧海军司令部纪念公园的讲解员，身上有种小学教员式的拘谨。像很多本地人一样，他很少从家中听到冲绳之战的往事。这是冲绳史上最悲惨的时刻之一，本地四分之一的人口因此丧生，每个家庭皆有惨痛故事。这也是充满历史嘲讽的一刻，长期处于帝国边缘、被漠视的岛屿，要为帝国付出不相匹配的代价。

川崎先生记得，父母从未提过这段历史，只偶尔，祖父会谈起。长大后，他碰到战争经历者。"他们往往边说边哭，我也边听边哭。"冲绳的眼泪与广岛、长崎或东京不同，似乎更为纠结。

这个纪念公园也象征了这种纠结。它在 1970 年建立时，冲绳仍处于美国人的管理之下，冲绳人期望重回日本。你很难说清，这个公园是对美国胜利的庆祝，还是对日本死者的哀悼，或是对冲绳人牺牲的告慰？

慰灵塔被设计成军舰的样子，事实上，死于地道中的并非正规海军，海军主力已去支援首里城，留下的是机械师、维修工等非作战人员。1944 年 8 月 12 日，几千名日本士兵夜以继日修建战壕，期待依此痛击即将登陆的美军。为了保守秘密，他们手工完成了挖掘，甚至四周的居民都不知有这样一个浩大工程的存在。

它注定是个笨拙、无用的工程。1945 年 6 月 13 日，大田司令在隧道中自杀。几个月来，他们没有发起任何像样的进攻，偶尔冲出战壕，也是为了逃生。大部分时刻，他们只是在潮湿、饥饿与绝望中等待。天皇玉碎的情感不断松动，大田在自杀前解散了残余的军队，让士兵们各自逃生。

"这战争是没有意义的，"川崎先生激动起来，之前的拘谨突然消失，"他们一开始就知道自己必死无疑。"他说起这份工作的使命感，他有责任让更多的日本人，尤其是年轻一代，了解战争的无意义。这是令人动容的一刻，他该也属于日本和平主义运动的一员，这是战后日本最重要的潮流。和平是对伤口的弥合，也是对未来的期待，它助你获得一个新身份。

从战壕向外走，我们路过一株松树躯干，建造者用它支撑墙体，如今早已干枯。它过分弯曲，婀娜又狰狞，像一条盘旋的蟒蛇，在昏黄的灯光下，尤显神秘。

　　一种困惑袭来。困死其中的士兵令人同情，他们从未寄出去的信件也让人心酸，但他们只是历史的受害者吗？他们不也是侵略、屠杀的执行者吗？你真的可以将所有责任都推给东京的指挥者吗？甚至东京的指挥者也不愿意承担责任。日本人迷人的暧昧，在那一刻显得可疑。在对历史的悔恨与对和平的憧憬中，他们似乎放过了本应承担的道德责任，将一切归咎于不可抗、不可解释之力。而那个代表着不可抗、不可解释之力的天皇，不仅安然度过战争危机，还将生命延续到1989年。此刻，日本再度以经济强权的面貌出现。

　　与川崎先生告别后，我坐在长凳上发呆，刺耳的噪音再度袭来。几天来，这声音无处不在，无远弗届，甚至进入我的梦中。梦中，我顺着坑道不断下滑，愈来愈快，不知何时触底。噪音穿过泥土，刺入我耳膜。我被疼痛惊醒，身心疲倦。

　　清晨，我走出酒店。三月的冲绳气温宜人，阳光温柔，令你忘却任何梦魇。我在那霸的小巷中闲逛，在便利店买到了当日的《琉球新报》与《冲绳时报》，尽管报名表明不同的时代精神，头版新闻却是一致的：边野古军事基地惹人争议的搬迁。

　　我把目光从报纸上移开，看到一家 Magallanes Café（麦哲伦咖啡）。我愣了一下，想起多年前读到茨威格笔下的麦哲伦，他如何鲁莽、无畏地开始了一场跨越太平洋的旅程，即将胜利前，他死于一场与菲律宾土著的莫名冲突。死前，他对于自己的壮举毫不知情，他将是第一个环球旅行者。

他也来过冲绳吗？我不知道。但这咖啡馆的名字却流露出了冲绳人的胸怀，它是环球旅途的重要一站，它属于整个广袤的太平洋，随时接纳、拥抱来自任何角落的探索者。

2019 年 10 月

迷人的冲突

"你真想生活在那些时刻吗？"

一次半醉半醒时，我问濰娜。她清楚地知道，那是什么。是 20 世纪初的维也纳，坐在中央咖啡馆里，你会碰到弗洛伊德、马勒，或是流亡中的托洛茨基，他正趴在小圆桌上写着什么，头发乱蓬蓬，鼻梁上的眼镜就要滑进咖啡杯。也是 1920 年代的伦敦，布鲁姆斯伯里团体在花园聚会，伍尔夫与罗素闲谈，斯特雷奇对凯恩斯表现出一贯的妒忌与轻视。它还是西尔维亚·普拉斯与特德·休斯相遇的剑桥，风景清冷，情感与才华却过分炽热。

"当然，"她饮了口燕京啤酒，口气俏皮又坚定，"我不是一直在等待着能穿梭回去的一刻吗？"我羡慕她的坚定，也记得自己年轻时的渴望，想体验一切、品尝一切，与世界最富才智的人为伍，并享受某种特权，它与权力与金钱无关，而是敏锐与洞察。你享受时代的骄纵，并展现一个更自由、肆意的自己。

逐渐的，这种渴望黯淡了，甚至彻底忘记了。我对自己的智识信心不足，如真的碰到苏珊·桑塔格，我真的可以和她进行平等对话吗？偶尔，我也对自己的成长环境心生怨念，9 岁的以赛亚·伯林与小伙伴穿越海德公园时，一直谈论莫扎特，天哪，9 岁的我在做什么？

在你的青春岁月，很少有人告诉你世界的广阔模样。北大周围的饭馆林立，燕京啤酒、干煸四季豆味道颇佳，却与剑桥老鹰酒吧（The Eagle）的氛围毕竟不同，没人在此争论 DNA 的双螺旋结构，奥古斯丁的经院哲学，或是奥登与艾略特谁更深邃……自然，我们也有自己的雄心与焦灼，但常过分贴近地面了。我们首要精力要用在摆脱现实的束缚上，以至于我们中最杰出的头脑，只以排斥了现实侵扰为傲，而非在既有的思想与情感高原上，继续展翅。我也记得自己的失语，当我真的置身于渴望已久的文明中心时，发现自己找不到落脚点。

"一群人在那里高谈阔论，像是真理在握：在香槟中划船，听爵士或民谣，以及诵读拜伦或乔叟的滑稽情景，仿佛全世界最聪明最漂亮的都聚集在这一间华丽的客厅。那种放浪、颓靡又严肃不堪的智力生活，是叫人中毒和上瘾的。"当我在潍娜新书中，读到这个段落时，心头一紧，似乎沉睡已久的某种情绪，突被唤醒。

认识潍娜十多年。我记得，初读她译作时的惊艳，她触

Oxford

摸到那位匈牙利异端的风格，简洁、决绝以及反讽，这是一个诗人才有的感受力。彼时，作为一个年轻诗人，她已声誉鹊起，在偶尔读到的诗句中，我被她的激情吓了一跳。她似乎是两种力量的共同产物，一方面轻盈、灵动，这是天然全球化一代的自信，至少在短暂的时段，世界是平的，你可以跳出历史的羁绊，与所有人同时出发；同时，她又对伟大传统充满执念，想啜饮所有时代的精神陈酿，奋不顾身地投身其中。她对世界总有一种贪婪，她想读所有书、听所有曲调，更不会错过任何一次旅行机会，从奥克兰到墨西哥城，她渴望新鲜体验，也从不怯于将自己抛入陌生环境中……

　　她又对此保持某种警惕，激情令人陶醉，也可能灼伤自己。在一些时刻，她刻意沉入学术世界，那些规范以及繁多的注脚，是某种锁链，或是锚定，让激情不至四处游动。她知道自己内在的矛盾，处于艺术家与知识分子的常年紧张之中，她吞噬一切、挥洒一切，却又不断自省，不断感受自身匮乏，处在因匮乏带来的不满与饥饿中。同样重要的是，她始终有某种俏皮，她总可以在饭桌上，沿着你手掌的纹路，指出你的命运，是的，在牛津时，她还专攻过占星术。

　　这本散文集炽热、广博。从鲍勃·迪伦、普希金到波伏娃、泰戈尔，潍娜在不同时空穿梭，捕捉那些最具创造性、颠覆性的才华与情绪。偶尔，你觉得这些词句过分华丽了，幻象总是轻易地吞噬掉现实。在她追寻的那些激烈、绽放之下，失望、苦涩乃至灾难，被习惯性略过。

尤为重要的是，这本书还启发了我对女性意识的理解。我着迷于历史中个人与群体的醒来，却很少试图感受她者的醒来。这其中蕴含的激越与失落，有迹可循，又卓绝不同。

2024 年 3 月

P

另一种人生

　　我走出奥克兰人酒店，穿过主楼前的草坪，一路向西。四月的匹兹堡正是散步的好时光，阳光灿烂，却不灼人。自清晨，学生们就陆续汇聚在无处不在的草坪上，或坐或躺，或温习或饮酒、嬉戏，享受他们的青春。

　　这城市混杂又单纯。它曾是一个年轻国家的边疆，奥里格纳河与蒙隆梅海拉河交汇处的城堡，记录着英国人与法国人的交战。匹兹堡大学成立的1787年，正是美国宪法制定之年。但真正塑造它性格的却是镀金时代，在19世纪后半叶，它成为世界钢铁之都，产生了安德鲁·卡内基、安德鲁·梅隆这样的工业巨头。接连不断、锈迹斑斑的钢铁桥，废弃高炉有如罗马遗产，有着巨大水晶吊灯欧式酒店，让你辨认出昔日的辉煌。它也是金钱转化成为社会进步的例证之一，工业巨头们皆慷慨地捐出大笔金钱，修建大学、图书馆、教堂、博物馆，支持交响乐团、歌剧院……一个经济突然膨胀的美国，仍处于一种文化自卑中，渴望欧洲式的品味。路过菲普斯温室植物园时，我产生了轻微的恍惚，钢筋玻璃构架正如伦敦人创造的水晶宫的翻版。娇艳各异的植物中行走的银发老人，就像是从英国电影走出来的，只可惜，他们的美国口音破坏了气氛。

这感慨并无现实意义。在我成长的年代，纽约早已取代伦敦，成为新的世界之都，好莱坞、哈佛大学与《时代》周刊，才是文化影响力的标志。在1990年代的北大校园，贴满了GRE、托福的培训广告，红色封皮的新东方单词宛如新时代的红宝书。在一个互联网尚未普及的年代，我们四处寻找关于美国的一切，从东岸到西岸，那些名校与非名校都在名单之上，还要记住亚利桑那与明尼苏达的区别。肯尼迪的演说、NBA明星以及俚语笑话，都要了解一点；更不要说撰写个人陈述（personal statement）的要诀，应对签证官，都变成了孜孜学习的对象……似乎存在一个乌托邦，当你拿到美国大学的offer，踏上飞机的一刻，你就过上了另一种人生，它自由自在、镀上金边。我也记得自己怎样将这些名校浪漫化，想在哥大图书馆的台阶上晒太阳，要去哈佛商学院做一名过度高效、睥睨一切的管理精英，在伯克利追随嬉皮、反抗遗风……

匹兹堡也在我的名单上。路过卡内基·梅隆大学计算机学院时，我想起，它常年排名计算机专业第一，是同学们的梦想之地。那时，《泰晤士报》的世界大学排行榜，《美国新闻与世界报道》的美国大学排行榜，皆是我们每年的追逐目标。如今想来，我们不是在追求知识，而是参与一场全球科举。

印象中，我对比卡内基·梅隆排名低得多的匹兹堡大学，有着更深的情感。一位叫王小波的作家正激起我的强烈兴趣，他在真诚又戏谑的文章中，常提起自己留学匹兹堡的经历，有位博学多闻的老师许倬云。我从未想过，有一天真的会置身于匹兹堡，寻找王小波游荡之所，还结识了许倬云先生。

草坪上青年令我想起未遂的留学梦。途经大学周边的民居时，我也不禁想象，若真的到此留学，我的生活会是怎样？我知道班里优异同学的生活，在普林斯顿、在硅谷，他们是成功的中产阶级，空气、水源、子女教育皆令人心安，周末开车到超市，采购足以塞满冰箱的食物，甚至可以想象退休时的模样。我的生活也会如此吗？还是我可能奋力追逐思想，成为一名杰出的东亚研究者，或是一个还不错的以英文写作的作家？

我无法想象。你会感慨错失的人生，也终将接受现实的人生。

2023 年 4 月

S

梁启超的美国

一

在城市之光书店的书架上，梁启超正看着我。竖领白衫，系着领带，中分、服帖的短发，镇定的眼神，与梁朝伟有几分相似。照片上弥漫着自信，他不像是一个流亡者，似乎也不担心清王朝对他人头的高额悬赏。他正处于影响力的顶峰，流亡没有摧毁反而造就了他。流亡令康有为越来越被推入一个冥想的世界，却让梁启超从老师的阴影中摆脱出来，发现了一个更广阔的舞台。

他是 19 世纪的全球化浪潮的受益者。经由日文的书籍杂志，他接触到一个迅速转型的西方思想领域。他在横滨与东京编辑的杂志被不断偷运到国内，给一代人展现了一个崭新的知识与思想维度。短短几年，他由一个辅助性的旧政治变革者，变成了一个现代知识分子、一个舆论领袖，还是一个全球旅行家。他甚至难有一个流亡者的飘零感：在日本，他被青年人包围着；当他前往东南亚、澳大利亚旅行时，海外华人热烈地欢迎他——移居海外的广东人造就了一个世界性的网络——而当地的政要与新闻界对他趋之若鹜，认定他握有中国的未来。

这张照片该是摄于 1903 年的温哥华，他与当地保皇会的领导成员会晤。保皇会创立于 1899 年 7 月加拿大的维多利亚，它原本是一群华侨的"保商会"，因为康有为的到来，它被即兴改作"保救大清光绪皇帝会"。保皇会希望囚禁中的光绪有朝一日能重掌权力，如俄之彼得大帝、日之明治天皇一样，带领中国进行戏剧性的、自上而下的变革。它背后蕴含了这样的逻辑：皇上舍身为民，保皇才能保国，有国才有侨民，才能保商。它也叫"保救大清光绪皇帝公司"，不过在英文世界，它更普遍被称作中国维新会（Chinese Empire Reform Association）。在散落世界的华人社区中，保皇会受到了热烈的响应，它很快从加拿大蔓延到整个美洲，以及东南亚、澳大利亚……这些海外华人的感受，就如同一位保皇会员日后说的："溯自我会长康梁两先生未倡维新会以前，我海外华人逾于今者数倍，未闻有立一会以救国，未闻立一会保种。"保皇会可能变革中国，从而给予常在海外遭遇不公待遇的华人以支持。与另一位试图变革中国的流亡者孙中山不同，保皇会的领袖康有为不仅是进士出身，还是皇帝的高级顾问，他携带密诏（这点日后被证明是夸大其词）出逃。对天性保守的海外华侨来说，前者推翻清朝的革命共和学说实在离经叛道，后者不仅拥有天然的合法性，其君主立宪之主张也更符合他们寻找明君的思维方式。

梁启超 1903 年的旅程，是为了巩固保皇会在北美的影响。因为唐才常 1900 年革命的失败，保皇会陷入了暂时的低潮，它需要新的鼓舞。作为保皇会的第二领导人，梁启超是恰当的人选。在当时广为流传的保皇会宣传照片中，光绪皇帝处于中间，康有为与梁启超分居左右，梁启超戴着瓜皮帽，面颊胖嘟嘟的，一点没有温哥华那张照片的英气。这照片也是他们重构历史努力的一部分。梁启超与光绪皇帝的关系从未密切，他们只见过一面，而且因为梁浓重的广东口音，他们也没有发生有效交谈。尽管如此，梁日后还是写出了栩栩如生的《戊戌政变记》，仿佛他在所有的历史现场，倾听到所有谈话，洞悉了所有的心理活动。这夸大的也偶尔虚构的历史，是这些流亡者获取合法性，赢得同情、尊敬与募捐的重要方法。

这也是一次被推迟的旅行。早在 1899 年，梁启超就试图前往北美，他对美国的民主制度一直深感兴趣。日本的生活大大拓展了他的政治视野，他对于不同国家的政治制度、政治文化产生了巨大的兴趣。而四年前，因为一场瘟疫的流行，他被困在夏威夷半年之久。那时，他与孙中山的关系正处于蜜月期，并对革命有着颇多兴趣，尤其是目睹着清王朝对义和团的鼓励，更是感觉到满人统治早已腐朽不堪，似乎只能用革命来荡涤这污垢。1903年，他的想法再度发生了变化。在康有为的压力下，他与孙中山的关系冷却，更重要的是，他对于革命的看法变化了，按照历史学家张灏的说法，即使"没有明确反对暴力推翻清朝统治的话，那么至少他已倾向于贬低它的意义"。而美国之行，尤其是旧金山的暂居，令他彻底确认了这种"反革命"的思想。

二

梁启超见到了 J. P. 摩根（J. P. Morgan）。原本五分钟的会谈在三分钟后就草草结束了。考虑要在广东话与英语间翻译、不可避免的寒暄，他们的实质交流几乎没有发生。"凡事业之求成，全在未着手开办以前；一开办而成败之局已决定，不可复变矣。"日后，梁启超只记下了摩根的这句临别赠语。

对梁启超来说，这是个期待已久却不对等的会面。在1903年的美国之行中，他发现垄断商业组织托拉斯是公共生活中最热门的话题。"要之最近十年间，美国全国之最大问题，无过托辣斯。政府之所焦虑，学者之所讨论，民间各团体之所哗嚣调查，新闻纸之所研究争辩，举全国八千万人之视线，无不集于此一点。"在笔记上，他事无巨细地记下了一个个托拉斯的名字，它们的产业、资本额度。人们普遍相信，是它们支配着美国。梁启超相信，世界的竞争正从军事时代进入经济时代，他称为"生计时代"，这些托拉斯很可能是其中的

1903 年，梁启超来到这里，旧金山唐人街定给他留下深刻的印象

关键。在这些托拉斯的缔造者中，没人比摩根更著名、富有权势，他刚刚重组了美国钢铁公司，资本额超过 10 亿美元，风头甚至超越石油巨头洛克菲勒。

"生计界之拿破仑"，梁启超这样形容他。梁启超孜孜以求的正是为中国找到富强之路，摩根可能正握有这富强的钥匙。除去沟通不畅，很有可能，梁启超也在摩根面前感到慌乱。66 岁的摩根正处于他权力的顶峰，他身材高大，他的大鼻子与他的巨大财富一样世人皆知。在大西洋两岸，摩根的崛起也代表着世界权力的西移——从罗斯柴尔德家族的伦敦移到了摩根的纽约。30 岁的梁启超虽以一名中国流亡领袖闻名，却仍处于个人的探索发现时期。他原本想和摩根谈谈写作问题，但还是主动放弃了。

在《新大陆游记》里，这场会面是最有趣的插曲之一。这本写作于 1904 年的游记至今读起来都妙趣横生。梁启超将波士顿倾茶事件比作林则徐虎门销烟，它们都开启了各自国家的新历史。他引用了杜甫的"朱门酒肉臭，路有冻死骨"来形容纽约的贫富差距，当他从纽约、波士顿、费城到环境更安静的华盛顿时，说"正如哀丝豪竹之后闻素琴之音，大酒肥肉之余嚼鲈莼之味"。他还诧异地发现美国社会对妇女的重视，男人们在街上行脱帽礼，在车厢里主动让座，这正是美国平等精神的象征。他想寻找一个印第安人一查模样，却无所得。他详细记录电报线路的铺设、港口轮船的吨位，纽约的高楼与交通工具,"十层至二十层者数见不鲜,其最高者乃至三十三层",每日的生活被"电车、汽车、马车"包围。

他也发现这力量不仅是物质与技术上的,也是文化上的。尽管彼时的美国仍普遍被欧洲视作暴发户,但它的公立图书馆、博物馆、大学都给梁启超留下了深刻的印象。尤其是美国的现代新闻业,它足以代表知识的一种新的生产方式,"盖泰西之报馆,一史局也。……其最足令吾起惊者,则文库是也。故无论何国,有一名人或出现或移动或死亡,今夕电报到,而明晨之新闻纸即登其像,地方形胜亦然"。

这是个大开眼界的旅程,梁启超将七个月的旅程——从北部的温哥华到南部的洛杉矶,途经三座主要的加拿大城市、二十八座美国城市——变成了一场知识探索。"从内地来者,至香港、上海,眼界辄一变,内地陋矣,不足道矣。至日本,眼界又一变,香港、上海陋矣,不足道矣。渡海至太平洋沿岸,眼界又一变,日本陋矣,不足道矣。更横大陆至美国东方,眼界又一变,太平洋沿岸诸都会陋矣,不足道矣。"他在游记中写道。

他的经历也正是 19 世纪知识分子的普遍性经验,他们都有着压缩的、重叠的人生,面对一个地理的、历史的、思想的、物质的迅速扩张的世界,既兴奋不已,也焦灼不堪。美国是他遭遇的最强大与繁盛的国家,他所寄居的日本也因美国才开始变革。他到来时,美国正处于另一个历史分水岭。

在分水岭一边，是一个农业的、地方性的、价值保守的美国；另一边则是一个工业的、全球性的现代美国。从人口、社会组织、经济、技术到道德、价值，都面临着深刻的、充满希望也困苦不堪的转变。J. P. 摩根是这一转变的象征之一，他代表着金钱的高度垄断。托拉斯是财富的来源，也是种种社会疾病的替罪羊，贫民窟、商业与政治腐化、城市管理、种族偏见、贫富差距诸多问题似乎都与它有关。

西奥多·罗斯福（Theodore Roosevelt）则是另一个象征。梁启超称罗斯福与德国皇帝威廉二世相仿，是世界舞台上最令人赞叹的政治人物。他代表着一个新兴帝国的扩张。罗斯福是美西战争的狂热支持者，他将国家的扩张比作历史的生命力："每一次扩张所以发生，是因为其民族是伟大的民族。……在我们仍处于血气旺盛的青壮年阶段，仍处于辉煌灿烂的盛年的开始时期，能够和那些疲惫不堪的人们坐在一起，和那些羸弱的懦夫们掺和在一块吗？一千个不！"梁启超陶醉于这生命力，因为中国多少正是"疲惫不堪的"。他也对其中的扩张感到不安，新兴的美国正加入帝国的行列，"吾恐英国鸦片烟之役、法国东京湾之役、德国胶州湾之役，此等举动，不久又将有袭其后者"。借由这二人，梁启超感觉到一个政治与经济上双重集权的时代到来。他必定还不知这两种力量是冲突的，国家权力与托拉斯正在争夺国家生活的制高点，罗斯福曾公然向摩根的著名鼻子挥舞拳头。

梁启超也对美国民主政治充满了怀疑。他发现民主政治是平庸者与腐败者的游戏，频繁的选举令政策难以持续，往往是三流人才加入政治生活。幸好他没有读到正大获全胜的黑幕新闻（Muckrakers）的报道，他的最大胆、生机勃勃的美国记者同行正在把美国描述成一个一无是处之地：城市充满罪恶，托拉斯摧毁普通人的生活，政客们沉湎于欺诈，个人面对这个物质巨人无处可逃……

某种程度上，梁启超的观察是托克维尔式的，他尝试理解另一种政治制度、社会制度的结构与风俗。这令《新大陆游记》成为中国第一本现代意义上的游记，或报告文学。与托克维尔一样，梁启超不是系统式的思想家，他们是直觉式的，带着强烈的问题意识。来自君主之国的托克维尔寻找的是民主，相信它是时代潮流。梁启超的热忱则来自政治制度，共和与君主，哪个更可能带来国家富强。美国之行改变了梁启超，他深感，比起共和，开明专制或许更适合此刻的中国。

2016 年 7 月

一个意外的预言家

最初，我带着一丝轻视。

它是习惯性的，对于所有过分流行的人与物，我总抱着某种怀疑；它也是智识性的，我很难相信一个人能毫不费力地从石器时代跳到人工智能，其中没有轻佻；它还是自卫性的，他和我同龄，也以谈论理念为生，却取得如此欢呼。

人人都在谈论尤瓦尔·赫拉利（Yuval Harari）。这位希伯来大学的年轻教授，曾是一名边缘的中世纪军事史专家。2014 年出版的《人类简史》(*Sapiens: A Brief History of Humankind*) 戏剧性地改写了他的命运，这本以希伯来文写作的通俗历史书在以色列的畅销书榜上盘桓了三年之久，被翻译成几十种语言行销世界各地，几乎登上每一个销售排行榜。这种流行出乎意料又可以理解。他用现代极简主义方式，用通俗易懂的"认知革命""科学革命"这样的标签，将七千年人类历史浓缩到几百页的书中。比起归纳历史，预测未来更有吸引力，他接着写了《未来简史》(*Homo Deus: A Brief*

History of Tomorrow)，并做出了大胆预言：人工智能将发展成一个无比复杂的系统，最终取代人类，智人将面临消亡，他可以选择成为智神（Homo Deus），或是一个被淘汰的无用阶层，"这一群人没有任何经济、政治或艺术价值，对社会的繁荣、力量和荣耀也没有任何贡献"。

书的行文与论调符合时代情绪。新技术革命正在摧毁既有的秩序，一切坚固的东西都烟消云散了。人人都想抓住一些更确定的东西，渴望用一种简明的方式来了解时代。它还有一种显著的紧迫感，一切都在加速，倘不抓住新潮流，就会被迅速抛弃。这情绪催生出一种速成的、TED 式的知识潮流，你要在 18 分钟内对一个重大问题做出诠释，给出解决方案，夹带适当的俏皮话，还要让听众与读者误以为他们抓住了问题本质。这也是令人不满的知识潮流，让我想起伏尔泰将近三百年前的抱怨："每个人都假装是几何学家与物理学家，情感、想象力与美惠三女神备受冷淡。"那是 1735 年的巴黎，整个欧洲正沉浸于科学革命的风潮中，牛顿是最受崇敬的英雄。如今，每个人都假装是人工智能与大数据专家，推崇算法的程序员与创业家是新英雄，不仅美惠三女神无容身之地，人类也多余了。这潮流似乎不可逆转。启蒙思想家们虽然愤愤不平于科学的拥趸远比诗歌、哲学的要多，却也主动将科学原理纳入对社会、情感的研究。他们把科学视作一种新力量，将人类从宗教束缚中解放出来。在贵妇的沙龙中，才华横溢的他们喋喋不休于对世界的崭新看法，贵妇的沙龙就是那时的 TED 讲台。他们也试图简化知识，期待用一套大百科全书容纳整个世界，用一个个词条来划分人类思想与经验。

启蒙运动自带双重视角。一重是工程技术视角，人类社会的一切都可重组、优化、改进，进步不可阻挡；另一重则是宗教、道德、伦理，关切人内在的、无法被分析的冲动与需求。启蒙思想家们如能复生，也必定是今日论坛上的常客，活跃于 YouTube 与 Twitter 上，一边拥抱新浪潮，写作人类进步史纲，一边哀叹时代之堕落，科学与教育导致天真的丧失。

赫拉利遵循前一种逻辑。他不相信灵魂之存在，人弱化为基因、荷尔蒙的混合物，若计算能力足够强大，定能复制出人类的大脑，进化成更强大的系统。翻阅他的书时，那些亢奋却冰冷的语调和全知全能的视角让我不适，它由一连串肯定句构成，不容置疑。这也是那股熟悉的未来学腔调，是多年前我就领教过的托夫勒和奈斯比特的风格。这种风格在中国尤受欢迎。当托夫勒、奈斯比特在 1980 年代初被引入中国时，他们与萨特、尼采、马尔克斯这样的名字混杂在一起，象征了一个突然开放的社会对一切知识、思想的饥渴。未来学家更提供了慰藉，若现实令人沮丧，你仍可能抓住下一股浪潮，一跃摆脱窘境。这也是支配近代中国的情绪，一连串的屈辱后，人们将世界当作一个"物竞天择、适者生存"的角逐场。它激发起一种速成的幻觉：一种理念、一个主义、一种技术或某种组织形态，突然将整个国家带入一个新阶段。

对赫拉利的狂热是这股情绪的最近一次表现。"哇，只有在中国，思想者才会像摇滚明星一样。"这个以色列年轻人走到台中央，他消瘦拘谨，以自嘲开始。这是北京东三环一家酒店的宴会大厅，音乐响起，他拉开舞台上刻意设计的滑动门走出。我站在宴会厅的最后一排，不无烦躁地看着他。会场气氛浮躁、粗糙，成功的欲望迫不及待。这是几年来常见的景象，各式创业论坛蜂拥而至，一整套语汇也就此诞生。与十多年前流行的经济学、管理学词语不同，这一套新语汇是混杂了宇宙学、生物学、物理学、互联网、人类学、金融、科幻小说、励志学以及流行的网络用语的一锅乱炖，还放了大量拙劣的抒情调料。我不是很懂，为什么那么多人都喜欢用"星辰大海"来形容自己的志向。

演讲者与听众沉浸于这种概念轰炸，来不及、或许也没有能力和兴趣，建立真正的逻辑关系。TED的形式感已深入人心，走动式的演讲，充满警句的PPT，宽大、锃亮的LED屏。演讲者少有知识探索，更多传达一种焦虑——你可能就要被新变化、新技术抛弃。社会达尔文主义原就弥漫于中国社会，数字革命又增加了新强度。它形成了一种悖论：人们遵从实用主义，只想寻求有用的知识；另一方面则陷入幻想，认定自己可以迅速理解人类的进化，不经严格训练就能获得另一种思考维度，陡然提升认知，然后降维打击竞争对手。赫拉利为这类狂欢增加了新燃料。在餐桌上、在分享会上、在投资人与创业者的口中，他的名字是一种硬通货，一个从未读过任何一本人类学、历史学著作，不知列维·斯特劳斯和汤因比是谁的演讲者，也可以大谈人类文明的转折时刻，令原本一个简单的创业项目突然有了宏大意义。

我忘记了赫拉利当天讲了什么，多少为自己尴尬。我最终未能抵御潮流的诱惑，为了可能的收视率来制作一期关于他的节目。不过，我的确想知道，在这套决绝、冷峻的话语风格背后，他到底怎样看待世界，他所带来的迷狂又折射出怎样的社会心理。采访令人不悦，时间被切分成很多片段，他还有一种极客式的神经质，谈话不能超过一个小时。在人群与媒体重围中的他，像是一个羞涩又坏脾气的大明星。

最终，在上海一家宾馆，我又见到他。这家宾馆有一种怀旧味道，视线里有一只悠闲的丹顶鹤。他已接受了好几个专访，皆关于未来如何发生，智人是否会取代人类，哪些工作不会消失，以及对中国未来的判断……我的这个同龄人被当作一个智者与预言家，对过去与未来无所不知。他神情冷淡，似早已习惯于这种角色。

"不不，我只是个历史学家，不是预言家。"他对我辩解说。他不是认为进步不可避免，而是觉得总要有人思考技术变革导致的政治、文化后果。我倒是对他中世纪研究的过往更感兴趣，想知道中世纪的学术训练怎样塑造他观察未来的眼光。我也想了解他的个人经验，比如同性恋的身份是否会影响他的思考。"（这一经验）从小就教给我，不能相信大众的智慧，"他几乎一下子兴奋起来，"我被告知，男孩应该被女孩吸引，这就是事实。但我却发现，这不是我的事实。"也因此，他觉得整个世界就是一个虚构出的故事。

我们的谈话从达芬奇到赫胥黎，他的言谈比他的行文开放得多，也更富个人色彩。就在我们都感到兴奋的时候，时间到了，他必须奔赴另一场演讲。我们约定，或许可以在以色列一见。我还记得特拉维夫海边美味的腌辣椒，以及作家奥兹的迷人谈话。我很想知道他的成长经历，在一个过度被历史意识萦绕的空间，浓缩历史，逃逸到未来，或是自我解放的必备手段。

2018 年 7 月

刺客

行刺前，他回到家乡，祭拜了亡母坟，与父亲道别。妹妹送他出门时，雪正下个不停，他想起了《出乡作》："决然去国向天涯，生别又兼死别时。弟妹不直阿兄志，殷勤曳袖问归期。"这首诗作于1860年，水户藩武士佐野竹之介决定刺杀幕府大佬井伊直弼，借此表达内心之悲伤。

生于1869年的群马县的小山丰太郎，是一位维新之子。天皇一年前从京都迁往了江户，并将之更名为东京——东方的京都。一群来自萨摩、长州、土佐的年轻藩士取代了暮气沉沉的幕府，他们要建立一个中央集权制的日本，帮它获得可以抗衡西方的力量。十六年前美国黑船的来袭，促成了这个岛屿之国的觉醒，也引发无数暴力与纷争，崭新的尝试让人兴奋，也让人困惑无穷。小山丰太郎正是在这样慌乱也刺激的气氛中成长的。他的家乡从馆林藩变为群马县，父亲从一名高级武士变成一名国会议员，他就读的庆应义塾是福泽谕吉创办的。作为当时最重要的启蒙思想家，福泽致力于用一整套新价值观、行为与语言来取代旧形态。

"一个人若活过近代日本之过渡阶段,他会有一种与别人不同的老迈感,因为他目前完全活在一个现代世界,上下周围尽是在谈论着脚踏车、杆状菌及'势力范围'等现代事物,但其脑海里仍可以清晰记得中古时期的事情。"英国人张伯伦在 1891 年写道。他自 1873 年起就住在日本,是一代人中最著名的日本专家。"那些可爱的老武士曾引领我进入日本语的神秘领域中,当时梳的是辫子,身上带着两把利剑。这些封建遗风现在已沉睡在涅槃中。老武士的现代继承人,现在可说颇流利的英语,日常穿着高领绅士服,望之与欧洲人无大不同,所差者只不过是日本人游移不定的眼光与稀疏不密的胡子,旧东西好像在一夜之间便消失得无影无踪。"

没有史料记载这些变化对于小山丰太郎的影响。他被历史记下一笔,不是因为他对日本社会在智识与行动上的贡献,而是在某个重要历史时刻,他充当了一名狂热者。1895 年 3 月 24 日下午 4 时 40 分,他在马关(今下关)行刺了李鸿章——这位北洋大臣正在此与伊藤博文谈判,中国输掉了战争。

我在傍晚的下关闲逛,小城懒散、诗意,夕阳将狭长的海峡映照得金光闪闪,对面的九州岛朦朦胧胧。如果两岸再多些高楼,就有了点维多利亚港湾的味道。此地还以河豚闻名,下关的河豚像是阳澄湖的螃蟹,在菜谱上有着特殊的意义,渔民还把别处的河豚放养于下关海峡,以获得更昂贵的身份。这里到处是河豚的形象，它们都胖嘟嘟的，像是在拼命憋气，周身洋溢着因笨拙而带来的可爱，毫不担心自己即将死于刀下的命运。春帆楼前也有一尊河豚青铜像，这里是下关也是全日本第一家河豚料理店。据说丰臣秀吉的河豚禁食令持续了两百多年，直到春帆楼在明治二十一年（1888）的开业。

李鸿章喜欢河豚的滋味吗？1895 年 3 月 19 日至 4 月 17 日，他与伊藤博文、陆奥宗光在春帆楼进行了五次艰苦又屈辱的谈判。最终签署的《马关条约》是中国近代史上一大转折点。比起 1842 年《南京条约》以来的一连串条约，这一次彻底震惊了中国。《马关条约》前所未有地苛刻，战胜者更是一贯被藐视的"倭人"。贯串近代中国的失败叙事因此而起，危机意识更是四处弥漫，它让中国醒来，也陷入一种越来越急迫的焦虑之中。

我步入春帆楼，服务员客气、冷漠，找不到一杯清酒或热茶。旧春帆楼早在 1945 年的盟军轰炸中消散，取代的是三层水泥建筑。它仍是闻名遐迩的河豚料理店，也兼旅馆经营，你很难订到位子。在旅馆的墙壁上，我看到山县有朋、犬养毅的汉文题字，一手漂亮的好字。他们皆是伊藤博文的同代人，彼此争吵不休，分享着建立一个强大的现代日本的使命感。春帆楼前还有伊藤博文、陆奥宗光的雕像，伊东已代治书写的碑文——他是当时的书记官，烟台的换约也是由他与伍廷芳进行的。碑文写于1923年，行文用典雅的汉文，其中一句"今日国威之隆，滥觞于甲午之役"，正是对这一条约最佳的注解。这也是不无感伤的碑文，他眼见两位导师的离去——陆奥宗光在1897年就已病逝，伊藤博文则于1909年在哈尔滨被朝鲜青年安重根刺杀。

翻阅随身携带的年轻历史学家吉辰所著《昂贵的和平：中日马关议和研究》，我在附录中发现了小山丰太郎的回忆文章《旧梦谭》。它比之前期待的悲壮，更吸引我。人人皆知李鸿章遇刺，却很少人知道刺客作何感想，他的结局如何。法官顶住了来自伊藤博文的压力，没有判处小山丰太郎死刑，而是将他处以终身监禁。他被押解到北海道服役，两年后因大赦减刑，1907年假释出狱。三十一年后，他应《日本与日本人》杂志之邀，写下了他的回忆，此时距离刺杀已四十三年，日本再次处于狂热之中。

时隔多年，小山丰太郎的语调漫不经心、过分诙谐，却也有着意外的坦诚。他的自述是一个被大众媒体鼓噪出的狂热民族情绪的最佳象征，这"爱国"情绪也是一个思维混乱者的另一种表现。他的叙述始于朝鲜危机。一开始，日本公众并不热情，他们对于能否战胜这样一个庞大的、长久以来占据绝对优势的中国缺乏把握，但胜利消息不断传来，举国陷入了狂欢，这狂欢催促更大胆的行动。像很多人一样，小山期待"一路追击毫无骨气的支那兵，铁鞭遥遥北指……用不了半年，就能让四亿支那人在北京城的日章旗之下跪倒了"，因为"支那人多半似乎有着对世界之大势不介意的大国民神气。视朝鲜为属国，视日本为小国，唯独自夸为世界之大国，就是这样半身不遂的老大国民。显而易见，不彻底地惩戒一下，不晓得什么时候会制造麻烦。这是东洋和平的癌……"

战争状况没有吻合他的期待，日军未进犯北京。李鸿章要前来日本议和时，他陷入一种深深的焦虑与愤慨。他不仅仇恨李鸿章，也愤恨伊藤博文。他在横滨买了五连发手枪，怀揣诗歌集与李鸿章的照片（称他有"故作和善而不无戒备的眼神"），写下"毙奸状"，决意去刺杀李鸿章。他的打扮颇为时髦，鸭舌帽，萨摩木屐，白色毛线编的又粗又长的羽织纽。除去回家道别，他还前往东京最著名的花街芳原，"因为是此生的最后一次，想要找个让自己不留遗憾的美女"。在这风月场合，他甚至想起西野文太郎刺杀森有礼、来岛恒喜刺杀大隈重信的例证，妄想与暴力成了这些内心暴躁、不满的青年人的最佳发泄出口。尽管对中国充满厌恶，他仍会引用孟子的"何必曰利，亦有仁义而已矣"自我激励。这是此刻日本的反讽之处，从首相到平民，不管他们多么想摆脱、击败中国，他们的精神世界仍深受中国的影响。

途经战时指挥部广岛时，他内心满是对伊藤博文的厌恶，将之比作"好色的老狒狒"，想先杀了他。他对自己的枪法没什么信心，但他身无分文，全靠维新志士的精神自我鞭策。

终于来到马关，他疲乏饥渴，感到脖颈与后背因虱子而来的瘙痒——这是个轻易可以隐于人群中的普通人。终于看到李鸿章时，他觉得"比起照片上的形象，眼光更是炯炯射人，的确是伟人的风貌。年龄约有七十，真是老英雄的典范。从眼睛看其人悠扬不迫的态度，不由得佩服这眼睛比照片上还要犀利。真不愧是睥睨东洋的眼睛！"此刻，李鸿章刚结束当天的谈判，从春帆楼返回他所住的引接寺。小山丰太郎从人群中挤出，直至轿前，手按轿夫肩膀，趁轿夫惊讶停进之际，对李鸿章开枪。子弹射入李鸿章眼窝下，没有致命，却给他带来持久的痛苦，加速了他的死亡。中方完全没有把握这一意外，将之转化成谈判桌上的筹码。国际压力则促使日本做出少许的让步。

"口头说起来，或者文章写起来，这之间看起来好像过了很长时间似的，"小山丰太郎 1938 年写道，"但是从我的手伸向轿子，到我的肢体被绳子捆住，时间大概只有两分钟。"此时已是 69 岁的他说，"为了这两分钟，令天下为之骚动，真是抱歉万分，而我自己，也被不遗余力地处以岛流的极刑。"

这位"两分钟名人"直到 1947 年才去世。他目睹了两颗原子弹的爆炸和日本帝国的崩溃。这个帝国正是从 1895 年开始迅速膨胀的。

2016 年 10 月

浮月楼中的忧虑

他突然说起，这个周六就要结婚了。

我们正走在小桥上，桥下几尾肥硕的锦鲤，慵懒地摆尾。这个竹林、池塘、石板路构成的院落，完美地符合我对日式庭院的想象。几分钟前，三位艺伎还在这里弹奏三味线，吟唱歌谣，她们的和服、发髻和涂成黑色的牙齿，显然是江户时代传统的延续。

浮月楼是静冈最著名的料亭。这种昂贵、私密的餐厅源起于17世纪初，那是德川时代的开端。幕府创造出一种集权封建制的政治结构，大名们虽有地方自主权，却必须在江户度过大半时光，他们享受的是受控的浮华，彼此甚至不能直接沟通。因此，大名的特使会选择在隐秘的餐厅相聚。后来，料亭成为政商人物钟爱的场所，密谋的意味淡去，却仍是金钱与品位的象征。

在一个过分闷热的午后，我来到浮月楼参加它的年度游园会。它专为招待长期客人而设，客人们都身着西装或者和服，艺伎们来自东京、京都与静冈本地。带着从东照宫漫长石阶下来的汗水，自进门起，我就为自己的牛仔裤、卷起袖口的衬衫以及人字拖感到不安。

我是为德川庆喜而来。浮月楼曾是这位末代将军的宅邸，在英文中，他常被称作 Last Shogun。他在此度过了近二十年岁月，那也是一段苦涩、悠闲又生机勃勃的时光。作为失败一方的领袖，他保住了生命与残存的自尊，得以在昔日封地度过余生。这位以精明、大局感著称的将军正值盛年，却要对一个沸腾的维新时代保持沉默。昔日，各地大名被德川家族控制在江户，德川庆喜如今却变成了新时代的人质——不仅不能参与政治，连静冈也不能离开。他的性格救了他，他欢快、兴趣广泛，还爱上了摄影，成为本地第一个骑自行车的人，还与三个妻子生下了二十一个子女……在某种意义上，他比获胜者明治天皇更幸运：后者要背负一个新日本的无穷责任与仪式，他却可以躲入个人生活。他甚至活过了明治时代，1913 年去世时，已是大正二年。

在我沉浸于遐想时，久保田耕平先生出现在眼前，一个斯文、腼腆的年轻人，明黄色的领带一丝不苟。他出生、成长在浮月楼中。1897 年，静冈火车站建成，德川庆喜厌恶其噪音而搬离，宅子被改成了一家料亭，吸引各式名人的光顾。在一间宴会厅的入口，我看到伊藤博文的书法。昭和年间，久保田家族承接了这项生意。在此玩耍长大的耕平，熟悉院落的每一个角落，他带我参观楼中的德川庆喜展，我看到骑自行车的庆喜、打猎的庆喜、戴飞行帽的庆喜，与史书中那个发髻高高挑起、面带愁容的失败将军大为不同，这个庆喜是一个快活的现代绅士。"万事莫如花下醉，百年浑似梦中狂"，宋代诗人葛起耕的名句令庆喜深感共鸣，他手书下来。庆喜的书法也像他的性格，潇洒之下，是某种拘谨规范。自始至终，水户藩的德川庆喜是天皇的拥护者，当倒幕者以天皇为号令时，他放弃对抗。不过，失败者并非永远失败，久保田先生说，过去二十年来，庆喜的声誉不断攀升。一个落败的将军，越来越被视作一个审时度势者，他深知内战的伤害，吞咽下屈辱，为新日本创造出蓝图。

或因我的口无遮拦，或因我对他的真实好奇，耕平逐渐放松。当同传耳机出现故障，我们开始用英文交谈后，他彻底松弛下来。一个陌生人，一门陌生的语言，都意味着一种自由。他说起，从小就知自己要继承家业，一直试图逃开这注定命运。他在东京鱼市的一家餐厅工作过五年，最终，或出于个人软弱、或因母亲的强势，又回到了静冈，协助叔父管理浮月楼，并准备承接家业。他说起了即将的婚礼，这也是对他的成熟的另一种确认。未婚妻也是浮月楼的员工，有着可想见的美丽、温柔，她也正为成为下一任女主人而焦虑。耀眼传统也意味着无穷的规范与责任，这里是日本之光。它不仅是末代将军的宅邸，还接待过明仁天皇与西班牙国王。

浮月楼曾是末代将军德川庆喜的宅邸，我是为他而来

耕平说西班牙国王胃口很好，要了两份料理。很可惜，我忘记问，明仁天皇怎么看待德川庆喜。

与耕平告别时，天色已暗。跨出院落，汽车、人群的嘈杂声顿时涌来。回望时，一个朴素、窄小的招牌亮起来，"浮月楼"三字似迎风摆动，而江户和明治早已随风而逝。

2019 年 7 月

另一个新加坡故事

一

他真英俊。

在第一张照片上，他和一群代表坐在立法院议事厅。最右边的他，脸上带着显著的孩子气，仿佛刚从学生会走出来。他才23岁，是这个宪制代表团里最年轻的一员。这是1956年4月，这个代表团将前往伦敦与殖民部官员谈判，为新加坡争取更大的自主性。李光耀坐在他旁边，是一位声名鹊起的律师。

第二张照片摄于1958年，他走在樟宜监狱的水泥墙旁，穿白衣白裤与凉鞋，左手插入裤兜，右手向上挥舞。他的偏分发型一丝不苟，方正面孔带着笑，神情与姿态颇有张国荣式的潇洒、不羁。若不是身旁黑肤色的狱警，你会觉得他不是前往牢狱，而是去参加一场记者招待会。

第三张摄于1961年。他站在立式麦克风前，脸颊丰满了一些，仍带着笑，他右手向上挥舞，向上万名支持者宣布社会主义阵线的成立。而在第四张照片，他着松垮狱服，在几个狱友中，对着镜头，依旧挥舞着右臂。这是1965年的新加坡，也是这个国家的独立之年。作为独立运动最有力的倡导者，他身陷囹圄，关押他的正是昔日盟友李光耀。

在这本《我的黑白青春》中，我一下子就被林清祥的气质所吸引。他像极了20世纪中叶那些理想主义者——单纯、无私、乐观、愿意为信念献身。我几乎可以想象他在人群中的超凡魅力，当他大声用福建话喊出反对殖民者的口号时，一定会引起剧烈的欢呼，少女们则怦然心动。在那个年代，政治人物仍是某种摇滚明星。

这本书的作者林清如，出生于1937年的马来亚，是福建移民之子。辛亥革命前夕，其祖父母在从泉州南下，是15世纪就开始的下南洋浪潮中的一员。从出生起，他就卷入层出不穷的历史事件中，日本人入侵、反殖民独立运动……东南亚的华人必然陷入身份纠缠中。不管你反抗的是日本人还是英国人，你的精神源泉总来自北方的中国；当你面对要独立的马来亚或是新加坡时，你又如何处理自己的华人身份？况且1949年之后的中国又是冷战阵营的另一方。

在林清如的回忆中，你可以看到这一代华人青年的精神结构，他们读鲁迅、听《国际歌》，对平等充满渴望。他们也是群众运动的一代，热烈参与政治。更重要的是，他还有一个林清祥这样的哥哥。他因此付出代价，20岁到29岁，他在

监狱度过九年时光，几乎是青春最灿烂之时。林清如的回忆
有跨越空间的亲切感，他的监狱生活让人想起《绿岛小夜曲》，
这理想主义热情有所有左倾青年的特性。他也是个令人赞叹
的服刑者，在狱中自修并取得学位，出狱后开始了成功的职
业生涯。

哥哥林清祥没那么幸运。1969 年，他出狱，被驱逐到英
国。他不仅失去了政治舞台，生活也残破不堪，打击接二连
三。他想重回学术界，却困难重重，在一张旧照片上，他站
在伦敦街头的一个水果摊前，这个东南亚昔日最引人瞩目的
青年领袖，如今变成小摊贩。当他在 1996 年去世时，其痕迹
几乎从新加坡历史中抹去。李光耀的故事占据了世界舆论的
头条与新加坡学生课本。他是柏拉图笔下的哲人王，不仅将
一个毫无希望的热带小国带入经济最发达国家之列，其洞见
更远超这狭小的 690 平方公里，从美国总统到日本首相，都
乐于倾听他对地缘政治、经济发展、国家治理的建议。林清
祥的故事，像是早被忽略的杂音。

二

我从未喜欢过新加坡。十年前，我短暂至此，深感密集
高楼的压迫。过分整洁与秩序，无处不在的炎热与潮湿，让
人陷入感受的停滞。只在牛车水的街边排档喝虎牌啤酒时，
才感到一丝畅快。我也深受伊恩·布鲁玛的影响，这位荷兰

作家称新加坡像是一个主题公园，异议的声音被严密、有效地清除，所有的问题都被简化成技术性的问题，在繁荣与富足中，生活多样性与个人自主性被极大地压抑。

但这一次，我感受到不同的声音。温和的教授因提出普遍原则，与李光耀对簿公堂，遭遇长期压制；当年南洋大学的学生们，讲述华语在这个新加坡模式中被深深地压抑；还有一些青年人，觉得自己像被罩在一张沉闷的安全之网中……在书店里，我发现了一本绝妙的小书——《新加坡：被空调化的国家》(Singapore: the Air-conditioned Nation)。一位昔日的《海峡时报》编辑谢里安·乔治（Cherian George）用一种局内人才有的触感描述了那种全方位的、常常是技艺高超的控制能力，从自然到人的内心，它试图提供一整套方案。

它也包括与林清如先生的会面。在武吉巴梭路的怡和轩中，我和他喝白粥、吃小菜。会馆的一楼是陈嘉庚展览，20世纪最著名的海外华人之一，他从新加坡创造了自己的商业王国，慷慨捐献给故国。这也是历史的嘲讽之处。在新加坡的历史中，林清祥被指控是一个共产党，如今档案证明，林清祥或左倾，却未与马共组织产生联系。陈嘉庚真诚支持北京，1950年代初即投奔新中国，却无法再返新加坡。这都是东南亚华人的尴尬身份的例证，他们夹在历史潮流中，难以自我把握。

在乌节路，人潮涌动，耳边是此起彼伏的Singlish，到处是新加坡建国五十周年的横幅。我想，如林清祥没有出局，新加坡会变成何种模样？它是一个更自由的社会，还是另一个金边，陷入制度失败后的衰败。很有可能，林清祥被浪漫化了，因对历史失败者的同情，我有意夸大了他的能力与魅力。但或许，这夸张也是对单向度历史的纠正。

新加坡或许也需要一场记忆的竞争。李光耀仍无处不在，但另一个叙述仍隐隐存在。多元的记忆与叙述，才可能创建一个更值得生活的社会。

2015 年 12 月

被遗忘的革命者

一

　　他仍然觉得恐惧。被问起年轻时与同盟会的关系时，他一口回绝，担心满人会报复他或其子孙。

　　这是 1966 年的马来西亚怡保市，距离辛亥革命已有五十五年，不仅清廷早已失败，推翻了清廷的同盟会亦已瓦解。这位 70 岁李姓老人的忧虑不无荒诞，却给年轻学者颜清湟另一种历史触感。在东南亚的华人社区，政治、革命仍是某种禁忌，带来不安。李老人的反应是普遍的。但当颜清湟转换了视角，只问他们是否接触过孙中山时，他们立刻活跃起来，很愿意提供自己或长辈们与这位革命者的资料。比起抽象的政治理念与组织，这活生生的个体更亲切、不具威胁性。

　　颜清湟在马来西亚、新加坡的实地调查，最终促成他完成了 *The Oversea Chinese and the 1911 Revolution, with Special Reference to Singapore and Malaya*. 我手上这本中文版翻译成《星马华人与辛亥革命》，是台北联经出版公司 1982 年的版本，译者遵循着晚清民国的习惯，将新加坡称作星洲。

很可能在搜集关于梁启超的资料时，我找到这本书。人人皆知，康有为、梁启超的保皇会构造了一个全球网络。孙中山说，华侨乃革命之母。但这个网络如何构建，怎么看待侨居地与母国的关系，如何处理自己的身份认同，却总是模糊的。

当孙中山在 1900 年夏天初次抵达新加坡时，本地最受欢迎的中国人是康有为。1898 年维新失败后，康流亡海外，征服了很多海外华人的心，此刻，他正说服新加坡华人领袖邱菽园、林文庆支持他的勤王主张，起兵拯救受困的光绪皇帝，重启改革。孙中山曾试图接近康有为，康却总在回避，他先是觉得自己士人出身，要孙执弟子礼，接着觉得自己是皇帝之师，更不能与谋逆者为伍。皆是政治流亡者、通缉对象，他们却选择了两条不同的道路。孙中山没放弃努力，这似乎是个恰当的时刻，义和团运动令清王朝处于崩溃的边缘。若与影响力更广泛的康有为联手，很可能创造出新局面。它再次被证明为一厢情愿，孙中山的两位日本联络者，被康有为怀疑为刺客，被新加坡警方扣押。孙只得亲自前往，动用他的声名与网络，解救了他们。但海峡殖民地总督并不同情他，"作为一个爱国的中国人，正当中国面临外国入侵的时刻，煽起新的骚乱是不明智的"。总督驱逐了孙，并禁止他五年内入境。

新加坡也处于一个转折时刻。自 1819 年开埠，这个港口迅速兴起，成为东南亚的贸易中心。华南的中国人迅速涌来，占据不同的职业，福建是米商、挑夫、船夫、石匠等，潮州人种植胡椒、甘蜜，或者做渔夫与小贩，广府人是木工、砖工、石匠、裁缝与鞋匠，客家人大部分是小商人、铁匠、泥工、裁缝，海南人几乎都是店伙计与佣工。少数人抓住机会成为巨富，大多数则为生存苦苦挣扎。他们对于这个殖民地并无归属感，只等有朝一日回到家乡、光宗耀祖。

反叛也是基因之一。早在17世纪末，失败的反清斗士就避难于此，太平天国运动的失败，又将一批造反者推到此地。洪门（它的另一个称谓是天地会）一直扮演着重要的角色。英国人在表面上统治着殖民地，地下组织才更直接地支配着普通人，他们熟知大哥、白扇、草鞋这样的头衔，也了解焚香、歃血、结拜这些仪式。

康有为、孙中山的到来，意味着这个华人社会的政治意识觉醒。他们的日常挫败——在英国人统治下的屈辱感，异乡的孤独，日常生活的困顿与不安全——突然找到了一个明确的出口。

二

我在福建街上闲逛，寻找20号门牌，南洋第一份革命报纸《图南日报》的创办地。那是1903年，尤列结识了陈楚楠、张永福。尤列曾与孙文同称"四大寇"，广州起义失败后，他潜伏在新加坡，以为苦力们医治花柳病为业，并发展出自己的组织"中和堂"；后两位则是本地出生的华人青年领袖，他们对康有为的方式感到不满，认定必须采取更激烈的行动。

1901 年至 1903 年，从上海到旧金山，支持革命的报纸与小册子迅速增加，其中最著名的是邹容的《革命军》，这位四川青年直截了当地诅咒满人统治，宣扬仇恨、杀戮。这些报刊也随着货品进入新加坡，击中陈楚楠、张永福等青年的心。他们共同创办的《图南日报》，开始在新加坡公然地标榜反满、革命。

新加坡初冬的傍晚，依旧潮湿、炎热。它身处东方与西方的交汇，货船、信息、金钱的流动一刻不停，却有一种奇妙的停滞感。树木总是郁郁葱葱，空调使室温恒定不变，半个多世纪以来，它的统治者始终是李光耀一家。

对我来说，新加坡曾是一个闪亮又可疑的故事。它的成功不必说，新加坡模式是很多官员、经济学家眼中的榜样，只领导五百万人口的李光耀却是世界舞台上的巨人，从美国总统到中国总书记，都乐于向他询问社会管理、地缘政治之道。但这个制度有过分强烈的控制欲，从重罚吐口香糖的人到总理教导年轻夫妇如何增加夫妻生活、多孕育子女，你多少会觉得这不是一个国家，而是一所大型中学，高瞻远瞩又严厉非凡的李校长为你事无巨细地制定了一切规则，你只需遵循。那些玻璃幕墙大厦、整洁的街道和礼貌、温和、高效又缺乏些色彩的新加坡人，似乎都在证明这套系统的运转。

你又觉得，有一种力量在涌动。一个人、一个群体、一座城市、一个国家，总在一种不停息的自我寻找之中，它是安全、富足，也是自由、尊严与自我表达。此刻的新加坡像是一块历史的飞地，动荡、贫穷、地缘冲突似乎都被隔绝在门外，人们似乎也将能量汇聚于一个更狭窄、以功利为考量的渠道中，这注定是暂时的。

我在福建街 16 号的一家小贩中心坐下，要了虎牌啤酒，翻阅手中的《星马华人与辛亥革命》。这印度的咖喱、马来的酸甜、广东的叉烧、三元新币也能吃饱的小贩中心，亦是新加坡的迷人一面。它连接过去——那是苦力、小贩、鞋匠的世界，他们节衣缩食，吃最简单的一餐；也象征新加坡的开明专制，为普通人提供廉租房以及廉价食物。

我猜，左侧那座庞大的多层停车场，就是《图南日报》的昔日地址，它会占据一个小小的房间，弥漫着革命思想与印刷机的油墨味。它也是激烈与孤独的声音，在彼时的新加坡，大部分华人处于一种非政治化的状态，主流是清王朝的拥护者，急切地得到北京的认可。一小群不满者中的大部分，又是康有为、梁启超的追随者，需要改革，却不要推翻整个制度。只有很少一部分人成为革命支持者，他们更无所顾忌。

最初，邱菽园、林文庆这些殖民地精英引起我的尊敬，他们理解世界的趋势，有能力卷入其中。逐渐的，那些底层

这家小贩中心营建于尤列的中和堂故址，见证了此地一百多年历史

民众更令我感动，他们为日常压力所迫，却突然捐出所有的财产，甚至不畏牺牲、加入起义。在吉隆坡，一位陈姓木匠要供养一个七口之家，却一口气捐献了十二把椅子；另一位黄姓工人将自己的房子抵押，把款项捐给孙中山的起义军。而他们中的很多人，热血冲动之后，也要承受对应的牺牲与恐惧。文章开头讲述的李先生，仍被这种恐惧包围着。

如今的新加坡已很难想象那种群情激愤的景象。中国城如今像是一个博物馆，保存了昔日福建人、潮州人、海南人的生活与审美，Temple Street 被翻译成登婆街，你很难想象，在 20 世纪最初的三十年，从维新、革命到五四运动，它曾经多么的情绪激荡。1907 年，孙中山被驱逐出日本后，这里成为海外华人世界的革命中心。

我对颜清湟先生生出无限的感激，是他以及他的老师王赓武先驱式的研究，让这些完全被中国忽略的历史呈现出来。在我们的历史研究中，一切都是在中国内部展开的，很少人意识到那个海外世界的贡献。

一种强烈的冲动也在心中升起，我要去这广阔的东南亚世界游荡，去追寻那些被遗忘的维新者、革命者的遗迹，他们的热情曾感染过康有为、梁启超、孙中山，也一定会感染此刻的我们。

2019 年 10 月

身份与地图

他先从国家、城市、省份开始，接着是大岛小屿、大洋海域、山脉谷地，一直到半岛、湾澳、海湾、岬角。一段时间后，他甚至可以想象出一些知名地点在地图上的位置。母亲注意到，午饭后，他不再出去玩耍，而是在房间里摊开地图集。他将清单上的地名和看过的电影相互联结，发现自己所居的怡保之外有如此之多的地方可去，五大洲处处是丰富的空间，过去则充满了值得探究的有趣时代，从上海到伦敦，从纳尔逊到岳飞，"不分人物，不限地方，天地世人都可以进入认知的范围"。

在王赓武先生迷人的回忆录中，这一片段在我脑海里激起回声。彼时，这个 10 岁的少年正陷入模糊的身份焦虑。1930 年，他出生于印度尼西亚的泗水，一位讲马来语的爪哇女子充当他的保姆。1 岁时，他又来到怡保——一座因锡矿而兴起的马来西亚城市，华人在其中占据着显著位置，自 19 世纪后半叶，他们就陆续抵达此地，中国内部的动荡与新世界的诱惑是双重动力。在这个主要由广东人、福建人组成的中国社区中，来自江苏的王宓文一家是不折不扣的异端。除去语言、习惯不同，他们自己也从未有过在此定居的念头，怡保只是中转地，一旦有机会就重返中国。王宓文任教于中文学校，却让儿子王赓武入读英文小学，同时传递给他强烈的中国文化意识。这既给予幼小的王赓武可以在不同的世界间学习、穿梭的自由，也带来显著的困境，他到底是哪国人、属于哪种文化？

这本地图集解放了他，令他意识到一个人可以同时在不同时空生活，知识也可以为他提供身份的出处。这段记忆让我想起自己的经历。7岁时，我从连云港搬到北京，陌生的周遭和浓重的苏北口音带来的排异感，令我焦灼不适，阅读则成了逃避之所。还记得在一个逃课的上午，我完全沉浸于《上下五千年》中，淝水之战、隋炀帝的大运河到晚明才子的命运，皆让我着迷，完全忘记了在每日的课堂里感受到的窘迫。

出生于1976年江苏的我，当然与王赓武的经历截然不同。二十年前，我在一本1980年代出版的香港历史的文集上，初见他的名字。作为主编的他是香港大学校长，英文则是 Vice Chancellor，因为在殖民式统治时代，Chancellor 必须由港督出任。那本文集助我理解香港，还激起我对海外华人世界的兴趣。在香港电影、流行音乐中成长的我，并未意识到在长达半个世纪里，香港不仅是中国唯一的对外联结点，更是全球华人之都，由此通往新加坡、悉尼、温哥华、旧金山，形成一张广阔的网络。从文化、习俗到食物、风尚，他们与我们相似又不同。接下来的时光里，我对海外华人这一主题着迷不已。明末遗民如何逃向马六甲，广东人在加州的淘金潮，孙文在檀香山的遭遇，何启、林文庆扮演的独特角色，白光为何葬在吉隆坡，马共的兴起与衰落……离散华人社区的故事，仿若是对中国中心叙述的某种平衡，也是对自我身份的某种探寻。

在我成长的过程中，中国正在重新开放、再度崛起。王赓武是不断遭遇的名字，他在海外华人研究上的地位，像是费正清之于美国的中国研究。他丰沛的经历让我倍感惊讶，从吉隆坡、堪培拉到香港、新加坡，他在众多学术机构担任领导人，他的研究范围则从五代时期、南海贸易延展到中国的复兴、对欧亚大陆的战略思考……你很难清晰地定义他，他不像许倬云那样有着浓烈的士大夫情结，也并非西方意义上一个纯然旁观的中国研究者。在一个西方边缘与中国边缘交汇的地带，他占据了一个独特位置，也试图对人类文明做出俯瞰式的观察。他繁多的著作与演讲，也偶尔令我有些失望，过于宏观和过于概括的表述，覆盖了个人化的感受与判断。我总觉得，他如此独特的个人经验，理应不断地流露出来，他目睹 20 世纪中国之变化，也该有更明确的政治判断。

我也记得 2015 年冬天的新加坡之行，我特意前往国立大学拜访他。已经 85 岁的他风度不凡，头发整齐地向后梳理，敏锐健谈。他说起一带一路，作为有着大陆文明的中国的复兴和它对人类历史的重大影响。对于我说起的对内部结构的忧虑，他则保持着谨慎的乐观。我对自己缺乏战略格局的思维方式，颇感不安。我原本想请他回忆 1948 年短暂的南京求学经历，在中国命运的转折之年，他这样的海外侨生会有何感受，最终因气氛不够恰当而作罢。

不过，这两卷本的回忆录，让我之前和他的距离感迅速消失。在对生活细节细腻、深情的追忆中，我完全感受到了他的彷徨与勇敢，随遇而安又坚定不移，感受到他那种一旦有机会就要重新创造自己的生命活力。而作为一个经历数次历史变迁的个体，对中国的介入与疏离，对马来西亚的归属感，对自我身份的困惑与追寻的叙述，尤其打动人心。

我想起，三年前的一个下午，我乘车自吉隆坡前往槟城，途中看到怡保的路牌，心中一颤，却错过了探访的机缘。下一次，我一定专程前往，去看看那个沉迷于世界地图的 10 岁少年的成长之地。

2023 年 5 月

龙城岁月

朱先生唱起了《我为祖国献石油》，到了"头戴铝盔走天涯，头顶天山鹅毛雪"时，他扬起右手，似乎丰沛感情正从胸膛溢出。他的广式普通话有些含混，声线在一些高音部分明显吃力，神情却专注异常。我怎么也没想到会在夜晚的特拉维夫听到这首歌，且出自一位香港人之口。艾伦比大街（Allenby Street）上这家中餐厅有一个响亮却陈旧的名字——龙城，店名与门口的红灯笼、墙上的书法都让你想起一个唐人街的世界。如果有一位李小龙模样的人出入，一定更为圆满。

特拉维夫没有唐人街，龙城孤零零地矗立于这条干道上，与那些酒吧、比萨店、花店连成一片。在品尝了各式口味的胡姆斯之后，我开始对一份水煮牛肉充满渴望。同事信誓旦旦地向我保证，龙城有着全球最佳的红烧肉。旅行经常带来感官失调，催生出某种幻觉，我坚信在维也纳吃到了全球最佳的西红柿炒鸡蛋，在东京的池袋西口公园尝到了全球最佳的酸辣土豆丝。但龙城的红烧肉实在平常，盘底两片生菜尤

我怎么也没想到会在特拉维夫听到《我为祖国献石油》

其难以忍受，像是对沙拉趣味的某种妥协。西红柿鸡蛋汤却是意外之喜，有一种清淡的浓郁。在上菜的间歇，朱先生从后厨走出来，表情淡然，语调和缓，像是从哪一部港片中飘出的人物，一位厌倦了江湖纷争的退隐者。

现实的朱先生没有江湖往事，却有另一番故事。他出生于惠州，在一轮接一轮的运动与改造中度过童年。1962年，13岁的他来到香港。与书中描述的恢宏场景不同，他只平淡地说，他们一行走过边境线，亲人在九龙接到他。新生活开始了。1960年代的香港，既有工业革命催生出的机会，也有动荡与风险。他记得，1967年街头到处是人造炸弹，新蒲岗塑胶花工厂的骚乱。短暂动荡后，香港迈上了新阶段，创造出经济奇迹。朱先生对左派工会印象颇佳，他们举办各式联谊活动，学唱革命歌曲，被过滤掉现实的残酷后，歌中尽是理想主义的浪漫。

1841年开埠以来，香港就是一座难民之城。中国历次动荡，都将更多人推到这个岛屿之上。历史将香港变成了东方明珠。朱先生是这股浪潮最近的幸运产物。香港也是中国人通往更广阔世界的跳板。与同辈人纷纷前往美国、欧洲不同，朱先生喜欢上了中东的蓝天与海洋，移民到特拉维夫，开设了此地的第一家中餐馆。

餐馆没开多久，他就赶上了黎巴嫩内战。他记得满街都是背枪的人，"全世界各地来的犹太人，美国的、欧洲的，自愿到这里，上前线。"这也是他第一次感受到犹太精神的复杂性，他们高度逐利，又有强烈的献身精神——为了宗教或国家。接下来的三十多年，战争与恐怖事件从未离开过他。他记得，1991年的海湾战争，飞弹不断来袭，即使在空中爆炸，"也会地动山摇，玻璃全都在晃动"。他跑到法兰克福，住了两个月才回来。他更目睹了21世纪初的自杀性爆炸浪潮，在公交车站、在酒吧、在海滩，血肉横飞，他看到一只残臂挂在路灯杆上。

前往美国的计划告吹了，没人愿意接手他的餐馆。不管香港与内地的移民浪潮多么汹涌，却很少人会涌到特拉维夫，谁会选择只出现在国际争端中的城市呢？他也习惯了这里，学习希伯来语，有了犹太与阿拉伯朋友，更离不开那些菜市场与海滩，"天空的月亮还是很圆的，比香港的还圆，星星比香港还亮……香港的海水也没这么蓝了"。他对以色列与巴勒斯坦的未来也不无信心，这里既是犹太人也是阿拉伯人的家，"应该有破冰的一天"。

他觉得自己是局外人，甚至多次光顾的小偷都在提醒他这一点——一个外来者要承担更多的不公。他又认定香港早已不是他熟悉与理解的城市，房子实在太贵了。

2019年7月

一点小念头

他说，常想起白昼的银河系，那些繁密、飘忽不定的星星，隐藏于阳光下，它们该是怎样的心情；他也说，这首曲子名叫《B 大街》，多年前他在华沙闲逛，看到一个开头字母是 B、不知如何读出的街牌。波兰冬日的寒风与干燥，皆让他难忘，对于一个在东京湾的湿润中长大的孩子，这气息过分陌生、沉重。

我是逐渐爱上爵士的。最初，我嫌它缺乏动人的旋律，常一惊一乍，逐渐，它成为我日常生活的一部分。对于音乐，我的判断不无粗暴，全赖它是否引发我的联想。一些曲调将我带向一个从未抵达之境，另一些让我内心充盈。今夜，他的琴声却让我更清楚地确认了自己，在他的银河与华沙的情绪中，我更辨清自己的喜好，确认方向。

这家 livehouse 位于东京西侧，由银座线换乘丸之内线，经过著名的吉祥寺，抵达终点站"荻窪"，两个我认不出的汉字。又在寒风中走了十分钟，一幢浅灰色水泥外墙的房屋浮现，它狭长的窗口分外引人，像是一个碉堡的探测口。Velvet Sun 标牌贴在玻璃上，窄小却引人注目。对于一代人，Velvet 有着特别的意味，它是纽约地下丝绒（The Velvet Underground）的迷幻，也是布拉格天鹅绒革命（Velvet Revolution）的释放，天鹅绒之下，温柔、迷惘，又残酷与对抗。

推门而入，演出已开始。钢琴手、贝斯手、鼓手，小小的舞台恰好容下他们三位以及乐器。观众席充斥着各种植物，客人只比乐手多一位。一个过分安静的日本姑娘，一位高大的德国摄影师，四处走动拍照，一个胖乎乎的智利人，时不时兴奋地大笑，一位头发卷曲的犹太青年，就像从伍迪·艾伦的电影中走出来。老板 30 多岁，隐身于吧台后，络腮胡须，头戴绒线帽，面色与灯光一样低沉，有一种隐隐的危险感。当你点一杯 Highball 时，他即刻还你一个灿烂的笑容。

钢琴手是屋中的主角。他 60 岁上下，个子不高，头戴灰色鸭舌帽，穿蓝灰色斑点衬衣，棕色灯芯绒裤子上还挂着钥匙链，修剪整齐的白胡须更显温厚。弹完一曲，他即起身，用德文、日文以及中文说谢谢，以英文解释这首曲子的由来。他兴致高昂，只有六位听众，他也乐于回忆自己在世界各地演出的经历。他属于泡沫这一代日本人，亲历财富上的泡沫带来安全与迷幻，也激发起探索世界的欲望。历史从不公平，某代人常常更为幸运，比起上一代或下一代，泡沫这一代日本人更松弛、好奇，眼界开阔。这也是我的自在一刻。东京固然迷人，却有种隐形的封闭感，如果干净、舒适、礼貌皆千篇一律，它也是另一种压抑。不似纽约、伦敦，东京少有敞开拥抱陌生文化的习惯，英文只在狭小的商务区通行。但在 Velvet Sun，以爵士乐与半生不熟的英语为媒介，我感到一个温暖的国际社区的形成。

我想起 2002 年的旧金山之行。在城市之光，我恰逢一场诗歌诵读。一位波兰诗人正抑扬顿挫，听众算上我不过三位，墙上的爱默森冷眼看着一切。一句不懂，却有种意外的喜悦，那些陌生词句将我引向另一个时空。陌生文化让你确认自我，也帮你遗忘自我，我们最欢愉的时刻，正是这自我消失之时。这短暂经验促成了单向街的诞生，为何不能在北京有一个这样的空间。2005 年秋天，在圆明园的一角，这个小书店变成了一个交错的谈话场，诗歌、哲学、小说、历史、摄影以及人生哀叹，皆在其中。我从未想过，这家书店可以幸存到今日，且引发了中国书店业的小小风潮。我曾幻想成为金斯堡、凯鲁亚克式的人物，却从未觉得会似劳伦斯·弗林盖蒂（Lawrence Ferlinghetti，城市之光创始人）的人生。

在此刻的东京，在关于华沙冬日的琴声中，一个念头冒出来，为何不在东京开一家书店，它将以亚洲为主题，销售中文、日文、英文、韩文书籍，邀请中日思想者探讨亚细亚概念，泰国、越南作家谈论本土文学，听一位澳大利亚汉学

在东京开一家书店，这个小念头真的实现了

家谈论丰子恺，或是哥伦比亚大学的教授重思明治维新。它更是一种生活方式，用仰光到首尔的烈酒制出 Highball，让兰州拉面与横滨拉面的师傅坐在一起，讨论滋味之异同，甚至从银座请来几位妈妈桑，讲讲风月文化之变迁，从永井荷风、太宰治到白先勇，谁能否认风月对于文学、思想之影响。

当中国的崛起震惊世人时，很多人使用的是金钱、消费的语言，如今，我们或许该以更多样的语言与感官与他者相遇。就像 Velvet Sun 这个夜晚，国籍、地域暂时消失了，人们朴素地、充满兴致地互相了解。你可以想象华沙的冬日，也可以回味马六甲的炎热，或西安的油泼面。

2023 年 3 月

凤鸣馆一夜

朋友们散去，小桌上残留着水果、生鱼片以及半瓶生力啤酒。我坐在地板上，斜靠在墙边，打量着屋内。地板上的浅黄色草席，木窗棂纸窗，角落里的 16 寸电视——它的四角仍是凸起的流线型，灰色的转盘电话，你觉得，铃声永不会响起……

本乡五町的凤鸣馆，刻意保持着昭和年代或许还有一点明治尾声的痕迹，朴素、安静，现代消费主义尚无处容身。这两层小楼铺着木地板，走过时发出"吱吱"声，卫生间是公用的，还有一个装有马赛克地板的公共温泉池。

这是业主的坚持。小池邦夫是凤鸣馆的第三代继承人，他脸上有一种散淡、洒脱，谈起话来烟不离手，还能讲一口流利的英文。他是一个"庆应男孩"，中学与大学都在这所以开放、时髦、学费昂贵著称的学校度过。他毕业的 1970 年代中期，正是日本经济起飞的时刻。他前往一家日本公司的纽约办事处，很是享受这个城市的无拘无束。1980 年代初，他回到东京，正是泡沫经济迅速膨胀之时，六本木的夜晚到处是挥着一万日元叫出租车的人，地产的价格几个月就翻一番，全世界都在谈论日本的经济奇迹。半出于继承人的责任，半出于懒惰，他放弃了大公司的工作，回来经营家族的旅馆。

凤鸣馆的历史足以追溯到明治末期，与散落在本乡的诸多小旅馆一样，它以价格低廉取胜，是东大学生、落魄作家以及前途无望的小职员们的首选之地，客人往往会长包一个房间，在此睡觉、会客、为前途忧心忡忡。其中一位住客名为重光葵，曾代表日本在二战投降书上签字，他还是外务省的低级官员时，就住在凤鸣馆。

很有可能，清末的一些中国留学生也寄居于此，他们要来日本寻求拯救中国之道，或是逃避逼仄的日常生活。在每一本近代史书上，你都读到陈天华投海、鲁迅对上野公园的描述以及那些风起云涌的学生杂志与集会。在清朝的最后十年，东京可以说是中国知识与政治风暴的一个中心，这股风暴最终席卷了中国。这些离开了故国的年轻人，如何生活，怎样面对孤独、焦虑，他们的民族情绪、政治热情与日常生活的关系如何，我却所知甚少。

"前往参观时，要认清出口、入口，不可大声谈话"，"厕所的木屐和草鞋，只许在大小便时穿着"，"在吃茶果子时，应用筷子夹起，放在左手手掌中才吃，不可把筷子立即送入口中"，我在房间昏暗的光线下读《中国人留学日本史》，引用了清末的《留学生自治要训》。实藤惠秀的这本著作初稿写于1939 年，仍是该领域的权威之作。当中国留学生的历史被政治叙述左右时，它开创了生活史的研究。当人们习惯性将目光投射于宋教仁、鲁迅、秋瑾这些杰出人物的思想时，实藤关注那些普通留学生的日常生活：他们怎样坐船来到横滨、坐火车到东京，对于日本饮食的不适，被日本高涨的民族热情震惊，日常思乡之情……他们不仅发现日本，也重新发现中国，发现自己的家乡。《新广东》《浙江潮》《新湖南》这样的杂志不断涌现，他们也为《新民丛报》与《民报》的辩论激动……

我沉浸于阅读时，门被敲响，店内女侍要来铺床了，追问明天的早餐时间。与一百年前来自农村的年轻下女不同，如今的旅馆被一群老人家掌控，他们的迟缓动作与镇定表情，似乎在提醒历史之延续。像一百多年前的留学生一样，置身于日本时，我仍觉得笨拙不堪，不知腰该弯到何种程度，被吃饭的程序弄得烦躁，觉得自己像是这个礼仪国度的"野蛮人"。

我拿着毛巾，蹑手蹑脚地走下楼。正是旅行淡季，客房大多空荡荡的，只听到一对香港夫妇若隐若现的粤语交谈。我走进空无一人的浴室，浸入池中一刻，我感到突然而至的放松。或许，那些被陌生环境与对祖国焦虑弄得焦躁不堪的清末留学生，也会在这一刻感到释然吧。

2018 年 7 月

从黄遵宪到布鲁玛

一

"在黄子成书十年，久谦让不流通，令中国人寡知日本，不鉴不备，不患不悚，以至今日也。"在为黄遵宪的《日本国志》撰写的后序中，梁启超这样感慨。

这是 1897 年年末，距离甲午战争结束不过两年。在这场战争中，中国意外地大败于日本，签署了屈辱的《马关条约》——割让台湾，并付出两亿两白银的赔款。这场战争最终将中国从昏睡中叫醒，它不仅不再是世界的中心，还可能有亡国之危险。此前，不管是 1840 年的鸦片战争，还是 1860 年英法联军烧了圆明园，或是 1883—1885 年的中法战争，都未给中国上下带来如此彻底的震撼。对很多士大夫来说，它们都是来自远方的蛮夷的挑战。但这次不同，日本常年被视作中国的附属国，即使它不从属于朝鲜、越南、缅甸这个序列，也相差不远——它被轻蔑地视作"倭国"。日本的胜利还撕去了神秘中国的最后面纱——在它的傲慢与辽阔背后，是

259

无能与虚弱。

　　戏剧性的是，在短暂的敌意之后，日本成为被羡慕与模仿的对象。1887年写就的《日本国志》长期无人问津，此刻突然受到欢迎，几个书局重印了它，甚至光绪皇帝也成了它的读者。人们相信这本书蕴含了日本富强之秘密。另一位维新者康有为干脆劝光绪追随明治天皇，像后者再造日本一样再造中国。当日本卸任首相伊藤博文访华时，维新者向他寻求变革中国之建议，一些人甚至期待他担任客卿，直接指导一切。

　　百日维新失败了，日本模式的吸引力却并未减弱。1898年到1911年，至少有25000名中国学生前往日本留学，被形容成"历史上第一次以现代化为定向的真正大规模的知识分子的移民潮"。蔡锷、蒋介石到鲁迅、陈独秀，都是其中一员。流亡中的梁启超将横滨变作他的知识生产中心，他在这里编辑的报刊被偷运回国内，塑造了一代中国知识人的思维；在国内，清政府参照日本改革了警察与监狱系统，维新派官员甚至准备推行日本式的君主立宪制。

　　在这高昂的热忱背后，中国人又对日本有多少了解？令梁启超叹服的《日本国志》真的能给予中国变法以参照吗？驻北京的日本公使矢野文雄不无讥笑地说，倘若根据《日本国志》来理解日本，就像是以《明史》记载来理解今日中国的时局。敏锐的观察者如黄遵宪，也很难洞悉日本的变化速度有多快。

康有为在《日本变政考》中向光绪描述的明治维新是出于自己的臆想，还得出这样的荒唐结论——倘若日本用三十年可以变法成功，以中国这样大得多的规模，三年就可以了。

对一个世纪前的中国维新者来说，日本令人着迷，既因它突然获得富强的能力，也因为它可能导向某种速成之路。在20世纪初的东京，到处是为中国学生所设的速成学校，从语言、法律到军事、政治，这些青年人想用几个月，最多几年来掌握一切。他们以同文同种的眼光来看待日本，倘若日本能迅速掌握西方的秘诀，他们也同样能迅速掌握日本的秘诀。

当邓小平在1978年访问日本时，很少有人记得黄遵宪与康有为的插曲了。在中国的革命史叙事中，他们是可以被忽略的改良人物。但革命家邓小平发出了相似的感慨，他在参观新干线时说："就感觉到快，有催人跑的意思。"他还说："这次访日，我明白什么叫现代化了。"这也是令人心酸的感慨，邓小平与20世纪初的维新者一样，他们在东京看到了一个新世界。

日本再一次成为速成教材。就像明治日本被视作富强之表率一样，战后日本则被看作一个纯粹的经济故事。这个日本故事没有持续多久，就因股市与地产的崩溃而结束。中国经济的崛起似乎彻底终结了日本作为榜样的时代。21世纪到来了，东京的商场、旅店与公园里挤满了来自中国的游客，《读卖新闻》、NHK上总是播放关于中国经济实力的报道。中

国媒体不断重复着日本"失落的二十年"论调。日本变成了
某种反面教材，评论家们提醒中国不要重复它的经济泡沫与
萎靡不振。但中国游客很快就发现，尽管中国经济规模庞大，
他们还是想在银座买下一个马桶盖，去逛京都的寺庙，感慨
日本乡村之整洁、人民之礼貌，追着村上春树的小说与日剧
《深夜食堂》。一些时候，21世纪富有的中国游客的感受竟与
一个世纪前的留学生不无相似，"日本政治之善，学校之备，
风俗之美，人心之一"给他们留下深刻印象。与此同时，我
们对日本的理解欠缺且滞后。中国知识分子们谈论此刻日本
时仍常引用《菊与刀》与《日本论》。前者是1940年代美国
人类学家的著作，后者则来自民国时的戴季陶。日本社会内
在的复杂性很少进入我们的视野。它要么是被高度意识形态
化的敌人，要么是一个值得模仿的邻国。至于日本到底是什
么，我们仍缺乏兴趣。

二

在翻阅伊恩·布鲁玛的《创造日本》（*Inventing Japan*）时，
让我深感兴趣的是近代日本的矛盾性。它对西方的妒羡交织
之情，它内部威权传统与自由文化的交战——这两股不同的
力量驱动了日本迅速崛起，也将它引向灾难。这是一本紧凑
却雄心勃勃的著作。在不到200页的容量里，作者对近代日
本进行俯瞰式的描述。他以1853年的黑船来航作为现代日本

的开端，传统的日本秩序开始瓦解，西方既是屈辱又是力量的来源。1964年东京奥运会则是全书结尾——作为主办国的日本特意设立了一项无差别级的柔道比赛，但当自己的传奇选手神永昭夫意外地输给荷兰选手后，他们接受了失败，将掌声给予胜利者。"过分自信、狂热心理、深深的自卑感以及时而执念于民族地位的想法——所有这些因素对日本现代史都产生过影响，但相较于其他品质，有一种最令人受用：那就是虽败犹荣时的那份优雅。"布鲁玛写道。他相信这标志着现代日本转型之完成，它对世人展现了一种更成熟的姿态。

倘若近代中国知识分子着迷于日本所代表的富强秘密，伊恩·布鲁玛则钟情于日本历史的连续性与复杂性，以及在这样一个国家建立现代政治制度、自由文化之艰难。很少有人比他更有资格来描述近代日本故事。他在亚洲、欧洲与美洲都有着广泛游历，敏感于东西方文明间的冲突与融合。出生于荷兰这一背景或许还增加了这种理解力。在很长一段时间里，荷兰是日本窥望外部世界的主要通道，"兰学"也是想获得新知的日本学者的唯一选择。他也属于在1980年代成熟起来的文化批评家，确信个人自由，常以怀疑的姿态看待各种"文化特殊论"。

在这本小书中，中国知识分子可以读到他们熟悉的命题。同样面对西方之冲击，为何日本成功，中国却失败了？在作者看来，日本文化之边缘性起到了重要作用，它不是中国式自我中心的庞然大物，日本思想家可以轻易把目光从中国转向西方，展开一场新的学习。日本也从不是集权的社会，并存的天皇与幕府给予维新者更大的回旋空间。但更重要的段落却留给了中国知识分子无暇顾及或刻意忽略的东西——富强背后蕴含的黑暗。明治维新在军事、工业上取得巨大成功的同时，日本从未进行完整的现代政治改革。日本尽管制定了宪法，"但立国基础不仰赖政治权利，取决于对天皇制度的宗教崇拜以及通过国家神道灌输的日本起源论"。这个政治制度也要为日后之失败负责。天皇是名义上的负责人，却不参加具体决策，也不须为此承担责任。正是这种缺乏明确的问责制将日本拖入了二战，而对应的自由文化从未建立起来，对西方之焦灼感与威权文化的影响都让日本步履维艰。从一开始，"文明开化"运动就蕴含着两面性，它追求现代的自由、平等理念，又着迷于对外扩张，整个国家被强烈的社会达尔文主义支配着。作为明治时代最重要的思想家，福泽谕吉以倡导西方文明著称，竭力推动日本获得平等地位，当听到战胜中国的消息时，他兴奋地跳起来。即使在更为开放的大正年代，日本社会也始终伴随着个人主义带来的紧张感，投入天皇的"圣战"反而让人感到放松。

伊恩·布鲁玛明显地善于处理一个更开放、自由的日本，其中一些细节尤其妙趣横生。"日本人竭力模仿欧洲人的一颦一笑，男宾们抽着哈瓦那雪茄，玩惠斯特牌；其他人则小口小口品着宴会桌上堆积如山的松露、果酱和冰激凌雪葩。"他这样描述明治人物对西方之仿效。他对于大正时代的银座则写道："小伙子留着长发，戴着'劳埃德'式眼镜，穿着喇叭裤和花衬衫，扎着松松垮垮的领带。他们和梳着蘑菇头的姑娘徜徉在栽有垂柳的大街上。血气方刚的青年聚在'牛奶铺'里讨论德国哲学或俄国小说，因此得名'马克思少男少女'。"

在近代日本，这表面对西方的羡慕与追随，总是让位于嫉恨与对抗。直到美国人的到来，似乎才打破了这种循环。日本终于呈现出东京奥运会的成熟一幕。但日本真的变成了一个正常国家吗？在战后的经济复苏中，昔日的财阀与政治家族很快又占据了主宰。在 21 世纪开始的东京，不止一个日本人向布鲁玛抱怨，希望再有黑船来航，他们觉得只有借助外力才能打破日本之封闭。这令人悲哀的抱怨也让人不禁想象，倘若麦克阿瑟将军当年大胆地废除了天皇制，日本将会以何种面目出现？

回到一个多世纪以来的中国历史。倘若中国知识分子能在寻求富强之道时，也能意识到日本模式所蕴含的黑暗力量，近代中国之路或许也会变得不同。这一点对于正在获得富强的中国，尤其富有启发。

2018 年 12 月

一个智识上的游荡者

他说，日本人是美术家，而非音乐家、文学家，日本文学缺乏哲学、伦理深度，无法探测人性的深度；他说，日本知识分子与沙俄知识分子不无相似，有着高度教养，却陷入社会性孤立；他还感慨，日本人缺乏分析、科学能力，缺乏整体感，只生活在此刻，轻易地被军国体制裹挟，摆脱它时，亦毫不费力；他还说，日本从前引入技术、制度，如今要加倍开放自己的精神世界。

我记得，初读《何谓日本人》时的欣喜。它在文艺复兴绘画、哥特教堂、马尔罗与《万叶集》、茶室的空间与能剧间自由穿梭，文字不无杂乱，判断亦可能武断，其洞察却无处不在，总能在看似不相干的事物之中，找出一种内在联结；在一个纷繁的世界图景上，辨析出日本的独特性。

这本书出版于1960年代初，半个世纪后读起，仍妙趣横生，我记住了作者的名字加藤周一。不久后，我又读他的《日本文学史序说》，这是另一次欣喜，它让我想起了勃兰兑斯的笔端，文学作品与其背后的时代思潮同时涌出，判断明快、有力，全不似我习惯的日本学者，他们往往拖泥带水、逻辑含混。

我对加藤所知甚少，却感到他是日本文化界的某种异端，拥有一种局外人的清澈。对于战后兴起的一代日本思想家，我总感钦佩，他们从黑暗中重生，创造出一个思想繁荣时刻。其中，丸山真男的缜密与恢弘令人惊叹，鹤见俊辅的敏捷、顽皮引人深思，但加藤周一让我产生特别的个人亲近感。当我偶然在他的一本书的后记中读到这样的段落，这亲近感被正式确认了：

> 既有剧场在傍晚六点开放的城市（例如东京），也有戏剧从晚上九点半开始的地方（例如威尼斯）……位于山谷间的城镇（例如萨尔斯堡），不论走到哪里风景都很别致，很适合散步。坐在临近谷川的咖啡馆的凉台上，传来的是人们谈论的莫扎特歌剧的轶闻……但是在辽阔的草原城市（北美南部的俄克拉何马城，北部的埃德蒙顿）是没有"郊外"的。驾车跑上十公里、百公里风景都不会有什么变化，看不到远处的山脉，也看不到巴洛克教堂的尖塔。

是的，他是一个游荡者，一个日本社会少有的脱轨者，乐于拥抱陌生的文化、习俗，并因此获得看待日本的新视角。

他也是那种已经消亡的百科全书式的人物，从俳句、茶道、建筑、歌剧、绘画到文学理论、政治分析、时间哲学，无不涉猎。这不正是我想过的生活吗，穿梭于世界各地，因此训练出敏锐的比较视角，能在熟视无睹的现实中，发现意外。当然，你要承担一种恒久的孤独，在自由、好奇心背后，是一种被迫时刻处于的警惕，时不时到来的失语，令人身心俱疲。

我怀疑，家族影响已为加藤先生指定未来。在他迷人的回忆录《羊之歌》的开篇，就是对那位特立独行的外祖父的描述。他是明治西化与江户余韵的共同产物。他既在新桥花天酒地，又在米兰听卡鲁索唱普契尼与威尔第，也曾前往澳大利亚为日本陆军置办战马。退伍后，他经商，并在一战中发了财。当加藤周一1919年出生时，外祖父在银座开设了一间意大利餐厅，游刃有余地穿梭于各种情人之中，用家人听不懂的语言调情。这气氛部分浸入外孙的血液，尽管终身没有学会外祖父在面对异性时的从容，加藤周一却学会了爱整个世界。多年后第一次前往欧洲，他在地中海的蔚蓝海水、伦敦的旧事务所和罗马街头，都感到了童年的印记——它"不是跋涉千里终于抵达的异域，而是悠长假期之后重新返回的故乡"。

外祖父代表的风采逐渐不合时宜。中学生加藤周一发现，自己每天要在极度禁欲的父亲主宰的家庭与进行军国主义精英教育的模范中学间往返。外祖父的个人趣味，父亲的耿直，带给他一种本能。一方面，他逃进西方的文学艺术世界，两次大战之间的东京，"汇聚了无数的翻译文学、印象派之后的那些绘画作品的复制品和德国浪漫派的乐器，这个地方足以让你彻底忘掉日本传统文化，但又不足以让你完全理解西方文化"。同时，他也被歌舞伎舞台上的游侠与强盗吸引，"这些主人公身上都隐约潜藏着某种特质，暗示他们会沉迷女色、争强好斗和反抗权贵"。

面对越来越狂热的时代，他从一小群朋友中获得慰藉。在国民总动员的荒诞气氛中，他们谈论马拉美。医学训练则让他确认了自己的思维方式，"只有在准确的事实基础之上做出可能范围内的所有结论，对无法验证的所有判断都持怀疑态度"。他也逐渐意识到自己的某种理想，想理解整个世界，涉及人类生活的全部，既包括感觉、感情，又有无边无际的知识。

他熬过了战时岁月，吃惊地发现废墟之上的日本人突然变了一个模样。战场上的恶魔变成一个好父亲、好丈夫，让人不禁怀疑，明天，他将再度变化吗？他以一个业余作家的身份，参与了战后文化重建。这段经历也令他对日本社会保持着终身的疏离感与批判性，当他有机会前往法国时，他毅然将自己抛入一个新轨道。短暂的学习，最终变成一场漫长的追寻之旅。他甚至放弃了一段京都的恋情，那个迷人女子让他对传统日本产生新的感受，不过，欧洲更自由、热烈的姑娘们，总给他新的诱惑与灵感，并最终找到自己的真爱。

作为一个战败国的年轻知识分子，他在对西方的探寻中，也要克服自己与日本的身份焦虑。1955年，他在一篇轰动一时的文章中说，日本就是一种杂种文化，它无须追寻那种纯粹性，这也是它的独特性来源。他放弃了医学，还前往北美教授日本文学。你可以想象，面对一群加拿大青年，若要说清元禄时代或江户末年的审美趣味，必须提供一种更普遍视角。跨文化交流的迷人与挫败皆赖于此，熟悉事物被陌生化，散发出新的魅力，你又可能陷入失语，挣扎于表层的交流。广博与深刻常彼此嫌隙，不愿共存。

我希望向他请教这一切。很可惜，加藤先生于2008年去世，直到去世前，他仍是个不知疲倦的旅行者，手不停挥的写作者。在阅读《羊之歌》时，我不断感到，尽管所处时空不同，思想的深度与广度皆相去甚远，我们也是某种同路人。尽管一个民族的深层思想结构的阴影浓烈，但个人仍有可能获得自由。他没有成为外祖父般的花花公子，却是一个智识上的真正游荡者。

2023年11月

村上春树是一副减肥药

他把作家比作药。三岛由纪夫专治忧郁症，司马辽太郎是一副汉方，川端康成是特效药，却并非对所有人适用。

"村上春树呢？"

"他是一种减肥药，世界上最受欢迎的减肥药，人人都要吃。"他说。

他自己呢？他希望是一副眼药，倘若你看多了电子屏幕，就看看他的书吧。

饮下几口冰美式之后，石田衣良开始谈论对作家的看法。48岁的他是日本最受欢迎的小说家之一，他眼睛细长，头发蓬松，身穿紫绿色块的衬衣，有一种日本人少见的松弛感，当他开口时，则敏锐、丰富，还有一种习惯性的玩笑感。

这家咖啡馆处在东京最时髦的区域之一，对面就是著名的代官山茑屋书店，下午4点，玻璃窗外走过打扮入时的女人，那是东京才有的细致与得体。这区域与我们刚刚逛过的池袋西口公园截然不同，后者凌乱、琐碎，是便利店、麦当劳、电动玩具与廉价旅馆的天地。比起银座、六本木，甚至涩谷与新宿，池袋毫无个性，意味着"土气的三流繁华"。

石田先生正是因此地赢得名声。那是 1990 年代的日本，一群失意的、无所事事的小混混，成了意外的英雄，他们追踪杀害了援交少女的凶手，帮助无力的老人、残障人……小说畅销一时，不断出版续集，还被改编成电视剧、漫画，甚至池袋也再度焕发生机。小说触到了新时代情绪，比起令人炫目、雄心勃勃的战后岁月，平成年代像是陷入了停滞、颓唐，但年轻一代并非"平成废物"，边缘人或许更蕴藏着正直、善良与勇敢。

时年 37 岁的石田也迎来人生转折。尽管 7 岁时就立志写作，他却不仅一直没动笔，还有一段漫长的自我放逐的生活。大学毕业后，他做过保安、仓库管理员、地铁工人、广告公司职员，他害怕长期工作，觉得它像是个监狱。他也曾被自闭症困扰，全赖写日记渡过难关。当他开始写作时，其路径也与我期待的不同。他不是追随自己的内心冲动，而是仔细研究各大文学奖的标准，钻研获奖作品的特点，抱定为读者写作的目的。他成功了，这成功持续至今，他两次获得通俗文学的最高奖项"直木奖"，这个夏天，由他的小说《娼年》改编的电影，引发了现象性的热度。

我翻阅过《池袋西口公园》系列，没被特别打动。除去已离青春情绪太远，我也不喜欢日本作家普遍的拖沓行文。

不知这是翻译所致，还是日文语法使然，唯有芥川龙之介具有某种紧凑感，永井荷风则恰到好处地松弛有度。不过，我颇喜欢石田的另一本小说《孤独小说家》，尽管语言絮絮，却有一种温暖与励志，这励志尤其具有日本风味——"十年前的梦想如果还没有熄灭，就让它永远燃烧吧。"从明治维新一代青年，到甲子园球场上的少年，都在分享相似的情绪，他们称之为"燃"。

石田先生的闲谈，或许比他的作品更富魅力，尽管要借助翻译，他仍能轻易地抓住你的问题核心，做出准确也经常意外的回应。对于青年时代就阅读的村上春树，他说村上是那种一生只处理一种题材的作家，他始终在写迷惘，不管你是青年、中年还是老年，似乎都沉浸在一种青春的迷惘中。村上为何能在全球取得如此成功，石田解释说，一是他描述的自我寻找具有普遍意义，另外他在小说中营造了一个由咖啡馆、唱片行、书籍构成的世界，一种小资产阶级式的氛围，它让读者都自我感觉良好。

"那么夏目漱石呢？"话题终于来到这次见面的目的，谈谈这位现代日本最伟大的文学人物。他的名字无人不知，他的作品出现在教科书上、数不清的文学专号中，头像印在一千日元的钞票上，他不仅是了不起的作家，甚至可以说是创造了现代小说的人。在他之前，日本也进行各种小说创作，但只有 1905 年的《我是猫》出版后，现代小说的概念才得以在日文中正式确立，这就像鲁迅的《狂人日记》对中文世界的意义。

"漱石是头痛药。"石田说，他要治疗我们的头脑问题。我没有读过漱石太多作品，《三四郎》是其中印象最深的一部。一个从熊本来的少年，闯入一个迅速膨胀的东京，既大开眼界又心神不宁，不知如何消化这纷至沓来的体验。对我而言，石田也在写这种迷惘，经过昭和年代高歌猛进的扩张之后，日本来到了泡沫破碎的平成年代，一种集体性的追逐戛然而止，个人困惑也随之而来。

"时代背景会有变化，青春的迷惘却都是相似的。"石田不觉得过去与此刻有这么大的差别。但时代情绪的确发生变化，作家们是这种情绪的最佳折射。他年轻时，最受欢迎的作家是司马辽太郎与松本清张，他们皆有强烈的历史意识与世界格局，追问日本的命运。而如今，这样的写作再难产生，读者们钟爱私人领域的喃喃自语，村上正是最杰出的代表。石田自己也是这潮流的一部分。少年时，他就是《读卖新闻》与《朝日新闻》的热情读者，跟踪国家新闻与国内政治，或许本应成为一名社论撰写者。但他知道，没有年轻人再愿意读那些东西。

过去几年，他在进行一个更大胆的尝试，进入情欲世界。自从出版了《娼年》——一部描写成年女人与年轻男子的小说——他被视作渡边淳一最有力的继承人。连渡边淳一也这样想，在去世前的一次偶然会面中，这位《失乐园》的作者拍着石田的肩膀，鼓励他好好写下去。而在石田的头脑中，情欲也从来不仅属于私人领域，它与更广阔的时代潮流紧密相关。

2018 年 5 月

优待券人生

一

我们约在一家公共浴室门口相见。

这小巷中、转角处的浴室，总令我心头一暖。蓝布门帘，黄晕灯光，以及低廉的价格——大约 300 日元，更显邀请之诚挚。这也是东京的迷人之处，它绚烂又质朴，不论生活多么令人疲惫、无助，你总能在某个角落、绿地、小小的神社、居酒屋或是浴室，找到安抚，或许还能令你焕然一新。

我早到了半小时，先是在对面烧烤店喝了一杯朝日啤酒，然后在街边抽烟等他，发现这家浴室前竟有一对石狮，温柔、毫无威严。12 月的东京已寒意显著，一早就开始的拍摄让我感到自己皱巴巴的，有那么一刻，我也想冲进浴室蒸个桑拿。

这时，他走了出来，头发稀疏，面色红润，额头锃亮，仍残留着浴室的湿气。我一看手机，恰好 6 点，正是约定的时间。桐谷先生的精确众人皆知，他也必须精确，否则钱包里成沓的优待券将过期作废，令人痛惜。观众亦习惯了精确，他必须为他们表演这精确。在日本，桐谷广人的名字无人不知。他是综艺节目的常客，一遍遍地为人展示他奇观式的生活。超过十年，他的生活中没有金钱，只依靠各个公司所发的优待券生活，从大米、食用油到服装、咖喱饭、咖啡、床单、书籍、电影票……他刚走出的浴室，也是如此。

我们寒暄片刻，正式的采访要在中野车站才开始，他会在一条购物街上向我展示如何使用这些优待券。不过，这见面也并非毫无用处，他向我们展示了他骑车的姿势。这辆自行车也是他的道具之一，他的生活半径围绕一小时自行车程展开，高效、方便。踩蹬脚踏板时，他会臀部离座。骑车 30 米后，他突然停下，折返，问摄影师拍得如何，是否需要再试一遍。对于镜头的要求，他已过分熟悉。离开时，他从车座高高跃起，像是飞起来，消失在夜色中。我完全忘记，他已经 69 岁。

"这个店可以用优待券，我买了它的股票。"在这条商业街上，我们经过拉面店、中华料理店、西装店、咖啡厅、手机店、电器店，几乎每隔两家，他都会这样说。他打开鼓鼓的钱包给我看，里面是整齐排列的优待券。"都是按日期排好的。"他说。它们都有时限，他要尽力在过期前用掉。"这家叫松本清的快餐店尤其好，它的优待券没有期限。有的优待券不找钱，价格 830 元的东西，你要付出 1000 元；而有的优待券，它要找回你 170 元。"桐谷先生喜欢后者。

不断有路人打断我们的拍摄，要与他合影。仅将桐谷先生视作一个昙花一现的网红不够准确，他或许代表了日本社会的未来趋势——如何在一个匮乏的社会，通过精确的计算维持丰沛的选择。

桐谷先生是意外进入股票市场的。那该是 1989 年前后，日本股市最繁荣的时刻。此前，他是一名专业的将棋棋手。与中国的象棋不同，将棋注重流动性，一名小卒也有机会成为将军。他 14 岁开始下棋，18 岁成为一名专业棋手。这也是个艰苦的行业，直到 25 岁领取工资前，他只能依赖微薄的津贴生活。但他异常聪明，或许棋艺仍不佳，却善于讲课与写作棋道，这收入要比专业棋手高得多，年纪轻轻，他已有数千万存款。因为一次授课，他结识了证券公司的职员，其中一位接待小姐尤其迷人，他开始投资股票。借着高涨的时代，他赚了人生的第一个亿，得意洋洋。但紧接着泡沫破裂，他又损失了一个亿。好不容易熬过危机，2008 年的金融危机又让一切重演，甚至更严重，损失达到两亿多。

"我彻夜难眠，生了病，感到走投无路。"桐谷先生回忆道。绝望之中却有意外之喜，他购买的那些股票或许跌幅惊人，或许毫无分红，却常有优待券奉上，可以交换大米、罐头、衣物。依靠这些，他克服了贫困。几年后，当股票涨回来，他发现自己喜欢上了这新的生活方式。电视台与证券公司也发现了他的存在，前者希望他上节目，后者邀请他为股民讲解理财之道。他的将棋棋手身份也被再度曝光，很多人愿意聆听他讲将棋之道。他的生活陡然忙碌起来，在三种角色间来回切换。

最终，他在一家天妇罗店停下来，买了一份炸虾。550元的炸虾，今日有优惠，只要500元，恰好是一张优待券。等待炸虾时，我与桐谷先生并肩而坐，看着窗外的东京夜景。

"您喜欢白天的东京，还是夜晚的东京？""我一般中午起床，在家里做点杂事，傍晚出来，洗个澡，然后去书店，各种地方转一转，喜欢晚上。"这时，炸虾好了，香气从打包盒中溢出来。

二

他的家真冷。凌乱或许也加剧了寒冷，到处是纸箱子，像是刚刚搬家至此，或是即将离去。事实上，他已在此住了三年。搬到此地不是个人意愿，而是电视台的需求。"他们要录我搬家，就请我无论如何要搬家。他们选了一些房间，其中两个是高层公寓，房租35万，有两个卫生间，还有淋浴间和浴缸，我一个人住有点浪费。这里租金是20万元，我就选择了这里。"

穿过这些纸箱，我们在他的客厅坐下。低矮的茶几上有一台打开的黑色笔记本电脑，屏幕上是红绿相间、起起伏伏的细线，桐谷先生要给我演示炒股。

他每天中午起床，喝一杯优待券咖啡，就打开电脑看下画面。他并非整日盯着股价，而是制定价格，到了一定涨跌，自动买卖。"日本有 3700 家上市公司，其中 1500 家有优待券，同时有优待券和分红超过 4% 的公司有大概四五百家，"他说，"若以升值为目的，股票下跌就有损失，但如果有优待券，即使股票下跌，也会有很多商品送过来使用，可以保持心情舒畅。"

他以这样的比喻形容自己的投资："以涨为目的的投资就像狩猎，打中的话会有很多肉，但没打中，它会反过来袭击你的。优待券投资像农业，它不会马上收获，却很稳健，让人安心。"他估算，大概 3000 万日元左右的投资，就可以依靠优待券生活，如果这笔钱存进银行，每年利息只有 3000 元，也就买上六份今晚的炸虾。棋手的经历也助于他的判断。"对于将棋手，多看几步是很重要的，这一点和股票是相通的。"

桐谷先生如今持有 900 种股票，随着股价的回涨，总价值在 3 亿以上。在贫富差距甚小的日本，这是一笔不菲的财产。财富并未解除束缚。电视台希望他保持既有的形象，他也怕打破粉丝们的期待。"若他们知道我很有钱，用现金去吃吃喝喝，也非常不好啊。"为了维持形象，他变得更为忙碌。大部分优待券有截止日期，他必须在过期之前使用它。"光每年的餐饮费就可以达到几百万，根本没机会用现金。"而且，作废的优待券尤其令人心疼。"1000 块、500 块无所谓，上次看到有一个 1 万块钱的，真是很难过。"

把股票卖掉也并非好选择。"我去演讲的时候，人家介绍我是日本拥有最多优待股票的桐谷，我不能放弃这个身份。"他说。看着家里堆积的被子、毯子、各种生活用品，出入玄关都很费劲，他又想停下这种生活方式。转瞬，他似乎又说服了自己。他说，做专业棋手时，总经历输输赢赢，高手的胜率也不过六成，输了会好几天闷闷不乐，股票亦是，总会大起大落。如今，他觉得自己平静。他还在 NHK 一档健康节目中发现，倘若对人好，就可以使自己更健康。他用总也用不完的优待券请朋友吃饭、喝咖啡、看电影，发现这样度过时光非常开心。

他说得激动，我觉得寒冷、饥饿，后悔只穿了件薄西装，很是想吃掉盒子里的炸虾。他也忘记给我杯热茶，或是打开空调。他沉浸在自己与展示自己的世界，没注意到我的窘迫。我神情涣散，注意到他背后的书架，其中很多书是中国历史的题材，我辨认出孟尝君、子产的字样。

"我特别喜欢中国历史，从小就看《史记》《三国志》《水浒传》，"他说，"中国历史上有好人也有坏人，也不是正义一方才会胜利。"不过，对于中国历史上最著名的理财者子产，他并未受到特别启发。但他建议中国的公司也实行优待券制度，在新闻上，他看到中国股市的戏剧性跌落，他觉得自己理解中国股民的心态。日本的优待券也起源于泡沫崩溃。电车公司最先启动，如果购买股票就可免费获得几张车票，接着是电影院，买股票送电影券……它们皆为了把个人投资者吸引回股市。桐谷先生觉得，倘若哪家中国企业有魄力去开创，会带动新气氛的。"会让公司聚集人气，股价也会上涨，公司资产也会增加，投资者也会开心。它就成了一股潮流。"

寒冷与饥饿愈发令我不安。这不安也来自房间的气氛，尽管已居住了三年，这房间也仍像个临时的仓储，凌乱更令寒冷难以容忍，似乎它是个被抛弃之所，嗅不到丝毫温暖的气息。这荒芜感是以丰沛的方式到来的。我问他一旁的纸箱里是什么。它们装满了崭新的优待券，还有寄来的大米与速冻食品，永远用不着也用不完的洗发水。它们也给桐谷先生带来新的焦虑，他总担心优待券过期，还经常吃过期的食品，它们堆积在冰箱与厨房里，他却舍不得扔。

他的生活游刃有余，又慌乱不堪。如果屋里有个女主人会怎样？我想起，他至今单身，从未进入过婚姻。他会后悔吗？

"我一直没这个缘分，看朋友们和不喜欢的人结婚，又离婚，有的夫妻总是吵架。我还是觉得结婚才是好的，"他感慨，"但要找一个和自己想法合得来，在一起很快乐的人。我现在也没有放弃对结婚的向往。"

"如果有一个你喜欢的人出现，她让你放弃现在的生活方式，你会答应吗？"

他的情绪突然激动起来。他让我稍等，冲进卧室，两分钟后拿着一张 DVD 递给我，正是电影《最佳出价》(*The Best Offer*)，封面上那位杰弗里·拉什 (Geoffrey Rush) 饰演的收藏家一脸冷峻与忧愁。他严谨、一丝不苟，最终为一个年轻女子所骗。这也是甜蜜的骗局，他因此体验到爱情、肉体欢愉。

"我觉得我和他非常像，电影让我很感动。虽然结果让人沮丧，但如果能谈一次恋爱，也是可以接受的。"他迫不及待地向我分享剧情，语速明显加快。

"如果因此赔上所有财产，你愿意吗？"

"愿意。如果有一个那样的恋爱，全部财产被卷走，也是值得的。"

突然间，房间里的寒冷与荒芜感消失了，一股热情弥漫在四周。我觉得心跳加速，呼吸受阻，胸腔被一种无法遏制的东西充盈着。

我祝他早日遇到这位女士，匆匆离开。站在灯光昏黄的小巷中，我大口呼吸了几下。这是 21 世纪初的东京，我却宛如刚从 19 世纪初的巴黎与 20 世纪初的布拉格穿梭而来。这日本大叔，混合着巴尔扎克与卡夫卡的味道。

2018 年 11 月

墨田区的玻利维亚女议员

在《日本时报》(*Japan Times*)上，我读到 Noemi Inoue 的故事。一个玻利维亚裔女人，代表墨田区再度当选为东京都的市议员。她的形象比报道中更鲜明，照片上，一位丰腴、满是南美风情的女人，正站在东京街头分发传单，她的笑容与身形与路过的两位日本女士恰成对比，像是意外的闯入者。

这是个意外的相遇。在东京旅行时，这份英语报纸是我理解日本社会的重要渠道。我尤其喜欢其中的 Big Idea 专栏，评论者每周会就一个重要历史议题或者人物，作出概括与分析。它以福泽谕吉与谷崎润一郎为例，诘问当代日本思想家的缺失；它追溯明治时代下田歌子、津田梅子的故事，描述日本新女性的形成……一个不断出现的主题是日本与外部世界的关系，在表面的开放之下，一种封闭感似乎从未消失。这也是一百五十年来日本最重要的主题。

Noemi Inoue 为这个不断摇摆的主题提供了新的注脚。我知道 Inoue 是井上，Noemi 是外来词，在日文中，她的名字写作井上ノエミ。她的本名是 Noemi Meneses，出生于 1961 年的玻利维亚，是一名经济学家之女。大学毕业后，她成为玻利维亚中央银行的分析师，并在派驻纽约工作时结识了日后的丈夫井上和雄，他来自外交世家。这场婚姻将她带到东京，展开一场新旅程。她不仅加入了日本籍，还成为一名政治人物。比起那个穿黑西装、表情一致的官僚群体，这个面孔令人惊奇。

尽管一些外国面孔也出现在日本的公共生活中，电视屏幕上活跃着会说落语的加拿大人，会开日本玩笑的加纳人，一位来自中国湖南的前舞蹈演员也是市议员候选人，但一张被称作井上夫人的南美面孔仍算是异端。有可能，她是日本唯一的外来女性政客。那吵闹、混乱的玻利维亚街头，与东京的安静、整洁，是再反差不过的对比。

"玻利维亚人是用心在思考，日本人是用大脑。"井上夫人在她的议员办公室里对我说。她很乐意对一位中国记者说说她的日本经验。

从银座前往墨田区，多少像是从国贸到菜市口、骡马市。墨田区是庶民的世界，它曾繁华一时，如今衰败。重振本区的计划从未停止，毕竟这里曾是葛饰北斋创作版画的地方，歌舞伎与落语大师的诞生之地，江户时代的文化中心。矗立的晴空塔是它重振雄心的标志。它与红色的东京塔遥遥相对，却下意识地散发着一种没落气息。我着迷于这种没落，它安全、温暖，沉浸于往事。对于井上夫人，理解这个东京，是一个漫长的、不断磨砺耐心的历程。武士、艺伎，还有一部《源氏物语》，这是她踏足东京前对日本的印象。尽管索尼买下了哥伦比亚影业，洛克菲勒大厦落入日本人之手，丰田车奔跑在世界每一个角落，但对绝大多数人，日本仍是个神秘、难以琢磨的东方国度。"原以为会在街上看到武士、艺伎，还有木质的小房子。"井上夫人不掩饰最初的幼稚。1995年，她第一次踏足日本，结果发现这么多摩天大楼，"全然是西方风格"。紧接着，她被日本社会的高度组织化、纪律性、良好教养所震惊。"每个人都很安静，我都不敢在街上用力走路，怕打破安静。"它看起来是一个如此成功的社会：富足，有教养，贫富差距惊人的小，治安良好，半夜独自出门也并不担心。她甚至在拉美土著与日本社会间发现了相似处："音乐节拍、身体动作，都似曾相识。"

随着时间的继续，美好日本之下的困境逐渐显现出来，尤其是男女的平等。"在玻利维亚，男女接近平等，女人与男人同工同酬，美国也差不多，"井上夫人说，"日本却令人震惊，它是世界第二大经济体，女性却显然处于第二等，真是第二等。"她们往往只能做比较低级的工作，待遇也比同样工作的男性低，家庭与厨房才是社会对女性的期待归属。她也发现一个吊诡的现象，一份报纸曾访问多位日本男性，来生的愿望是什么，七成期望自己成为女人。"社会压力非常大，男人们必须要承受，"她笑着说，"而女人们管理着他们所有的收入。"这也是权力的复杂所在，强与弱往往并存。

压力背后也是日本普遍的社会心理。"他们总追求完美主义，也要求人人相似。"她说。女儿上学后，她对这一点感受尤深。她第一次去看女儿的芭蕾舞练习时，舞台上的女儿看到她，兴奋地喊妈妈。老师立刻提出，她不该这样打乱秩序。几天后，妈妈再度出现时，女儿没有任何表情变化，似乎什么也没看到。"他们是一种集体思维，每个人都要与其他人一样。"井上夫人说。它带来的好处与弊端同样显著。"在日本讨论什么事，大多数人赞同后，每个人都会遵行；在玻利维亚，即使人人口头同意，实行时却都变卦了。"也因此，日本为过分单一的价值观所困。不仅女性没有得到解放，外国人同样难以进入日本社会，获得更多的工作机会。

所幸，她进入一个国际化、头脑开放的家庭。她的婆婆在基督教学校读书，讲一口顺畅的英文，奶奶则为了与这位孙媳妇交流，甚至开始学英文。这亦是日本人令人赞叹的共情能力，尤其对于外来者。

共情，又保持距离，这是日本式的暧昧。而井上夫人想令这暧昧更为明朗。2009年，她创办了日本拉美协会，促进两种文化的交流，也帮助拉美人更好地融入日本社会。这个协会教授拉美人日语，也为日本人提供英语、西班牙语服务。2011年，井上和雄准备退出政界，不再担任国会议员，他鼓励妻子进入政界。这是个意外亦充满兴奋的挑战。她从来是个雄心勃勃、不同寻常的女性。她记得，小时候她看到玻利维亚严重的贫富差距，就问父亲这是什么原因，父亲让她读政治经济学著作，自己寻找答案。大学时，她的梦想是成为玻利维亚的财政部长。此刻，成为东京的一名市议员，亦是一次冒险。因为曾为丈夫助选，她对日本政治略有所知。她归化了日本国籍，并顺利当选市议员。

思维可以国际化，政治却是地方的。井上夫人要面对无穷的细节。历史悠久、文化丰富的墨田区，该怎样恢复生机；她要怎样帮助这些小店铺，教他们讲几句英文，以吸引更多的国际游客；她也试图推动立法，令外国人有更多融入日本社会的机会。她也的确看到了日本的变化。经济不景气，更多的家庭需要妻子也加入工作，这缓慢地改变了权力关系。但同时，它似乎也加重了女性的负担，她既要在职场上拼搏，又要照顾家庭。

日本的经历也帮她更好地理解了故乡。"我们的女人很强，我们的文化很多元，有很多群体，很多种思维，像是有很多玻利维亚并存。"但玻利维亚人又偏爱强有力的领导人，无政府的混乱与强人统治，是再恰当不过的平衡。而日本，从未有强有力的领导者，却有一种集体式的专制。

临行前，井上夫人给我看一幅葛饰北斋的浮世绘，在她朴素得几乎简陋的办公室，这幅浮世绘提供了难得的色彩。

接下来，她要去拜访选区的店铺了，看能为他们提供什么新的帮助。我很期待，下一次我能去她家做客，去看看这个了不起的国际化的日本家庭。我也期待能去她玻利维亚的家乡，感受那种用心思考、活力亦混乱的社会。

2019 年 5 月

V

维也纳的西红柿炒蛋

它或许是世上最好吃的番茄炒蛋了!

那是个饥肠辘辘的夜晚,我们一路向西,穿越匈牙利边境,前往维也纳。夜色,就如奥匈帝国的漫长阴影,令人不安,也催生饥饿。我很是后悔,扔掉了上一个加油站的Pizza。

不过,肖君安慰我,在维也纳,他一位老同学开了家棒极了的中餐馆,正等着我们的到来。对于维也纳,我有种特别记忆。她乳白色的新古典建筑群,规则排列在环形大道两旁,歌剧院、茜茜公主住过的皇宫、维也纳大学……像是一个扩充的主题公园。它们曾是这个城市缺乏自信的象征,一个突然膨胀的奥匈帝国,渴求一个巴黎那样的首都,带着暴发户的阔绰与急躁。多年后,一位评论者不无嘲讽地说,它像是"19世纪的拉斯维加斯"。这急躁中却蕴含着惊人的创造力,弗洛伊德的沙发、克利姆特的金色裸女、马勒的交响乐,还有他的妻子阿尔玛,迷人、反叛,一嫁再嫁,以收集天才为乐,最后一任丈夫是包豪斯学院创始人。

对我而言，所有杰出的维也纳人中，茨威格最为重要。在大学宿舍里，他那些浓烈的传记写作——从巴尔扎克到陀思妥耶夫斯基，从发现太平洋的麦哲伦到催眠大师——令我心潮过分澎湃，溢出整个 28 楼；他对于那些不可遏制、总溢出轨道的激情的描述—— 一场恋情或是一位赌徒——总引发我对平淡现实的厌倦。在很长的一段时间里，《昨日的世界》出现在枕边、自习室、未名湖边，我还记得它粉色封面上，似有身着晚礼服的男女起舞，一个我想象中的旧欧洲。阅读总停留在前三分之一，一战爆发前的岁月，那是智识、感受力的黄金时代，一个文学、艺术共和国的岁月，刚过 20 岁的茨威格借由报上发表的文章，赢得荣誉与罗曼罗兰的赏识。这不正是我渴望的人生么，偶尔，我也将 1990 年代末的北京，想象成 1900 年代的维也纳，却不知哪份报纸将容纳我，我又该写些什么，谁又将拍着我的肩膀说，小伙子写得真不错？如今想起，它印证了我性格中的保守，我总是渴望一种秩序，它以判断力、审美为中心，我该自然获得一张入场券，并不断向上攀升。

可惜北大旁的四环路并非维也纳环城大道，粉色之梦也注定破灭。在书中，茨威格的梦破灭得更为干脆，1914 年的战争摧毁了漫长的和平与繁荣，短暂和平之后，希特勒兴起、二战爆发，让他心醉神迷的旧文化被狂热、单调的新文化替代，作家们被焚书、被关入监狱。在风暴席卷前，他踏上流亡之路，先是英国，途经美国后转往巴西。一种绝望裹挟了他，黑暗风暴似从不会过去，1942年，他与太太自杀于这个充满欢乐与情欲的国家。正是在流亡中，他写就了《昨日的世界》，它不可避免地美化了过往，有意忽略了表面和平、繁盛之下的黑暗力量。这美化令人陶醉，也穿越时空。

过分丰富的往昔，亦令人窒息。维也纳似也停在那个年代，本地博物馆的展览到1914年终止，仿佛之后再无值得书写之事。我对于美术馆、博物馆心生抵触，却在小巷里发现一家英文书店，它以莎士比亚为名，却与巴黎的同名书店并无关系。它一下子将我从奥匈帝国的、德语的世界拯救出来，那些层叠的历史被塞进一本本边界清晰的印刷物中，一切皆有迹可循。

饥饿唤醒了记忆。肖君的安慰，则短暂抚慰了饥饿。他出生于1950年代末的宁波，一张黑里透红的圆脸上，总带着真诚与理想主义，几杯酒后，尤其善谈。他是时代的幸运儿，尽管少年时身处一个混乱时刻，青春却遭遇了一个重新开放的中国，1980年代，他赴英国攻读法律，毕业后，幸运地前往香港工作，在那个权力交接的时刻脱颖而出，英国法律知识与宁波普通话，令他成为迅速涌入这个城市的中资代言人之一。过去十年中，他以投资者的身份，活跃在商业世界。在那个过分贫乏的少年时代，他是无法想到，中国会成为一个巨大的、诱人的市场。

餐厅到了，它有个响亮的名字——金元饭店，德文则是Goldene Zeiten，让我想起维也纳那个生辉岁月。餐厅外有一个辨不清形象的雕像，日后想起，似是19世纪末那位著名的反犹市长。老板赵君消瘦、热忱，老板娘敏锐、干练，年轻时的俏丽仍留于身。赵君是肖君的中学同学。青年时，他们都渴望离开故土，寻求新生活。他没有肖君幸运，没能前往伦敦、纽约这样的城市，但留学萨拉热窝也是不错的选择，它是一座欧洲城市，且有一段浪漫、心碎的历史，一代中国人熟记《瓦尔特保卫萨拉热窝》的台词，南斯拉夫有着兄弟般的亲切。

可惜，时代巨变，这个国家解体了。他又来到维也纳，他颇具语言天分，在英语、塞尔维亚语之后，又掌握了德语。1993年，他开设了这家餐馆，时髦一时，也见证了时代变迁。不过，三十年来，他曾一心要离开的中国天翻地覆，成为机会、金钱的象征。大批中国游客涌到维也纳，涌入金色大厅、美泉宫，也涌进他的餐馆。外来景观令人炫目，胃却最忠诚的，他的水饺、青椒肉丝与西红柿炒蛋，总带来慰藉。

这个夜晚，它们也慰藉了我。咸甜混合的西红柿炒蛋，尤令人难忘，它与妈妈的厨房、大学食堂同样亲切，却有着更丰富的滋味。何况，还有同行朋友们的美酒，他们皆是颇有成就的企业家，过去三十年的商业浪潮中的弄潮儿，长途旅行中，也不忘托运茅台。赵君与肖君分外开心，域外相见的乡音，总格外亲切。不过，我对于赵君多少有些好奇，在这一刻，他会遗憾没能及早返乡，加入那场创富浪潮吗，还是更珍惜眼前安稳、平静的生活。时代浪潮的改变，常令个人选择微不足道。

2017 年

Y

仰光漫步

一

"这是一个困惑的时刻。"Ma Thida 说。

我们在 Nervin Cafe 见面。这家落地玻璃墙的咖啡店与它所属的购物中心都是新仰光的象征之一。比起上一次到来，仰光更有活力、更鲜亮，也更镇定。那家叫 Traders 的酒店重新装修，变成了香格里拉；著名的昂山市场旁新开了百盛商场，它的对面又是肯德基，是这家全球连锁品牌在缅甸开的第一家店；报摊上摆出了新出的载满商业新闻的英文报纸；交通更加堵塞，一过下午 4 点，你就看到市中心变成了一个停车场……是的，大金塔、红色袈裟的僧侣、脸上涂"塔纳卡"的少女仍带着异域风情，但你感觉得到，仰光正在朝向一个你熟悉的方向大步前进。我想在 1980 年代第一次喝到可乐、在 1990 年代初第一次吃到麦当劳的中国人，一定有种似曾相识之感。

他们刚刚经历过一场全国性的选举，全国民主联盟（NLD）

像二十五年前一样赢得了压倒性的胜利。与二十五年前不同，军政府不准备囚禁它的领袖昂山素季，那个常年的独裁者丹瑞将军甚至与他的昔日囚徒见面，共同讨论权力的平稳过渡。至少在名义上，自 1962 年就统治缅甸的军政权准备将权力移交给一个民选政府。因为宪法条文，昂山素季可能无法成为总统，但在投票前为了安抚她的支持者们，她说自己将"从更高的层面来领导"。我到来时，大选的狂热与躁动已经散去，这或许也是持续了五年的亢奋期的暂停。自 2010 年 11 月昂山素季获释以来，一连串戏剧性的变化接踵而至。政治犯被释放，常年流亡者归来，新闻审查制度废除，国际制裁解除，囚徒成为议员……长期冰封、孤立的国家突然进入了政治、经济、社会都高度活跃的时刻，而且是加速度的。

2013 年 3 月，我初次来到缅甸。"No fear. No fear." 记得一个出租车司机对我说。是的，整个城市都洋溢着一种畅快感，像是从漫长的冬日突然转入了暖春。最重要的象征就是，那个被长期监禁、成为禁忌的美丽女人出现在所有的报纸头版上，她的海报被四处悬挂，尽管它们的印刷质量都不佳。我也记得自己当初难耐的兴奋。我想写一本关于这个国家的书，它的过去、此刻与未来，它的戏剧性和富有启发性的转型。或许它还是第一个以中国视角来观察这个变革的作品——在 37 街的 Bagan 书店里，堆满了英文世界关于缅甸的作品，却没有一本来自中国的记者或作家。多年来，这种智识缺

行走在仰光街头，有一种似曾相识之感

陷困扰着我，像是对个人虚荣心的莫大伤害。我也笃信这种中国视角的独特性：除了相似的感受力，还有两国历史的漫长连接——从诸葛亮的七擒孟获到流亡的晚明皇帝再到二战中的远征军——这是一个西方观察者很难进入的纵深感。

　　在那次行程中，我见到了好几位昔日的政治异议者。在一条拥挤小巷的二楼办公室里，我见到了《伊洛瓦底》(*The Irrawaddy*)忙碌的编辑部。过去二十年，这本以缅甸最著名的河流命名的杂志（就像在中国叫《黄河》一样）一直在泰国清迈编辑出版，是面向英文世界的最重要的流亡杂志，如今它回到了缅甸。那位编辑部负责人给我弹了吉他，说起了流亡生涯。那一刻，我不禁存疑，新仰光能接纳这个流亡的声音吗？我还去了88世代(88 Generation)的总部，据说那二层小楼曾是一个著名的妓院所在地。这个组织的创建者们，也有两位魅力十足的领导人。他们活过了严冬，如今88世代是仅次于NLD的第二大反对派组织。当然，我还见到了传奇般的温丁，他是仅次于昂山素季的领袖，也是他说服了这位恰好归来的游客共同组建了反对力量。经过长年牢狱生涯，这位记者、作家、活动家失去了生活的一切。他寄居在一个旧友的房间内，谦逊地谈起自己的人生，他在狱中的诗作，还有对昂山素季的忧虑——他觉得她对军政府妥协得太多了。让我印象深刻的是，遇到的每个人——不管你是政治人物，还是NGO，或是新闻记者——几乎都坐过牢。他们对此从未

刻意强调,仿佛只是再平淡不过的经历,像是去异乡读了
大学。

这本书最终没写出来,甚至没有真正动笔。除去个人懒
惰,或许也因为情绪的变化。2013 年年末,我前往旧金山游
学,西岸那股放松气氛一下子冲淡了书写的紧张感。当再回
到中国时,缅甸这一话题似乎从公共舆论中消失了。我的朋
友,一位才华横溢、唯一专访过昂山素季的年轻记者,最终
投身于一本时尚杂志,再没有时事、思想媒体可以承载他观
察世界的雄心与热忱了。

二

Ma Thida 似乎提醒了我未遂的缅甸计划。三年之中,又
有很多变化发生,我怕是捕捉不到这节奏了。储存在我头脑
中的记忆变得干涩,恐怕再没有机会复活,对这个国家的理
解也再度回到显而易见的符号。

“你怎么看 the Lady？”我问她。她身着绿色笼基出现了,
像很多亚洲女人一样,比实际年龄年轻很多,更看不出牢狱
生涯的痕迹。这是既安全又笨拙的寒暄。是啊,在缅甸,谁
能回避谈论这位“夫人”呢？“夫人”也正在经历着她人生
的另一次关键转变。二十七年前,她从一个家庭主妇变成了
一个道德偶像；而如今,按照她的朋友蒂莫西·加顿艾什的说
法,她则要从一个“道德—文学—精神—反政治的政治人物”

变成一个"实用的政治人物",她真的要掌权了。

"哈哈,或许叫作 the Husband 更适合些。"Ma Thida 说。她有这个评论的资格,她曾是"夫人"的助理之一。Ma Thida 出生于 1966 年,是缅甸最知名的作家之一,也是成立不久的缅甸笔会的主席。这个组织旨在恢复依旧孤立的缅甸作家与国际社会的联系。同时,她仍是个医生,一名活跃的社会活动家。是周遭那些惊人的贫困激发起她的写作欲望。她原本受训成为一个外科医生,1988 年的动荡改变了她的人生,她卷入了政治生活,在 1990 年的大选中成为昂山素季的助手。在一张旧照片上,年轻、消瘦的"夫人"拿着麦克风发言,她则在"夫人"身后坐着记录,顶着一头乱蓬蓬的短发。1993 年 9 月,她为自己的行动付出了代价,以危害公共稳定罪(endangering public tranquility)被判处二十年徒刑。在国际压力下,她在监狱里待了五年六个月六天。出狱后,她继续行医与写作。她是靠冥想度过了最难熬的时光,她还说了一个专用名词 vipassana,这也是这个国家的神秘性的一部分。出狱后她继续写作,一些时候,她似乎变得更锐利,不仅针对压迫者,也面对反抗者的内部。早在 1999 年,她在《太阳花》(The Sunflower)一书中警告,昂山素季变成了"欢呼的囚徒"——人人都只对她赞美,不敢发出质疑的声音。我猜,对这场运动的参与者来说,"夫人"这个家庭故事遮蔽了缅甸需求民主变革的复杂性,甚至多少忽略了"夫人"的同志们付出的巨大牺牲。

我们的谈话说不上热烈，她有着接受采访的熟练——国际媒体对于缅甸的强烈、集中的兴趣，已把这些关键人物训练成流利的表达者。或许，我的问题也不吸引人。一个外来者总是很期待在一个小时的谈话中，搞清楚这么一个复杂国家的所有症结所在。问题变得大而无当、无法深入，而回答者也变得煞有介事，丢掉了个人视角。外来者看到的是目不暇接的变化与希望，局内人感到的则是停滞与焦灼。在选举后的一篇文章中，Ma Thida 警告说，宪法改革才是未来的关键，它为军队提供了一个舒适地带，缓冲了矛盾，但是这也可能妨碍权力的转交。

权力会自然转移吗？在手边的一份军方控制的报纸《缅甸之光》上，社论说，历史的变化是缓慢的，切不可过分激进，建议 NLD 即将组建的新政府把焦点放在社会、经济、环境问题上，将军事、外交这些重大问题仍留给原有的权力机关。这语调或许也是 Ma Thida 最担心的部分。她提起 1990 年的大选，NLD 也获得了压倒性的胜利，但军方不仅拒绝交出权力，还发起了新一轮的镇压。"当然，这一次的情况要好得多。"她说。国际环境变化了，社会也觉醒了。但对一个饱受不测的国家来说，忧虑确是深深刻入思维中的。而且，作为长期反对党，NLD 从未有过应对权力的经验。反抗者内部的矛盾业已浮现，在这次大选中，NLD 拒绝让 88 世代的候选人加入他们的联盟。

比起过去几年的戏剧性变化，这些忧虑仍可以忍受。很可惜，我没有读到 Ma Thida 的《路线图》(*The Roadmap*)。在这本书中，她用虚构人物串联起当代缅甸的历史。我也记得她为自己起的笔名是 Suragamika，意为勇敢的旅行者。对一个勇敢的旅行者来说，未来总值得期待。

2015 年 1 月

大屠杀、卡戴珊与亚美尼亚

在埃里温，似乎每个姑娘都像金·卡戴珊（Kim Kardashian）。法国广场的咖啡馆里、饭店酒吧露台上、傍晚的街道上，她们都有深陷的眼窝、厚嘴唇以及丰饶的身形，她们还温和、甜美，引人遐想。

这位社交媒体上的超级明星，也是最有名的亚美尼亚裔。在真人秀中，在 Twitter 上，在杂志访谈中，她展露关于自己的一切，喝酒、旅行、化妆、社交、争吵，是这个浮华也浅薄的新媒体时代的象征，人们为了展现而展现，名声与实质并无关系。在亚美尼亚，她的名声则带有另一种维度。"她让更多人知道了我们的悲剧。"不止一位本地人对我说。2015 年，卡戴珊与她更著名的说唱歌手丈夫从纽约飞到此地，这一年是亚美尼亚大屠杀一百周年。至少 150 万人被奥斯曼帝国有组织地屠杀，幸存者开始了流亡之旅。

生于美国的金·卡戴珊也隶属这个流亡传统。她在童年时就听闻种种屠杀故事，它是幸存者的必修课。令他们耿耿于怀的是，与二战时的犹太人、波尔布特治下的金边，或是1990年代的卢旺达不同，在很长一段时间里，不仅从奥斯曼帝国演变而来的土耳其否认这次屠杀，世界舆论也保持了广泛的漠视，这种否认与沉默几乎是另一次屠杀。这也是亚美尼亚人——不管散落在海外还是继续生活于国内——必须承担的责任。他们要将悲剧记录、讲述，让更多的人看到。对很多人来说，这也是金·卡戴珊的价值所在，她的名声让这场屠杀被更多人关注。

来到埃里温前，我对亚美尼亚几一无所知，它在地图上的位置，有多少人口，历史源自何时。零星的印象来自偶尔的新闻片段，亚美尼亚大地震与两伊战争、汉城街头的学生运动，是少年记忆的一部分；研究香港史时，我记得亚美尼亚人建造了半岛酒店，在商业世界占据一席之地，他们就像犹太人、印度帕西人或潮州人一样精于计算；在读一则关于帕慕克的报道中，这位作家勇敢地指出土耳其的屠杀责任而引发争辩……

吸引我到来的是几个月前的一场变革。尼科尔·帕希尼扬（Nikol Pashinyan），一位43岁的新闻记者与街头政治家，在领导了一场持续了一个月的和平抗议之后，迫使已经当政十年的独裁者辞职。在一份英文报纸上，我读到这位胡子拉碴、面带微笑的抗争者的文章，其身份戏剧性地从街头运动者变成了新总理，他说起甘地的非暴力哲学、曼德拉精神。

在全球民主浪潮退却的时刻，这是个童话式的故事。金·卡戴珊也表明了立场，她在 4 月 23 日的 Twitter 上祝贺和平抗议的成功。

穿过自由广场，经一片繁华商业区，再到共和广场上，你感到一种混杂的情绪涌来。这个城市陈旧又年轻，是苏联时代与全球消费主义的混合体，当嘟嘟克笛音调响起时，瞬间又把你带入那个古老又哀伤的传统。亚美尼亚不仅历史久远，也曾强盛一时，但过去几个世纪却饱受征服与凌辱之痛。1915 年的大屠杀，是连串悲剧的高峰。

人们兴高采烈。革命成功带来的欢愉尚未退却，倘若问起几个月前的那场抗议，人人都乐于说上几句，人人都爱尼科尔·帕希尼扬。一位 IT 公司的职员说，老板鼓励他们把计算机带到街头，一边参与抗议一边工作；一位年轻的律师说，这简直不可思议，常年的恐惧消失了；更为强烈的表达来自海外，一位法国亚美尼亚后裔说，他目不转睛地盯着电视屏幕，对故国的变革充满惊异，他还生出一种少见的自豪，这是近代亚美尼亚历史的少见时刻，它不是出于灾难，而是某种胜利引人关注。

空气中飘浮的喜悦，也多少像是 2012 年的仰光。尽管前方的道路尚不清晰，卸去重负的轻松感却真实、迷人。就像缅甸模式曾激起了广泛的讨论，在高加索一带，昔日加盟国中，人们开始讨论一种亚美尼亚模式。它们都曾生活于沙皇俄国的阴影之下，之后成为苏联的加盟共和国，又在1991年苏联解体后获得独立，历史遗产仍作用于它们，一些国家再度滑回专制统治。

短暂的行程中，我参观了希腊时代的遗迹，眺望了远方的亚拉拉特山，猜测诺亚的方舟停泊的方位，还品尝了干邑——自19世纪末以来，亚美尼亚就以白兰地闻名，在苏联时代，它更是莫斯科的主要进口物。我大约知道了亚美尼亚的地缘政治，它与土耳其、阿塞拜疆的紧张关系。大屠杀更是给它带来一个复杂的遗产，300万公民住在国内，另有800万后裔生活于海外，它们构筑成一个全球网络，对屠杀的记忆处于这个网络的中心。

一个炎热的周一下午，我去参观郊外的大屠杀纪念碑。自1967年建成，它就成了亚美尼亚公共生活的中心。每年4月23日，照例是全国性的哀悼与游行，它不仅与历史有关，还作用于现实。分析者推测，上一次革命成功也与此相关，独裁总统选择在全国性纪念日到来之前主动辞职，惧怕这个照例的悼念游行会转化为更大的抗议浪潮。

纪念碑建于山顶的一个巨大平台上，十二块朝天的石柱象征了亚美尼亚丢失掉的十二个省份，它们守护着中心的火焰，以表示对死难者的纪念，自1967年就未熄灭过。我在台阶上闲坐，一群鸽子以不同的姿态站在石碑上，发着咕咕声，康乃馨与玫瑰散落在火焰旁，因缺水而枯萎。与奥斯维辛的强烈冲击不同，纪念碑没给我太深的印象。只有看到那些具体的男人、女人与孩子的面孔，他们穿过的衣服、说过的话，你才能少许理解他们的感受。很可惜，纪念碑旁的博物馆今日关门。但这仍是难得的体会。在石碑的阴影下，我意识到他人的苦难很少进入我们的意识，小国之困境很少进入我们的视野：它的国土随时被邻国兼并，整个民族都因一场灾难突然消失，灾难的记忆给予他们凝聚力，令他们保持警惕，磨练出一种生存技巧。

在埃里温的街头，我看到中国捐赠的公共汽车，车身涂有"一带一路"的标语。这是中国影响力上升的痕迹，当地年轻人也乐意前往中国读书、寻找工作机会，跟随历史潮流而动。这不仅是个人成长的需要，也是整个国家的生存技巧。中国的金钱与影响力正在涌向世界，但大多数人的好奇心却未随之而来。对他人历史与命运的关注不足，也正妨碍我们对自身的理解。

2018 年 8 月

横滨往事

一

"你有我的四本书吗，上面都有。"每当对我的问题听不清，或是对自己的记忆不确信时，他就会重复一句，然后指着桌上的纸袋，里面有四卷的《国父与横滨》。在封面上，孙中山穿三件套西装，两手插在口袋里，英气勃发，正是国民党正史中的典型形象。

他身材高大，东北口音浓烈又洪亮，灰色西装随意却得体，是典型的老派读书人。若不是行路时需略搀扶，你根本想不出他已经 93 岁了。当地人说，若你要问那些晚清的革命遗事，可能只有他知道。他们已普遍分不清康有为、梁启超或是孙中山了，他都记得。他曾是当地华侨中学的老师，编纂横滨的华侨志，一名公认的知识分子。

横滨中华会馆的墙上悬挂着各式的孙中山纪念海报。他曾是个坚定的国民党党员，19 岁那年，他秘密加入其中。在 1939 年的哈尔滨，这是胆大妄为的举措。作为"满洲国"的子民，他接受日文教育，在哈尔滨读大学时，同学既有中国人，也有日本人、韩国人，他们表面上相处无虞，象征某种新东亚秩序。

但他不相信这种秩序，加入反抗者的行列，为此度过两周监狱生涯。他经历了国民党的辉煌，1945年秋天，中国成为战胜国。接下来形势突变。作为一个县级的国民党书记，他跟随溃败的军队逃往北平，又到南京，进入了中央训练团，蒋介石正是他们名义上的团长。他对蒋介石充满崇拜。溃败却不可遏制，他还算幸运地登上了前往台湾的船只。在新竹与台中，他成了教育界中的一员，每日听到与看到"反攻大陆"的标语，心中暗暗明白恐怕一时回不去了。

1964年，他的命运再度转变。应一位东北朋友之邀，他来到横滨中华学校任教。对处于风雨飘摇中的台湾社会，这是个不坏的选择。这所学校并非普通的华侨学校，其创始人正是孙中山。1897年，当一群横滨华侨想创办一所中文学校时，华人在此地的历史已经接近四十年，在高峰时期有七千人之多，绝大部分是广东人。他们期望这所中文学校能提高子女的教育水准。他们已有关公庙、妈祖庙、中华会馆，却没有一所学校。他们找孙中山商议，在失败的广州起义之后，他一直在全球的唐人街演讲、募捐，说服那些只想逃避政治的华侨支持一场他们无法理解的革命。在大部分时刻，他依靠的是乡情与血缘，而非政治理论。

Yokohama

孙中山起名为"横滨中西学校"。他无具体教学，推荐广东青年梁启超来任教。梁不过 24 岁，却声名显赫，已辅助他的老师康有为发动公车上书而跃上公共舞台，正在忙于编辑《时务报》。梁推荐他的同学徐勤前来，后者将校名改为"大同学校"，以呼应老师康有为的思想。徐勤的教育方针则是"中西合璧"，学生们既学日文、英文，也学习儒家思想。知耻是其道德核心，中国面对列强（包括最近的日本）的受辱感变成了日常的精神动力。徐勤在教室黑板与课本上都书写十六字口号，"国耻未雪，民生多艰，每饭不忘，勖哉小子"，希望学生牢记读书目的是"一曰立志，一曰读书，一曰合群，一曰遵教，一曰报国"。学校的第一批学生中就包括苏曼殊与冯自由，日后都成了中华民国重要的人物。

即刻间，学校变成革命党与保皇会的斗争之地。他们都希望争取到海外华侨的支持。斗争比任何人想象的更长。清王朝被推翻了，革命成功了，也无皇帝可保了，斗争仍在继续。

1964 年，王良到来时，斗争的双方不再是革命党与保皇会，而变成了国民党与共产党。中华街陷入分裂。他则开始对华人历史的研究，尤以孙中山为中心的革命史。他遍访昔日革命者的遗迹，寻找到支持过孙中山的家庭与个人。这努力最终汇聚成这四卷文集。这也像是命运的另一种轮回，他在一个傀儡式的皇帝的治下成长，将日语当作另一种母语，成为反叛者，最终他又来到日本，研究推翻清王朝的革命者。

二

我从朝阳门进入中华街。

在纽约、曼彻斯特、墨尔本、旧金山，我都见过这雕龙刻凤、蓝红交接的高大牌楼，它们就像孙中山的"天下为公"、玻璃橱窗里的烧鹅一样，是海外唐人街最显著的标志。比起从伦敦到曼谷的唐人街，中华街更为兴盛，仅仅牌楼就有七个，其中一些有着朱雀门、玄武门这样的威武之名。若你从横滨疏阔、寂寥的海边大道转入，更会被眼前的庞杂、喧闹、元气充沛的市民生活感染。料理店、杂货店一家接一家，还有横滨大世界这样的消费中心。它不是勉强存活的博物馆，而是新兴的旅游景观。

横滨是日本现代文明的摇篮。自从 1859 年开港以来，西方力量正是从此涌入日本的。长崎代表了幕府时代日本与世界的联结，横滨则是明治时代的象征。最早的使馆、第一份报纸、第一家咖啡店、第一份电报，都是从这里诞生的。它要被迫应对一套崭新的价值、制度、思维方式、生活习俗。与香港、上海一样，横滨上演了一幕从小渔村到新文明中心的戏剧——因为缺乏自身的历史与传统，反而在新浪潮中脱颖而出。这就是现代中国的政治与思想革命的摇篮吗？

比起从伦敦到曼谷的唐人街，横滨中华街更为兴盛

中国人也是横滨的第一批抵达者。最初，他们以英法洋行的翻译、买办、随从的身份到来。在这个新口岸，他们成了西方人与日本人间的中间人。他们在广州、香港接受了东西方商业交易的训练，与日本人分享同样的汉语教育，即使不能交谈，却能用笔书写。接下来，移民不断涌来，以三把刀——裁缝刀、剃刀、菜刀——在此展开生活。与旧金山或南洋的华人不同，横滨的华人面临着更富戏剧性的历史时刻。日本的崛起恰与清王朝的衰落形成对比。对中国来说，日本同时是屈辱与希望的来源，若一个长期生活于中国阴影下的岛国都能在一代人的时间里完成转变，那么中国为什么不可以？

对于中国变革者，这里提供了一个绝佳的落脚点。它逃脱了清政府的控制，又与上海、广州足够近，也是远游南洋、欧美的出发地。日本的政客与浪人中，仍有不少汉文化的欣赏者。既出于日本对未来中国影响力的现实需求、对于西方势力的焦虑，也出于对中国的文化情感，他们资助与鼓舞这些革新者。在中国留学生大批涌入东京前，横滨的中华街才是中心。

走在喧闹街头，我心生疑惑：这就是孙中山战斗过的地方吗？他该怎样动员这些小业主成为政治行动的支持者？这些用算盘计算一日进账的人，为何能一次次倾囊而出，去支持一项很难理解的政治设计？人们都熟记孙中山所说的"华侨

是革命之母"，却忘记了这"革命之母"最初是怎样充满疑虑
地看待革命者的。在1895年的广州起义后，孙中山不过是一
名通缉犯，即使因伦敦蒙难而扬名国际，他仍是异端，只有
那些最大胆、异想天开的人才敢接近。一个名叫温惠臣的华
侨回忆说，他十七八岁时成为第一期的同盟会员，负责给孙
买日用品，偶尔也去船上扛东西，后来才知道是军火。即使
剪掉了辫子，他也需要一条假辫子，缝在帽子上，到外面去
时戴上帽子，回到家就一丢，变成了光头。孙中山则陷入习
惯性的孤立，他要防止清王朝在当地的暗探，要忧虑下一次
起义的武器与经费，要与康有为、梁启超的保皇党争夺影响
力……温记得，孙中山不怎么出门，"总是背着手一个人在屋
里走来走去，低着头想"，他也"不抽烟、很少喝酒，喜欢吃
凤梨、苹果"……

王良感慨本地华人对于历史的无知。是的，三把刀中的
剃刀与裁缝刀逐渐消失，菜刀却更重要了。除去广东菜，四
川、上海、台湾菜也随处可见。尤其麻辣的四川菜，因为新
移民与中国游客的涌入而迅速兴起。中华学校旁是巨大的、
装修得如LV店的重庆饭店。

三

孙中山试图将一群去政治化的华侨动员为政治人，梁启
超则希望他们变成"新民"，这才是富强中国的保障。对我来

说，梁启超比孙中山更富吸引力。正是在中华街上，梁启超编辑了《清议报》与《新民丛报》，卷入了一场浩瀚的知识冒险。政治行动容易消散，思想的价值常更为持久。曾困扰梁启超的问题，仍困扰着此刻的中国。梁不仅是思想开拓者，也是新媒体浪潮的驾驭者。在20世纪初的中国，每旬出版、栏目众多的杂志不啻一项崭新的冲击。流亡中的他失去了真实的政治舞台，却创造了一个虚拟的思想舞台。《清议报》与《新民丛报》被偷偷运回上海，然后在全国的知识青年中广泛流传，中国日后的缔造者，不管是胡适之还是毛泽东，都是它热情的读者。

《清议报》的第1至30号是在山下町139番地出版的，如今这里是山下电气；第32至70号的出版地则是山下町253番地，如今是自卫队横滨募集事务所……在王良的书中，我查到了这些信息，还有彩色图片。中华街内的地界划分没有改变，此刻的139番地还是梁启超奋笔疾书的139番地。如今的139番地又从电气行变成了一家叫兴昌的餐厅，上面还有一个巨大的螃蟹标志，可惜不怎么诱人。

中华街似又回到了它本应的样子，关公庙的香火仍旧旺盛，财神实在比任何神灵都更重要。

2018年10月

志士们

　　车在新横滨拐来拐去，最终看到了有"宫川"两字的小院落。按门铃，一位短发、胖胖的女士引导我们，穿过小院内的花丛、小树，走到两层小楼前。我们脱鞋、弓腰走上榻榻米，屋内的陈设简单、略有凌乱，像是老派的、稍拮据的日本人家。一个长方脸，留稀疏长发，穿灰色西装的老人起身欢迎我们。他的眉宇之间的确有某种似曾相识之感。他是宫川弘，他的外祖父是孙中山。

　　1905 年夏天，流亡日本的孙中山娶了横滨的 19 岁少女大月薰，一年后，他们的女儿诞生了，最初她得名"文子"，暗示她的父亲是孙文。不过，此刻的孙中山正在西贡策划另一场起义。当他在 1906 年 10 月回来后，他可能没有时间，更可能是忘记了去探望这个妻子与他们的女儿。流亡的革命家的生活，是由失败的苦涩、受困的雄心、莫名的希望、同志的背叛、酒精与异性肉体的抚慰构成的，他也必须活在此刻与未来，而不是过去。

大月薰未能熬过这忽视与遗忘。1911 年 11 月，她将文子（后更名为富美子，在日文中，它与文子的发音相同）交给宫川夫妇做养女。两年后，大月薰嫁给了三轮秀司，在一段失败婚姻之后，她在 1915 年再嫁给一名寺院住持实方元心，生育一子。此间，她与孙中山最可能的重逢是 1913 年。彼时，孙作为中华民国前总统、国民党党魁、时任铁道部部长，访问日本。他的到来激起了日本社会的强烈反响——一名得到日本庇护的流亡者，最终变成了现代中国的缔造者。从首相兼外务大臣桂太郎、立宪国民党领袖犬养毅，到玄洋社的创办人头山满，都是他的热忱欢迎者。日本的报纸连篇累牍报道他的行程、猜测他的出访目的。华侨社会更是一片沸腾，那些革命党的支持者，品尝到了收获的喜悦。

孙中山的逸事，出现在当地的报纸上。对阳馆的老板娘对《朝日新闻》说，孙中山与同志们在此商讨起义、筹款，或整日饮酒。这纵乐之中，更是一种无奈与悲壮，他们需要骗开日本警察的监视，也知道他们的命运未卜。大月薰也出现在这些逸事里。但因为生病，或许也是回避，他们在 1913年原本可能的见面未遂。不过，这谈不上有诚意的邀请，孙中山邀请这昔日的妻子来参加集体的欢迎会，而他身边则有另一位妻子卢慕珍。

我见到宫川弘时，这些往事早已烟消云散。在他 1941 年出生时，她的母亲是宫川吉次的妻子宫川富美子，几乎没人

知道她的特别身世,她像是历史缝隙中的见证人。这情况在
二战后的日本才逐渐改善,孙中山的故事被逐渐挖掘出来。
这也给宫川富美子与她的两个儿子宫川东一与宫川弘带来了
某种改变,他们突然与一个既荣耀又神秘的传统产生了关联。

这些细节,是我从一本叫《孙中山与大月薰》的书中看
到的。它的副标题带有强烈的流行文学色彩———一段不为人
知的浪漫史。尽管结构松散,写作却不乏严肃,大量日本报
刊档案颇为珍贵。作者张石先生曾是中国社科院日本研究所
的讲师,1992年留学日本,学院不适合他的好动性格,从此
在东京的中文媒体工作,他的一名助手日后成为第一个获得
芥川龙之介奖的华裔作家。

也是此期间,张先生开始了对孙中山的日本踪迹的追溯。
很可惜,只有一家香港的出版商对这个题材感兴趣,把它塑
造成香艳逸事。我在一个饮清酒、吃火锅的夜晚遇到张先生。
他说起孙中山的后人,我深感兴趣。

在宫川弘的榻榻米上,谈话很不自然,或许,我也不知该
询问什么。留着长鬟发的宫川先生能对孙中山有什么特别的看
法吗? 这血缘联系早被历史与现实冲得七零八落。我似乎记
得,当宫川弘与孙中山的孙女孙穗英坐到一起时,他们甚至无
法交谈,前者讲日文,后者讲英文。这似乎也恰好不过地表
明了孙中山作为一个全球性革命家的特性。每当宫川弘试图讲
话,他的中气十足的太太就打断他。借由张先生的简短翻译,

太太没兴趣谈起这些往事，对我们深感不信任。我们是陌生的闯入者，引起了某种不安，我们对历史的猎奇干扰了他们的日常生活。在不无尴尬地离开时，我想，她的确是对的。

在《三十三年之梦》中，宫崎滔天描述了他与孙中山的会面。一开始时，他对孙中山印象不佳，这位大名鼎鼎的流亡者，"口未漱，脸也未洗……对他举止动作的轻忽、略失庄重之处，则不免感到有些失望"。接着，孙中山梳洗完毕，换上衣服，端坐起来，"实在比得上一个好绅士"，但仍让他觉得缺些威仪。但当孙中山开始讲述清王朝的腐败统治、欲实现共和理念时，则显露出另一种景象："静若处子的他，想不到竟如脱兔一般。不，一言重于一言，一语热于一语，终于显示出深山虎啸的气概"，"他的谈吐虽不巧妙，但绝不矫揉造作，滔滔不绝地抒发其天真之情，实似自然的乐章，革命的旋律，使人在不知不觉间为之感动首肯"。

这大约是 1897 年 9 月的横滨中华街。宫崎滔天出生于 1871 年的肥后国荒尾村（今熊本县荒尾市），他的父亲是一名下层武士，开设武馆，以传授剑术为生，从小灌输他"要做英雄"，"死于枕席之上，是男儿莫大的耻辱"。他的大哥因参与西乡之乱而亡，被视为家中的英雄。14 岁时，宫崎滔天入读启蒙思想家德富苏峰创办的大江义塾。德富试图用新型的教育方法塑造这些少年，他倡导自由民权，学生不许叫他先生，而要直呼他的名字。学生们没有来自校方的指令，要制定自我管理的规范。学风则鼓励辩论，尤其是运用西方知识的辩论，于是"人人以辩士自居……其口中竟常征引罗伯斯比尔、丹顿、华盛顿、克伦威尔诸人的事迹"。不过，宫崎却感到不满足，内心有一种志向无法实现的惆怅与虚空之感。这志向是什么？他也无法言明。他的出生年份，注定他只能生活在维新英雄们拖长的阴影之下，日本最富戏剧性的年代已然过去，他必须寻找别的方式建功立业。

他前往东京，意外地成为基督徒。更重要的是，他的二哥给他带来一个崭新的理念，他们应协助古老、衰败的中国变革，若中国可以兴起，它可能也会促进印度、暹罗、安南、菲律宾乃至埃及复兴……在这个恢宏的计划中，他们正找到自己的安身立命所在——既实现了那种高度理想主义的武士精神，帮助弱小者，实现更大的正义；又有足够辽阔的舞台，整个亚洲都是一家。对宫崎滔天而言，中国变成了一个既充满诱惑，又与生命息息相关的具体的对象，同时又是不知如何下手的抽象之物。他试图学中文、潜入中国考察，不过，他和有类似抱负的同志都深信，"中国之事只在于人。如果有一位人杰奋起，则天下事一朝可定"，这个人须是"通晓西洋学问的汉高祖"式的人物。最终，他找到了孙中山，把自己的生命与志业投射于这个比自己年长五岁的广东人身上，他们也都是虔诚的基督徒。他们四处串联、募集资金、发展同志、购买军火、发动起义……

《三十三年之梦》出版于1902年的东京。那时正是宫崎滔天人生的低谷时刻。他所支持的孙中山正在收获一连串失败，而他自己则被迫做起行吟歌手以谋生。他的人生就像是一场失败、苦涩的落花梦，理想幻灭，唯有靠酒精、女人抒发困闷。谁也未料到，不过十年后，孙中山就成了"亚洲第一个共和国"的大总统，尽管是临时的，而且任期短暂，但仍证明这漫长的努力不仅没有白费，而且迎来了辉煌的一刻。宫崎滔天从未试图从这辉煌中获取什么具体的回报，直到1922年去世，他始终过着拮据的生活。他继续卷入中国内部的纷争，不过未能看到昔日理想的实现——一个亚洲共同体的兴起。他更想象不到，泛亚主义潜藏的险恶一面，日后将日本拖入战争的泥潭，也为亚洲带来持久的历史阴影。

阅读《三十三年之梦》，充满了某种特别的快感。借由其他历史研究，你自然可以知道泛亚洲主义在明治时代的兴起与作用，孙中山的国际网络对于革命之重要，但似乎只有这本书，让我一窥那个时代的内心世界。是什么驱动这些革命者自我牺牲？在一个又一个挫折中，他们怎么自我慰藉，鼓起新的勇气？

我越来越感到，驱动历史的是情感，而非思想。促使人们做出选择、展开行动的，是内心无法压抑的火焰，对现实生活的深深厌倦……

2018年9月

伯克利的魔山
BOKELI DE MOSHAN

图书在版编目 (CIP) 数据

伯克利的魔山 / 许知远著 . -- 桂林：广西师范大
学出版社，2025. 4（2025. 7 重印）. -- （游荡集）.
ISBN 978-7-5598-7307-1

Ⅰ. I267.4

中国国家版本馆 CIP 数据核字第 20253C8B93 号

广西师范大学出版社出版发行

广西桂林市五里店路 9 号 邮政编码：541004
网址：http://www.bbtpress.com

出 版 人：黄轩庄

责任编辑：郑 伟

特约编辑：张旖旎

装帧设计：周伟伟

内文制作：张 佳

全国新华书店经销

发行热线：010-64284815

山东京沪印刷科技有限公司印刷

山东省淄博市桓台县桓台大道西首 邮政编码：256401

开本：850mm×1168mm   1/32

印张：10.5   字数：200 千

2025 年 4 月第 1 版   2025 年 7 月第 2 次印刷

定价：69.00 元

如发现印装质量问题，影响阅读，请与出版社发行部门联系调换。